河南省高校哲学社会科学研究重大项目"文学与地方性知识："中原作家群"创作及访谈、口述史研究（1976—2023）"（2025-JCZD）中期成果

中原作家群研究丛书

主编 李勇

副主编 刘宏志 朱一帆

时代·地域·文学：中原作家群创作论

李勇 著

武汉大学出版社
WUHAN UNIVERSITY PRESS

图书在版编目(CIP)数据

时代·地域·文学：中原作家群创作论 / 李勇著. -- 武汉：武汉大学出版社,2025.7. -- 中原作家群研究丛书. -- ISBN 978-7-307-24573-0

Ⅰ. I209.961

中国国家版本馆 CIP 数据核字第 2024JM1738 号

责任编辑:龙子珮　　　责任校对:鄢春梅　　　版式设计:马　佳

出版发行：**武汉大学出版社**　　(430072　武昌　珞珈山)

(电子邮箱：cbs22@whu.edu.cn　网址：www.wdp.com.cn)

印刷:湖北云景数字印刷有限公司

开本:720×1000　1/16　印张:15　字数:205 千字　插页:3

版次:2025 年 7 月第 1 版　　2025 年 7 月第 1 次印刷

ISBN 978-7-307-24573-0　　定价:89.00 元

总　序

在百年来的中国现代文学发展史上，河南作家一直占有举足轻重的地位。现代文学时期虽战乱频仍，但河南还是走出了徐玉诺、曹靖华、冯沅君、尚钺、师陀、姚雪垠、丰村、赵清阁、刘知侠、于赓虞、李季、苏金伞等一众名家。虽然他们大多有流亡和迁徙的经历，创作也多是异地开花，但他们笔下的中原大地，仍堪称是近现代苦难中国的缩影。当然，现代文学史上的河南作家，确如孙荪所言——"没有形成气候"。真正形成气候是在1949年之后，尤其是改革开放以来，以李准、南丁、魏巍、白桦、张一弓、乔典运、田中禾、二月河、刘震云、李佩甫、周大新、柳建伟、刘庆邦、张宇、郑彦英、孙方友、墨白、李洱、冯杰、邵丽、乔叶、梁鸿、计文君、南飞雁、李清源等为代表的一大批河南作家活跃于中国文坛，才真正形成了一个不仅具有相当数量规模，而且具有鲜明地域特色的文学群体。

关于这个文学群体，历来有许多命名。从较早的"河南作家"，到20世纪90年代的"文学豫军"，再到新世纪的"中原作家群"——命名焦虑某种程度上也折射着这个文学群体的影响力。地域性文学的命名总是存在争议，这几乎是难免的。但河南作家却有一种群体性的、与其他地域作家不同的"个性"。这种"个性"不仅仅是在与南方作家的比较中显现出的一种朴实（而非绚烂）、沉重（而非轻逸）的北方风格，也不仅仅是在与西部作家的对比中展现出的一种现实（而非浪漫）、焦灼（而非

1

自由)的中原精神底色，而是即便与相毗邻的山东、陕西等北方地区和泛中原地区的作家相比，也仍然可以分辨出的一种唯河南作家方有的气质与个性。

对于这种气质和个性，当我们拿刘震云、李佩甫和莫言、张炜、贾平凹、路遥等比较，或者拿乔叶、邵丽、南飞雁、李清源与其他北方地区的中青年作家比较时，就会有非常突出的感受。这种感受，用简单的话概括就是：河南作家对于近现代中国多灾多难的历史和现实有一种远较其他地域的作家更痛彻心扉的体认。而这种体认的来源，就是中原这块土地在中国从贫穷走向富强、从愚昧走向文明、从落后走向进步的过程中，所承受的独一无二的挣扎和撕裂之痛。因为中原有着远较其他地区更庞大滞重的前现代文明负累，故而它的转型和裂变远较其他地区更为艰难，也更为撕裂、疼痛。毫不夸张地说，新时期以来河南作家笔下最让人印象深刻——甚至过目难忘——之处，便是对这种转型之痛的痛彻展示与表达。

所以，不管是从作家作品的体量来说，还是从其个性来说，河南作家都有作为一个地域性文学群体被关注和研究的可能性和必要性。而言其"必要"，实在是因为对这个群体的观察，亦是对百年来中国社会历史发展和文化转型的回顾与反思。多年来，对这个文学群体的观察和思考，并不局限于与河南这块地域有关的学人，它受到的关注是全国性乃至世界性的。郑州大学文学院中国现当代文学专业的诸位同仁，多年来对河南作家给予了积极的、热情的关注和研究。这里原本并没有统一的规划和预先的组织，而只是因为这个文学群体及其创作实在太过醒目，以至于让人无法视而不见。

当然，此次"中原作家群研究丛书"的策划和出版应该算是一个标志。近年来，郑州大学陆续成立了二月河文学艺术研究中心、河南文学研究中心等研究机构，2024年3月河南文艺评论基地(郑州大学)揭牌，这些都为我们能够更好地整合资源、调动力量，更充分、更有力地发掘"中原作家群"这一丰富的文学资源的价值，让这一地域文学资源的价值得到更好、更充分的传播与利用，创造了条件。在此，衷心感谢郑州大学文学院对该丛书出版的大力支持！感谢河南省文联、河南省作家协会、河南省文艺评论家协会，以及广大作家和学界朋友的无私帮助！同时也对武汉大学出版社诸位编辑老师为丛书出版付出的辛苦努力，表示最诚挚的敬意！

李勇
郑州大学文学院教授、博士生导师

目　录

第一章

思潮论：近三十年文学趋势观察

近三十年(1990—2020)时代和文学发展出现了太多新质和变化。对于21世纪以来处于这种变化当中，切身感受着这种变化，或振奋、或失落、或淡然、或黯然、或释然的人们来说，如何面对这样一种时代和文学的新变化，确实是所有文学——不管是纯文学(严肃文学)还是通俗文学——创作和研究者都难以回避的课题。我们在此以乡村叙事的危机与前景、现实主义文学发展的路向、新时代如何建设新文学为三个切入话题，借以观察今天的文学与时代。这不仅是对文学和时代的观察，也是对作为时代主体的我们自我精神状态的省察。许多的事件和现象已经发生，或正在发生。可能，许多的问题也并没有答案。我们所看到、想到和写下的，只是一"己"和一"孔"之见，狭隘和粗浅是难免的，却是发自内心最真实的感受。

一、近三十年乡村小说叙事的危机与前景

近三十年急剧的社会转型，也许才是乡村叙事出现"危机"的根本原因。说"近三十年"，是从文学的角度而言的，因为社会转型的加速，应该是从20世纪90年代之初，国家开始实行市场经济体制改革①便开始

---

① 1992年1月18日—2月21日，邓小平的南方谈话中提出"计划和市场都是经济手段，不是社会主义与资本主义的本质区别"；1992年10月12日—18日，中国共产党第十四次全国代表大会在北京举行，江泽民作《加快改革开放和现代化建设步伐，夺取有中国特色社会主义事业的更大胜利》的报告，确定"我国经济体制改革的目标是建立社会主义市场经济体制"。

了。这种社会转型的加速，使得90年代中期以"现实主义冲击波"为代表的直击社会转型所带来的社会问题的小说创作潮流在文坛涌现并受到瞩目。如果说，从"现实主义冲击波"兴起的1995—1996年前后算起，到今天确实已将近三十年。

时光如白驹过隙，但世界某些方面的变化却依旧缓慢，比如"乡村叙事的危机"这个话题。在20世纪90年代，当社会转型带来社会激变，而文学仍沉浸于"纯文学"的高蹈姿态时，文坛便疾呼着危机。待到"现实主义冲击波"等更切合"危机论"者(当时主要是一些"纯文学"的批判者如李陀)呼声的创作潮流出现时，危机之声也并未平息。① 而随着这股关注现实的文学思潮在近三十年不断发展(如先后出现的"底层文学""非虚构写作"等创作潮流)，批评声也一直如影随形。

在这股关注现实的文学潮流中，乡村小说创作是"主力军"。虽然批评之声一直存在，但如果说乡村叙事出现危机，从某些方面而言，可能并不确切。姑且不提与乡村关系更密切的老一辈作家贾平凹、莫言、张炜、韩少功、迟子建、李佩甫、关仁山、刘醒龙、陈应松等，在更年轻的孙慧芬、乔叶、邵丽、张楚、弋舟、周瑄璞、葛水平、付秀莹、马金莲等那里，"乡村"要么是他们一直固守的家园，要么是他们涉笔的重要领域。对于"乡村"的青睐和推重，不仅仅在作家那里，也在于外界反应——近年茅盾文学奖、鲁迅文学奖等获奖作品中，乡村小说仍占据显赫比重。② 而把目光放长远，近三十年，若问当代文学经典有哪些？《平凡的世界》《白鹿原》等，基本上又会是大部分人的首选。在中国市场经济改革不断深入，现代化、城市化一往无前地推进，甚至城镇人口也

---

① 参见雷达. 现实主义冲击波及其局限[N]. 文学报, 1996-06-27；童庆炳, 陶东风. 人文关怀与历史理性的缺失——"新现实主义小说"再评价[J]. 文学评论, 1998(4)；李陀, 李静. 漫说"纯文学"——李陀访谈录[J]. 上海文学, 2001(3).

② 以2003—2023年为例，5届茅盾文学奖获奖篇目共24篇，乡村题材小说约为12篇。

已超过农村人口的时代①，"乡村"依然是作家笔下的主要文学景观，这一方面让我们不得不由衷感叹乡村叙事的根深叶茂，另一方面也充分显现了当代中国乡土印记之深。虽然更多的人正从乡村出走，虽然乡村也已不再是昔日的乡村，但至少在文学以及人们的情感领域，"乡村"并未远离。

不过，我们也承认，目前的乡村写作，确实存在令人无法满意之处。不管怎样，近三十年乡村叙事承受的指责，包括作家与现实的距离问题（过于疏离或过于切近）、对现实的介入能力问题（历史理性偏弱）、对于现实的表现问题（叙事技巧不足）等，确实存在。只是，仔细想来，这些问题，也都是"老问题"，而且很多是没有答案的"老问题"——甚至对作家创作而言是纸上谈兵的"伪问题"。比如作家和现实的距离问题，当我们指责一个成名作家远离现实的时候，我们明明知道，已经在城市安居乐业的他是绝不可能再回到他的故乡定居生活的；当我们指责作家现实主义的艺术表现方式缺少创新的时候，我们恰恰忘了，当初我们是怎么批判"纯文学"迷恋技巧而远离现实的；至于指责作家缺少理性（思想），理性（思想）和文学创作之间本就存在复杂而充满争议的关系，这一点就更不用多言了。

所以，这里不妨暂且把问题悬置：不管有没有"危机"，我们只是承认，当下的乡村小说叙事确实不尽如人意。那么，该如何去改善？我们不如试着从以下角度去探讨这个问题：在社会转型的当下，作家的乡村书写究竟出于什么样的冲动或动机？这种冲动或动机下的写作，对接了

① 2012年8月14日，中国社会科学院在北京发布《城市蓝皮书：中国城市发展报告NO.5》。据蓝皮书显示，中国城镇化率首次突破50%关口，城镇常住人口超过了农村常住人口。蓝皮书还表明，2011年，中国城镇人口达到6.91亿，城镇化率达到了51.27%。人口城镇化超过50%，这是中国社会结构的一个历史性变化，表明中国已经结束了以乡村型社会为主体的时代，开始进入以城市型社会为主体的新的城市时代。参见蓝皮书：中国开始进入以城市型社会为主体的时代[EB/OL].（2012-08-14）. https：//www. chinanews. com. cn/gn/2012/08-14/4107006. shtml.

怎样的现实？这样的现实，调动了作家怎样的经验、情感、记忆、叙事技巧？如果有问题，必然是有哪一个环节出现了问题。找准了"病"，方能下"药"。

(一)近三十年乡村小说叙事的三种情感状态

所谓社会转型，或者说社会现代化转型，乃是这样一个过程：现代工商业不断发展，从而替代传统的农业和手工业，成为社会主要的产业力量。在此背景下，相应于这种物质性的现代转变，整个社会的法制、伦理、道德、文化等，也都发生改变。这样的一种变化，给传统乡村社会带来了全方位的巨大冲击。这个过程在中国最早自鸦片战争始，但是真正大规模展开，是在 20 世纪 80 年代改革开放之后，而随着 90 年代市场经济体制改革的推行，这个转型进程明显加速。

相应于这种社会变化，整个中国 20 世纪 90 年代以来的文化转变也是急剧的、显著的。近三十年乡村小说叙事的发展，也是源于这个背景。一个潮流的形成，自然是因为许多作家的加入。那么他们为什么加入？当然是因为这个领域所对应的现实世界的变化给他们带来了心灵冲击。那么从 90 年代以来我们看到，不管是"现实主义冲击波"，还是"底层文学""非虚构写作"，它们共同传递出来的作家内心的情感是：惊悸、悲痛、不平。这种情感，由 90 年代面对社会遽然变化时的惊讶、不适（惊悸），到不断受到动荡现实刺激而发生更剧烈的情感反应（悲痛、不平），有一个历时变化过程，强度不同但性质无异，我们可以用一个词来概括：悲愤。在悲愤之外，我们还能看到另一种相关但不完全一样的情感：伤感。伤感不如悲愤具有痛感，但它更弥散、更广大。如果说悲愤较多源于具体的、激烈的人事和命运的话，那么伤感所对应的，则是一种更具有时间性的、悠远的历史命运感怀，它可以针对具体人事，也可以针对更宏大的事物——历史、国族。除了这两种情感反应之外，还有一种情感反应：嘲讽。这一点需要特别解释，这里的"嘲讽"，不是一般意义上的轻蔑、讥讽，而是相对于前两种情感反应而言的。前两种，不管是悲愤还是伤感，它们都是深重的、肃穆的；而"嘲讽"则更偏于智性，更具有怀疑的态度，或者不妨说是一种警惕，虽然它内在可能仍是一种悲愤或者伤感，但它又刻意与之保持距离，竭力让自己平和、中立，并寻求更自由的表达。

悲愤、伤感、嘲讽——虽然概括得不一定精准，但这三种情感态度，基本上构成了近三十年乡村写作者主要的情感反应类型，它们大概也是近三十年乡村小说叙事的主要"表情"。

首先看第一种情感反应类型：悲愤。对悲愤的表达，显然是激烈的。不过从近三十年来看，随着社会转型的不断深入，以及人们对于转型的"适应"，这种悲愤的具体表达也有变化。在20世纪90年代，以"现实主义冲击波"为例，当时的刘醒龙、谈歌、关仁山等，虽然也在《挑担茶叶上北京》《凤凰琴》等这样的作品中表现乡村贫困、官民对立、基层政治腐败、伦理破败等，但是面对那一切，他们当时还能找到某种意识形态性的心理安慰（如"分享艰难"），以对抗悲痛。"悲"而不绝望、"愤"却试图担当，乃是当时主要的情绪状态。但到了21世纪之后，随着转型带来的问题的深重，作家对现实的感受则进一步朝着无奈化、绝望化的方向发展。《泥鳅》《民工》《马嘶岭血案》《到城里去》《刘万福案件》，这些作品所展现的现实，更趋于"纯粹"的悲剧，作家似乎已找不到可以解释现实、对抗悲痛的力量。心理屏障的坍塌，带来的是灰暗的绝望景观。在前述列举的作品中，令人窒息的绝境、理性丧失的疯狂、同归于尽的血案，乃是它们共同呈现给我们的"乡村末世图景"。

第二种情感反应类型：伤感。它与悲愤相比，有着共同的发生基础，即都是由悲剧性的乡村现实所刺激而引发。但它的力度似乎要更轻——或者说没有那么尖锐，那么有切肤的、直接的痛感，但它却更弥散、更广大。特别是它所对应的，不是个体性的悲剧，而是一种时代性、历史性的悲剧。也就是说，它是关乎"历史向何处去"的一种哀伤。这种哀伤，指向的是农耕时代的落幕和终结。在20世纪90年代的《白鹿原》中，它表现得淋漓尽致。不过《白鹿原》更集中展示的是儒家文化的衰败，作者陈忠实笔下的乡村如白嘉轩和鹿三一并劳作的田园一样，虽余晖尽染却也温情煦暖。而且陈忠实透过作品所表现出来的对儒家文化(其实也是整个农耕文明)的殷殷眷恋，本身也象征了他对这种文化及其母体社会的一种难以抑制的希冀。而到了21世纪，希冀已经没有了，完全被哀哭替代。在贾平凹的《秦腔》、李锐的《太平风物——农具系列小说展览》等作品中，"乡村"成为一个时代落幕的"最后景观"——"最后"一个农民、"最后"一次劳作、"最后"一株庄稼、"最后"一件农具……哀伤之气，遍披华林。

值得一提的是，同样是这样一种伤感情绪的表达，在另外一部分作家那里，却发展出了另一种我们并不陌生的文学叙事类型，那就是充满怀旧和礼赞色彩的浪漫主义写作。这方面的代表，20世纪80年代有"寻根文学"，近三十年它虽不及现实主义文学那么发达，但也有代表性的作家作品，比如与边疆渊源深厚的迟子建、红柯①：前者的《额尔古纳河右岸》、后者的《西去的骑手》，都是逾越了传统乡村小说形态(它们甚至不会被归为乡村小说)的一种广义的"乡村叙事"。对于异质性文化形态的礼赞，对于"边缘"和"过去"的留恋，对于自我情感和理念毫不迟疑的表达，使得它们呈现出浓郁的浪漫主义抒情气质。如果说把这种文学纳入"乡村叙事"范畴尚有争议的话，那么将另一种同样具有怀旧抒情气质的乡村书写——比如乔叶的《最慢的是活着》、周瑄璞的《多湾》等——归为"乡村叙事"，则似乎没有太大争议，它们都塑造了作者心目中一种理想的"中原"(而非"边地")文化和人格，并站在时代变迁的角度，以"向后看"的姿态，对这种文化人格、生命态度进行追念与礼赞。

第三种情感反应类型：嘲讽。这是一种与前两种情感反应类型明显拉开距离的情感态度。前两种情感下的写作，都是写作者面对自己所不适应的现实所作的"不平之声"。在这种"不平之声"背后，那种悲愤、伤

---

① 迟子建1964年生于黑龙江漠河北极村；红柯原籍陕西，1986—1996年在新疆生活了十年。

感，归根结底其实都是源于一种现代性的"乡愁"——鲁迅先生所谓的"侨寓者"的"乡愁"①。而不管其内含的是批判（如鲁迅）抑或眷恋（如沈从文），这种"乡愁"都是一种现代性态度使然。但是对于乡村和农民的书写，是否还有另外的态度存在？李洱便说，他要逃离《边城》《山乡巨变》《白鹿原》的乡村叙事传统，"重建小说与现实的联系"②，于是他写了《石榴树上结樱桃》，这个小说以习见的乡村权力争夺战为故事内核，以丰富混沌的乡村生活细节构建起现实主义的文本外部形态，所交予我们的却是一个颠覆了传统现实主义文学的后现代文本——李洱所凭借的是对故事深在意义的消解，对"乡愁"的拒绝。③ 同样对乡村保持了这种情感和价值"中立立场"的，是刘震云的《一句顶一万句》。刘震云20世纪90年代以来的写作，一个很重要的面向，便是致力于探索人的意识和语言复杂性，《一句顶一万句》也是如此。它以传统乡村社会中的"贱民"为对象④，通过探索其内在精神世界的复杂性，在试图颠覆人们传统对乡村和农民的认知的同时，也以"去历史化"的方式颠覆了传统的乡村叙事。如果说传统乡村叙事，都是饱含更深重、肃穆的情感态度的话，嘲讽这种情感态度则偏于"轻""淡"，它以某种更洒脱、更智性的方式，回避沉重，拒绝批判和眷恋。也正因为它对于传统乡村叙事的这种不屑态度，我们将这种情感态度称为"嘲讽"——它不是针对乡村的，而是针对传统乡村叙事的。值得一提的是，在90年代这种嘲讽式表达已

① 鲁迅. 中国新文学大系·小说二集：序[M]//鲁迅. 鲁迅全集：第六卷. 北京：人民文学出版社，1982：247.

② 李洱说："我写的是九十年代以后中国的乡村，这个乡村与《边城》《白鹿原》《山乡巨变》里的乡村已经大不相同，它成为现代化进程在乡土中国的一个投影，有各种各样的疑难问题，其中很多问题，都超出了我们的想象……应该有一种小说，能够重建小说与现实的联系。"参见李洱. 为什么写，写什么，怎么写——在苏州大学"小说家讲坛"上的讲演[J]. 当代作家评论，2005(3).

③ 参见李勇. 新世纪乡村叙事未来发展的启示与可能——以李洱、迟子建和红柯、刘震云的创作为例[J]. 文艺评论，2011(9).

④ 参见陈晓明. "喊丧"、幸存与去历史化——《一句顶一万句》开启的乡土干叙事新面向[J]. 南方文坛，2009(5).

经出现，韩少功的《马桥词典》便是一例，但是和新世纪李洱、刘震云的作品相比，它还是显得更深重、肃穆。

当然，这三种情感反应类型——尤其是前两者——有时并不容易区分。它们有时会集中在同一部作品或同一个作家身上。比如贾平凹的《秦腔》，里面既写到遍布在清风街日常生活中的那些具体的悲剧（兴建大市场的失败、白雪的婚姻、夏氏家族的解体），更表达着一个村庄、一个时代即将永逝的悲哀，所以它兼有悲愤与伤感。有时候，在有的作家身上，因为其个人表达习惯、语言风格等，其作品的叙事情感则需要细加分辨——比如张炜，在《九月寓言》《柏慧》《家族》中，他貌似伤感，实则悲愤。

（二）近三十年乡村叙事的"问题"所在

如前所述，这三种叙事情感中，悲愤是出于一种强烈的道德感；伤感则不是直接基于道德感，而是一种历史忧患或文化忧思，一种往日不再来、人心不古的惆怅（尽管它从触发原因来看可能也会连接到由具体人事激发的道德感）；嘲讽从发生原因来看，则距离道德感更远，它更多的不是基于情感，而是理智。

这三种情感状态下的写作，从近三十年的文学创作潮流——如"现实主义冲击波""底层文学""非虚构写作"等——来看，那些在描写时代现实方面表现突出的作品，如《分享艰难》《挑担茶叶上北京》《被雨淋湿的河》《瓦城上空的麦田》《马嘶岭血案》《泥鳅》《民工》《拆楼记》《挂职笔记》等，其实都是一种悲愤的写作，它们都充满了一种道德感。而近三十年乡村叙事所承受的指责，首先也是因为这一点：道德感过于强烈，以至于感性有余而理性不足。①

首先要说的是，这种指责没有错。悲愤下的写作，其强烈的问题意

---

① 参见前述雷达、童庆炳的文章，以及邵燕君. "写什么"和"怎么写"？——谈"底层文学"的困境兼及对"纯文学"的反思[J]. 扬子江评论，2006(1).

识、批判的激情、写实的方式，都是走了一条批判现实主义的道路。而批判现实主义是需要理性的。历史理性在非理性主义思潮盛行的 20 世纪 80 年代一度被人质疑，但是随着这些年社会历史的发展，我们越来越发现，至少在深入观察和理解现实、揭示和表现现实方面，历史理性都无法缺席。不过，我们首先也要明白，"理性不足"的指责，所适用的对象应该是那种比较纯正、传统的批判现实主义作品，比如《马嘶岭血案》《泥鳅》，你指责它只看到现象而并没有深入挖掘、分析这些现象，这种指责是恰当的——如果它确实存在这种问题的话。然而，如果你指责的是《秦腔》，则可能有些偏差，因为《秦腔》并不是纯正的批判现实主义的作品，它可能确实存在"理性不足"的问题，但从它表现的那种悠远的历史感伤来讲，"理性"本就不是它的所长，甚至也不是作家所愿——实际上，贾平凹在谈《秦腔》的写作时，一直在强调他历史理性的失效。① 而读过《秦腔》者也会发现，它最动人的地方，其实正是在于对历史理性失效后那种彷徨无依的作家主体精神状态的展现。而且这种历史理性失效的主体状态，又直接催生或者说对接了作品那种细节流式的"回到纯粹的乡土生活本身"②的叙事话语，这也是这个作品的艺术个性之一。所以这个作品是不宜用"理性不足"来批评的。

所以，这里就产生了一个问题：我们的指责，应该是有明确、具体的对应和指向的，而不应该大而化之、漫无目标。就像我们抱怨苹果树上怎么找不到梨一样，这样的指责方式本身是不对的，找梨应该到梨树

---

① 贾平凹说："我目睹的农村情况太复杂，不知道如何处理，确实无能为力，也很痛苦。实际上我并非不想找出理念来提升，但实在寻找不到。"参见贾平凹, 郜元宝. 关于《秦腔》和乡土文学的对谈[N]. 河北日报, 2005-04-29.

② 陈晓明认为："我们在贾平凹的《秦腔》这里，看到乡土叙事预示的另一种景象，那是一种回到生活直接性的乡土叙事。这种叙事不再带着既定的意识形态主导观念，它不再是在漫长的中国的现代性中完成革命文学对乡土叙事的想象，而是回到纯粹的乡土生活本身，回到那些生活的直接性，那些最原始的风土人性，最本真的生活事相。"参见陈晓明. 乡土叙事的终结和开启——贾平凹的《秦腔》预示的新世纪的美学意义[J]. 文艺争鸣, 2005(6).

上去找。那么，如果说"理性不足"所指向的应该是批判现实主义作品，那么"艺术创造力欠缺"如果也对准批判现实主义写作的话，则不是特别合适。批判现实主义作品当然也需要艺术创造力，但这种创造力可能主要不是在于艺术技巧，或者说首先不是在于艺术技巧，而是在于作家对现实的把握能力、宏观或深入的揭示能力，在此基础上，语言、结构等艺术性要素更多的是辅助项。所以我们看到，《涂自强的个人悲伤》是没有太多花哨技巧的，甚至非常粗糙，但读来却令人印象深刻，原因就在于它对当代最尖锐的社会问题的强有力揭露——这应该也是它问世后引起关注和讨论的原因所在。司汤达的《红与黑》、列夫·托尔斯泰的《战争与和平》在语言和叙述技巧上又有多少独一无二之处？显然，它们最无可比拟的地方在于对时代的呼应，在于其敏锐、丰厚而开阔的对社会历史的表现。但是反过来，艺术创造力对于"嘲讽"式表达来说，却可能更为重要，因为这种表达是强调智性的，是带有现代主义意味的，是强调形式、结构和语言的。所以，当余华在《第七天》里以类似"新闻串烧"的方式去表现现实的时候，他便受到大家的批评，因为不管是余华给人的惯常印象，还是《第七天》本身的叙述风格，都给人以一种现代主义的预期和印象。

那么，这样来看的话，近三十年乡村叙事所遭受的批评是否恰当呢？近三十年对乡村叙事的批评，如前所述，主要有两种：第一种是理性不足（延伸开去的说法，包括"过于感性""思想力不够""拘泥于现实"等）。第二种则是艺术创造力欠缺。首先要承认，这两种批评，都不是无的放矢。近三十年乡村叙事，某种程度上，确实存在这些问题。但我们的批评也有问题：第一，如前所述，批评常常不分对象，一概而论。第二，虽然我们也承认，确实存在批评者所谓的那些问题，但是它们是否像批评者说的那样严重？存不存在评价过低、以偏概全的现象？第三，也是更重要的，批评者往往只是批评，却不提出或提不出有针对性的建议。

鉴于上述问题，我们认为，在批评和分析之前，首先要客观地看待今天的文学现实。目前的时代，是一个社会转型的大时代、新时代，这个时代的很多现象和事物，都是很多当代中国人不曾经历甚至想象过的。时代的新变导致文学新变，我们的审美标准是否也要更新？对于今天的文学批评而言，这是很重要的问题。鉴于此，我们认为在做评价的时候，更适宜持一种宽容、开放的立场和胸怀，这就要求我们有一种自省的、朝向未来的态度：既要批评(有批评才会有进步)，又要自省；既要着眼当下、指出问题，又要面对未来、提出建议。

鉴于此，我们这里将对三种情感状态下的写作分别探讨。这三种情感状态，所对接的现实、所对应的艺术方式和风格都有差异，那么它们的优长，也应分别来看。

(三) 当今时代需要怎样的文学？

首先，悲愤对应的主要是批判现实主义风格的写作。虽然这个路向的写作是受批评最多的(理性不足、艺术创造力欠缺都是指向这个写作路向)，问题可能也是最严重的，但不可否认，其成绩也是有目共睹的。这个写作路向中，相对来说，中、短篇小说收获最大，《凤凰琴》《被雨淋湿的河》《马嘶岭血案》《到城里去》《刘万福案件》《世间已无陈金芳》等，都是近三十年给人印象深刻的作品。特别需要提到的是迟子建的《世界上所有的夜晚》，这个作品写于作家个人情感遭到重创之后，带有自传色彩，但是它的整个故事、气质，却都在于对"自我"的突破——故事写的是一个新寡女子为摆脱丧夫之悲去旅行，却在途中遭遇了更广大的底层世界的悲伤，因而生发出一种深广的悲悯，从而将小我的悲伤消化于无形。小说以短短万字的篇幅，可以说克服了"底层文学"遭受指摘的几乎所有弊病——它既有深广的人文悲悯，有独具匠心的结构和迟子建式的个性化语言，同时它又是不折不扣地书写苦难但却超越苦难的典范之作。

悲愤式情感状态的写作，长篇小说的表现要低于中、短篇小说，原因可能是长篇小说的难度更大。这个难度不是在技巧，而是在体量、气魄，对作家而言，则意味着耐心、决心和毅力，当然还有能力。单从艺术技巧上看，《涂自强的个人悲伤》有些粗糙，也有些简单（情节、人物），作家似乎刻意要以这样一种单线条的、直率的方式，表达她对这个时代最尖锐问题的看法，但作品可能也因此丧失了批判现实主义文学应有的丰富和厚重。以近三十年为限，贾平凹的《带灯》可能是最让人难忘的小说之一。这个小说和《秦腔》不同，它有主要人物（带灯），有突出的故事情节（上访、拆迁），有丰富的对当代农村社会现实的呈现（通过"综治办主任"带灯的眼睛），同时它将这一切的现实矛盾和纠葛，挤压到了带灯一个人的精神世界当中，尖锐而集中地展现了当代中国乡村的悲剧境遇。这些都是这个小说区别于《秦腔》的地方，而相对于《秦腔》，它在结构、语言上也有一定的突破（比如小说中穿插的浪漫抒情的"给元天亮的信"）。虽然这个小说在更进一步地深入现实、分析现实方面，还有潜力可挖掘，但就贾平凹目前的写作状态来看，它可以说达到了他在批判现实主义文学写作方面的顶峰。另外，李佩甫的《生命册》也是很优秀的作品，但这个作品在内在情感上是犹疑的，它暗示了回归（借助于老姑父、吴志鹏），却又无家可归（李佩甫的作品一直贯穿有对乡村愚昧性的批判，《生命册》很大程度上也延续了这一主题）。这种犹疑，似乎也更深地困束了李佩甫探索现实的脚步——《平原客》便没有沿着《生命册》的疑问和彷徨继续追问下去，而是更多地回到了道德批判。

其次，伤感对应的是浪漫主义风格的写作。近三十年浪漫主义路向上的写作，我们可以举出不少比较纯正的作品，比如之前提及的《额尔古纳河右岸》《西去的骑手》，但是如前所述，这些作品可能会有争议——它们到底算不算真正的乡村叙事？所以我们宁愿讨论其他更纯正的乡村题材作品。《秦腔》如前所述是一部优秀的"伤感"之作，但它骨子里的抒情气质，却又是通过如此实之又实的方式表达出来的，这和迟子建、红柯那种极其主观化、个人化的抒情表达方式完全不同。它是乡土中国最后的挽歌。这挽歌以《秦腔》这样"写实"的方式来唱响，是否才是最动人心魄的？相对而言，李锐的《太平风物——农具系列小说展览》选取"农具"为描写对象，通过一件件与之相关的悲剧故事，一段段被牵连起的辛酸人生，巧妙地勾勒了一幅乡土文明的"末世图"。这里的"农具"没有了社会学价值，也不是风俗展览式的被观赏之物，而是乡土文明沉没前在这个世界最后的"投影"。李锐的书写因此也显得特别令人心惊。在对"伤感"的表达上，也许没有一种伤感能比得上传统文化和道德的永逝不再。乔叶的《最慢的是活着》和周瑄璞的《多湾》都是写平凡而普通的中原女性，她们直面苦难，又在苦难中历练升华，终绽放出令人惊异的生命之花。而随着祖辈逝去、往昔不再，"我"也在走向现代的路上无家可归。后面这三部作品的"浪漫主义"其实是情感层面的，在艺术表达方面，它们其实和《秦腔》一样，也都是一种更写实化的倾向于现实主义的表达。

最后，嘲讽对应的是现代主义风格的写作。嘲讽式的乡村书写是对于传统现实主义文学的反叛。在这个写作路向上，具有代表性的作家作品有刘震云的《一句顶一万句》、李洱的《石榴树上结樱桃》等，它们能让我们联想到 20 世纪 80 年代的"先锋小说"、90 年代的《马桥词典》等。但是今天，在一个作家日渐受到巨变的现实吸引和催逼的时代，理念化、哲学化、形而上气质的写作，已经越来越失去青睐。当年的"先锋作家"大多转向，能够坚持先锋写作的也日渐边缘（如残雪），甚至那些转向者虽竭力去拥抱社会历史，但是其身上的先锋印记——哪怕仅仅是语言和叙述风格——也依然阻碍着他们在这个时代被接受：马原的《牛鬼蛇神》出版后反响寥寥；苏童的《黄雀记》虽获茅盾文学奖，但那更像是对他"终身成就"（而非《黄雀记》本身）的褒奖；莫言的《生死疲劳》受到的关注，似乎也不逾有限的文坛和学术界；而《第七天》之后的余华，则又一次陷入了长时间的沉寂。

现代主义的窘境、困境，也让我们思考：对于我们这样一个时代而言，究竟需要怎样的文学？当然，这样发问，已经有"功利主义"之嫌。所以我们首先要申明：提出这样一个问题，并不意味着我们在召唤一种文学的霸权，恰恰相反，我们这样发问的前提，是尊重文学发展的基本规律，我们希望文学在宽松的外部环境和自由的主体状态下，有多元化和多样化的发展。在这个前提下，我们想要思考的是，我们这样一个时代，究竟什么风格的写作才最能够与它对接。就像在20世纪高度物化的欧美国家，现代主义和后现代主义因为充分对接了西方高度物化和异化的社会现实，从而主宰了文学艺术界一样，在我们这个民族的当下，什么样的文学形式才是最能与它对接的艺术形式？

我们认为：在这样一个复杂、多元、多变的社会转型时代，当各种社会力量、文化力量交相并置，各种矛盾冲突不断发生，甚至文学艺术本身的存在方式、传播方式也在发生革命性的变化，我们同样需要一种复杂、磅礴的文学形式与这样的时代对接。而这种文学形式，应该是一种批判现实主义的文学。

这么说主要基于以下几点：第一，复杂、多元、多变的时代，既需要作家有敏锐的社会感知能力，更要有强健的理性分析能力，才能真正认识这个时代。那么只有批判现实主义写作，才真正将作家对于世界的理性认识推至一种前提性和根本性的地位。现实主义文艺理论强调作家对于世界的整体性认识，客观而真实地反映世界，探究其内在结构、肌理，寻求其本质和规律。这些都是其他文艺形式所不具备的：现代主义文学更多地诉诸作家主观的情感和观念，主要表现主体与客观世界（尤其是物化现实）的冲突，它的高度"主观化"的艺术特质，在20世纪西方困顿、绝望的"末世"情绪下，酿就的是一种孤绝的艺术姿态；浪漫主义和现代主义一样，它对于现实世界同样也持以决绝的嫉视，所不同的只是，这种"决绝的嫉视"在浪漫主义者笔下催生的是对一个理想化的完美世界的建构与想象。而现实主义者则相反，他是紧盯眼前"这个世界"的，他对这个世界也许绝望透顶，但却并不人为地预先为它设定一个绝望的本质，他要观察、分析，甚至改变它。也就是说，他有一种生于绝望的希望，有一种乐观坚强的气质，有一种更切实（而非空泛和虚妄）的理想主义气质。这是他和现代主义者以及浪漫主义者最大的不同。而近三十年乡村叙事所展现的三种情感类型也向我们展示了，在作家的焦虑面前，最能够释放这种焦虑的，正是这样一种批判现实主义的文学。

然而，这种批判现实主义的文学，目前又恰恰面临困境。批判现实主义文学的困境，也许和历史因素有关，即新时期以来当代文坛对"社会主义现实主义文学"的反拨所造成的对整个现实主义文学的偏见和误解；当然，也和批判现实主义写作自身的难度有关——它需要作家对历史和现实有宏观、细致的把握，有开阔的社会历史视野，有分析社会历史的理性能力，当然也要有深广的人道悲悯情怀……这些都对作家主体精神建构提出了更高的要求。

现实主义文学某种程度上是排斥"自我"的。韦勒克曾说，现实主义者主张的是"艺术应该通过细心观察和认真分析来研究当代生活和风尚"，他们"不相信主观主义，不相信浪漫主义对于自我做出的极高赞扬：在实践中……往往排斥抒情主义和个人情趣"。① 而结合西方文学思潮的发展来看，现实主义代替浪漫主义成为西方文学发展的主潮，也正是发生在 19 世纪中期，这正是欧洲国家的社会转型时期，当时西方现实主义文学以对欧洲社会历史和现实客观、翔实的表现，从而主宰西方文学数十年之久。而在此之前和之后的浪漫主义、现代主义文学，则无疑更倾向于那种"抒情主义和个人情趣"的文学。如果要寻求一种对应的话，那么当时的欧洲与今天的中国，从社会转型这一时代特征而言，显然是非常相似的。而源发于欧洲的批判现实主义文学，也应该是契合于今天我们时代的一种文学。

20 世纪 90 年代以来当代文学的发展，其实也走了一条从现代主义回归现实主义的道路：80 年代以"寻根文学""先锋文学"为代表的浪漫主义、现代主义、后现代主义文学一度盛行，但是 90 年代随着"先锋转向"，当代文学的现实主义发展趋向日渐明显。时至今日，虽然现实主义文学发展存在种种不足，但是它显然已是当代文学发展的主潮。当

---

① 韦勒克. 文学研究中的现实主义概念［M］//批评的概念. 张金言，译. 杭州：中国美术学院出版社，1999：219.

然，如何更好地发展，乃是当下现实主义文学更紧迫的话题。在那些具有代表性的作家作品身上，我们能够看到现实主义文学发展所遭遇的困境。比如贾平凹，《秦腔》《带灯》应是他 21 世纪之后最好的作品，但《带灯》最后安排主人公带灯陷入迷乱，这也暗示了贾平凹在进一步挺进现实方面所遇到的困境。那么，作家为什么不能更深入地挺进现实，更深入和深刻地观察、理解现实？仍以贾平凹为例，21 世纪后他也写了不少历史题材的作品，比如《古炉》《老生》《山本》，它们或写"文革"，或写陕西秦岭地区历史，这些小说都延续了贾平凹写现实时那种带有"自然主义"意味的写实笔法，但是这种笔法虽然在表现现实时常能给人一种情感和艺术的冲击力（如《秦腔》《带灯》），但在表现历史时却总让我们感到一种明显的缺憾——那种"细节流"式的语言、趣味主义的日常生活描写、对暴力等人性恶细节的渲染等，都让我们看到作者对于"自我"（个人情感和意趣）的耽溺。在那种自我重复性的碎片化、欲望化、趣味主义的历史书写中，我们看不到历史发展带来的巨大忧患和悲伤，更看不到振起的力量。相对于现实题材的创作，历史书写也许更需要作家的理性，这种理性既涉及作家对于历史长期而充分的调查研究，又涉及作家对历史和现实的认识与理解，而这些都需要作家的"知识""思想"和"情怀"——只有这些，才会让文学的"历史"既贴近历史，又照亮现实。

如果说批判现实主义文学在今天确实有广阔的发展前景的话，那么对有志于批判现实主义写作的作家来说，保持一种悲悯的、人道主义的情怀，同时更进一步增强自己的理性能力，提升对于社会历史的把握能力，不断学习、观察、探索、研究，如此，方能创作出属于这个时代的"史诗"。

二、近三十年文学的现实主义发展路向

世界历史发展难以预料。就像十年、五年，甚至三年之前，谁都没

有想过世界和我们的生活会有现在这样的变化。全球疫情、国际冲突、地域纷争、公共事件等，以及充斥于这些周遭的喧嚷、分歧，让人们试图解释这一切、抚平这一切，然而结果却不一定尽如人意……所有这些，除了证明人类社会和文明在当下遇到困境之外，似乎并不能让我们认识到更多。源远流长的人类文明发展史，并不鲜见危及人类全体的危机，而每一次危机，似乎总能带来某种程度的文明嬗变甚至新生，那么今天的危机对我们到底意味着什么？预示着什么？这是所有关切人类前途命运者都无法回避的问题。

危机，总是伴随着冲突，或者说本就起源于冲突——利益的、观念的……而危机的化解，势必需要共识的达成。人文社会科学，恰是一种有着某种共同性的价值理念甚至精神信仰的"知识"，这种致力于关心人、了解人、服务人的"知识"，以其"人"的基点，成为实现人类精神对话的基础。而其中的人文之学，更是因其与"人"有更直接和更紧密的关联，从而在融合差异、形成共识方面，有着不可估量的作用。虽然理性主义和现代科技的高度发展，使得人文之学在近世以来面临窘境，但在共同的精神困顿面前，人文乃至社会科学自身显然有无法推卸的使命和责任。而其中各个民族和地域的文化作为世界文明的子体，既有着化解人类危机的共同使命，也在危机面前显现着自己的特性、价值，并以自身特有的方式回答着历史的考验与问询。肇始于五四的中国新文学，其百年的发展主要回应的是现代性的历史召唤，而及至眼下，随着世界性变局和困局的出现，它是否也面临自己新的使命？

（一）近三十年"现实主义"文学的重振

提出这样的问题，显然是将文学放置于和社会历史互动的场域中去审视的，而当我们从文学与社会历史的关系角度去审视和要求文学的时候，往往会觉出文学的有限。在韦勒克看来，文学作品有着想象性、虚构性、创造性等特质，自然不能把它完全等同于对社会现实的反映："一部文学作品，不是一件简单的东西，而是交织着多层意义和关系的一个极其复杂的组合体。"①但有着忧患意识并主动入世的作家却自会以积极的姿态去观照现实，甚至介入现实——"文以载道""为人生"一直是我们这个民族最为人称道的文学传统，而"启蒙""救亡""革命"的召唤，确实也带来了中国文学的现代化和新生。但是这些外部性的召唤和呼求，在某些时候也导致了歧路和偏向，有时甚至触目惊心，代价惨重。而每每于穷途末路之际爆发出来的反思和反拨中，"向内转""为文学松绑"这样的缓和甚至拆解文学与社会历史关联的呼声，又总是成为拨乱反正运动中最响亮的口号。当然，"为人生"还是"为艺术"，"向内转"还是"向外转"，这样的分歧并不为中国文学史所独有，而是古往今来世界文学艺术发展过程中永恒的角力。

　　纵观中国新文学的发展，新时期之后的文学反思，是内在于整个国家层面的拨乱反正运动当中的，这种反思的一个最直接或直观的结果，便是20世纪80年代对"纯文学"的热切呼唤与追求。然而，这种追求并不持久，大概从80年代末开始，对纯文学的批评和反思便开始了。联想到纯文学焦虑下80年代文学的发展——从现代派到拟现代派，从寻根文学、先锋文学到新写实小说、新历史小说等，这股现代主义文学的热潮仅仅持续了数年时间便偃旗息鼓，确实让人有些意想不到。而自80年代末90年代初开始，大概以"先锋转向"为标志，文学与社会历史和时代现实的关联重新被突出和强调，写实的、关怀社会人生的现实主义文学，遂成为文坛主潮——如果说80年代中后期的新写实小说只是打着"写实"的旗号，骨子里仍然浸透着对于传统现实主义（批判现实主义和社会主义现实主义）的批判和反思，那么大约从90年代中期开始，以"现实主义冲击波""底层文学""非虚构写作"等为代表的文学潮流则是不折不扣的现实主义文学风貌。

　　近三十年的文学发展，以现实主义文学重振进行概括和描述当不为

---

① 韦勒克，沃伦. 文学理论[M]. 刘象愚，等，译. 北京：生活·读书·新知三联书店，1984：16.

过。不过这种"重振"，如果只是针对于 20 世纪 80 年代短暂的纯文学和
现代主义文学热潮，未免有点不太对应。所谓"重振"，当需结合更久远
的社会主义现实主义文学在中华人民共和国成立后渐趋非常态化的发
展，正是这种非常态化的发展，使得经典的批判现实主义文学遭到排斥
和抑制，以至于新时期之后，伴随着国家政治体制和意识形态的调整，
批判现实主义文学才得以复苏和抬头。而如果再将目光拉长至现代文学
时期，以 30 年代左翼文学为代表的批判现实主义风格的文学在当时也
只是众多文学思潮之一脉，尽管当时它在某些历史时期、某些地域也许
有过壮大和发展，但应该说直到新时期之后，尤其是到了 90 年代以后，
这种批判现实主义文学才逐渐有了一种较为持久且覆盖弥广的发展
态势。

然而，这样一种概括，仍然是笼统的。"现实主义"在当下语境中往
往是很含混地被使用的，它时而指一种文学风格，时而指一种历史实
在——文学思潮，时而又指向一种热切的精神姿态。而观察近三十年来
当代文学的发展风貌，如果确实要用"现实主义"来概括的话，那么这里
的"现实主义"可能更多的还是侧重于一种主体性的精神立场和精神姿
态，即作家对于社会历史和现实的一种关切态度。至于这种关切是否使
用了"现实主义"的艺术表现手法加以传达，倒在其次。其实，在 21 世
纪的今天，纯正的"现实主义"文学真的还存在吗？今天的作家(尤其是
中青年作家)要讲述一个故事，是否会按照发生、发展、高潮、结局，
起因、经过、结果这样老套的模式去讲？这些新时代的写作者在构绘一
个人物形象的时候，是否会效仿列夫·托尔斯泰描写安娜·卡列尼娜时
所做的——精心为她布场、铺垫，设计好应有的心理与表情，甚至为她
挑选好合适的头饰与围巾？

中国当代文学在经历了 20 世纪 80 年代那样的现代主义文学的冲击
和洗礼后，新一代写作者——哪怕是"现实主义"的拥趸——是否还会青
睐 19 世纪欧美经典现实主义的写作方式，确实是让人怀疑的。20 世纪
90 年代的《高老庄》《白鹿原》《马桥词典》《丰乳肥臀》，其现实情怀不容

否认，但它们显然不是纯粹的批判现实主义艺术风格；新世纪的《秦腔》《石榴树上结樱桃》《一句顶一万句》《太平风物——农具系列小说展览》《望春风》等，如果仅从语言和形式外观来看，可能更接近于批判现实主义，但其内在的情感和观念却似乎更倾向于浪漫主义和现代主义。所以，在经过了社会历史——包括文学史——复杂的发展变化之后，今天的所谓现实主义文学可能早已无法保持其原本的那种单纯性和纯粹性。也就是说，对近三十年来的现实主义文学呼声其实并不能太较真，它更多的只是在热切召唤一种关注社会历史和现实的姿态罢了。

这样热切的召唤当然其来有自，那就是近三十年来中国社会急剧的发展变化，这是这种热切召唤之所以产生的背景，也是它的指向。这一点毋庸更多解释，所需强调的只是，这种社会历史和当代生活的变化是猛烈而巨大的，以至于身在其中的任何一个个体(包括作家)都无法对它无动于衷。然而让人尴尬的是，文学在这样一个时代来临后的边缘化处境。当然，被边缘化的不是所有文学，而只是传统的以启蒙为鹄的纯文学(严肃文学)。而代替纯文学进入人们视听，并迅速俘获人心的是网络文学等通俗文学。是的，正如我们眼下所看到的——文学自身的变化和内部分化，更进一步加剧了纯文学的边缘化。

想到这种边缘化境地竟然是近三十年来作家热切拥抱这个时代之际出现的，确实让人有些尴尬。究竟是边缘化的文学因为感到了自身边缘化，所以才要热切地拥抱时代现实，还是因为要拥抱时代现实而不可得，所以才日渐被边缘化的？这里面的情形比较复杂，非一言所能道尽。长时间以来，针对此的讨论和反思也持续不断，而现实主义文学的重振其实原本就内在于这一反思，或者说是它的结果。只是这种得以"重振"的现实主义文学，尽管一定程度上克服了纯文学或现代主义文学那种凌空蹈虚的"不及物"状态，但自身仍然问题重重。

(二)"现实主义"文学的问题与根源

近三十年来现实主义文学发展的问题，在与"现实主义冲击波""底层文学""非虚构写作"等文学思潮有关的批评中，能概略观之。这些批评，涉及作家的情感、观念、写作立场，也涉及作家的语言和形式创造能力。简而言之，即作家是否以富有创造力的方式，令人满意地表现出了这个时代的现实以及更广阔的社会历史。

在这些批评中，比较有说服力的有这样几点。第一，社会转型带来了如此巨大的社会生活变化，作家是否有相应的生活经验摄取能力？这是切中要害的批评。因为说一千道一万，文学源于生活，这是创作的铁律。如果你从未体验过某种生活，那么要表现这种生活，要描写这种生活中的生命个体，根本无从谈起。而当今的社会发展之迅疾程度、复杂程度，是远超太多人的认知力和想象力的，作家的生活又相对单纯，尤其是职业化的当代中国作家，能突破自身相对狭窄的生活半径，对社会生活有更广泛涉猎的，恐怕更寥寥可数。近读老作家田中禾发表于2010年的长篇小说《十七岁》，里面写到"40后"的青春成长时谈到了"E-mail""网友"，这些在当年还颇觉新鲜的词汇和事物，今天读来已分明有了一种时光荏苒的陈旧感。今天的生活形态多样、构成万方，一般须有特定的专业身份，方能对特定生活有一份发言权。站在讲台上宣读着十年前便使用的教材的老师，对台下学生手机里的网游世界可能一无所知；写字楼里的白领，对外卖小哥的生活和心理世界一定也非常陌生。十年前的底层文学，相当一部分作品是写乡下人进城的，但今天在城市苦苦打拼的，却不再仅仅是进城农民和一般城市底层，还加进了很多大学毕业生。而在农村，近些年的生活变化，也是超出很多人想象的。如果作家对这些陌生的和新型的社会生活变化没有了解，文学创作势必会出问题。今天很多作家也意识到了这个问题，不论是从官方倡导"深入生活，扎根人民"，还是从个体有意识的追求中，都可以看到这方面的努力，但效果如何还需更仔细地考察。

第二，社会生活在今天变得如此复杂，作家是否有能力勘破这种复杂的社会生活？这种怀疑主要针对的是作家的理性能力，关于这一点的质疑和批评，早已屡见不鲜。近三十年来的现实主义文学发展，有一个特别突出的特征，便是对于社会转型的表现。这类文学的源头，可以追溯至20世纪70年代末80年代初的改革文学，它聚焦的主要是中国改革开放以来所发生的社会现代化转型，表现这种转型所带来的中国城乡巨变以及人的情感和心理变迁。而近三十年来，对于这种社会转型的书写，虽出现了一些优秀的作品，但整体来看还是比较缺乏深度的，作家们更善于描写转型所带来的社会变化表象，而对于表象背后的深层肌理却缺乏有力的探触。在"现实主义冲击波""底层文学"中，作家对于社会负面现象的表现是用力最多的，也是具有相当的批判力的，但常常也是表象化的、缺乏深度思考和追问的；作家更多地只是在展示他们看到了什么、听到了什么，但是这一切缘何会发生，会如何演变，该如何改良和救治等，却明显思考不足。这也就导致了此类写作过于感性化和浮面化的弊病。高涨的道德激情，因为理性思考不足甚至缺位，从而流于空泛和偏激。这些年来像贾平凹的《秦腔》《带灯》等这样的比较优秀的书写社会转型的作品，整体还是以情感抒发和描摹社会现实表象见长，其情绪感染力、艺术审美价值不容否定，但思想力却明显欠缺。这些所反映的，正是作家对于社会现实的认知和理解能力的不足。

　　第三，是艺术表现力或审美创造力不足。关于这一点，论述者众多，兹不赘述。然而窃以为，这却是最具争议性的一点。因为审美具有主观性，所谓"艺术表现力"或"创造力"，其实很多时候都很难有效地界定和衡量。当然，首先须承认的是，近三十年来的现实主义文学发展中，确实出现了一些艺术上比较粗糙、水平较为低下的作品，但是哪一个文学思潮或浪潮中没有低劣之作和末流之作呢？这些低劣和末流之作并不代表全部。如果仅仅是片面性地将它们作为现实主义文学创造力不足的证据，显然不能服众。比如《秦腔》《带灯》《石榴树上结樱桃》这些直击社会转型之作，公允来看，其艺术创造力是比较显见的；而在中短篇小说创作领域，同样也有《世界上所有的夜晚》《最慢的是活着》这样的艺术水准很高的作品。其实，讲究"理性"地描写世界，真实、客观地再现社会生活的现实主义文学，相对于主观性和抒情性更强的浪漫主义文学，以及精心于语言和形式实验的现代主义文学，似乎先天性地便缺少一种艺术上的飞扬和自由属性，然而这种以理性见长的文学，或许有其特有的一种艺术上的创造力。这种创造力可能不是纯形式的、语言的，而是与其理性特质相应的一种艺术上的特性和魅力。详细描述这种艺术上的特性和魅力，不是此文所能胜任的，我们只能以简单的举例方式，对其进行或许不够精准的描述——比如巴尔扎克、托尔斯泰、肖洛霍夫、罗曼·罗兰，比如鲁迅、茅盾、巴金、陈映真、路遥等杰出的批判现实主义作家，他们那种宏伟开阔的表现社会历史的气魄，那种尖锐、执拗而又坦率、质朴的笔触，那种苍茫、深沉、热烈的情感……都显现着浪漫主义和现代主义文学多不具备的个性和魅力。

有这些经典作家的创作在前，也许就不难对当下的现实主义文学进行把脉诊断。近三十年的现实主义文学，虽不像有人批评的那么不堪，但它确实有一定的欠缺和不足。这种欠缺和不足有多种表现，最主要的一点，也是这种缺陷和不足最主要的根源，便是作家理性之不足。理性，决定着作家对生活经验的摄取、观察、理解和运用。尤其是在今天这样一个生活和经验不断复杂变迁的时代，作家摄取生活资源并不容易。作为生活中的个体，他们当然是先天地占有着属于他们自己的生活，但如何观察、理解这生活，并对其进行恰当的艺术表现，这才是关键。其中，理性的作用是支配性的。在今天这样的时代，我们可能再也无法本质性地想象、描述和评价这个世界，而只能认真地观察、体验、分析和思考，然后才能有相对权威和有力的发言。艺术反映生活的方式当然是多样的，但对现实主义创作来说，最关键的首先还是作家认识世界和理解世界的能力。近三十年现实主义文学发展的不足，理性欠缺可谓最突出的表现。

这种理性欠缺，在文学创作上有更具体和微观的表现。比如历史叙事的萎缩，以及相应的现实书写的过度泛滥。近三十年的现实主义文学创作，绝大部分是现实书写，较少是历史书写。从 2021 年度《人民文学》的刊载情况来看，现实题材的小说共计约有 50 篇，历史题材的约有

18 篇；2021 年度《小说选刊》转载的作品中，现实题材的小说约有 140 篇，历史题材的只有 31 篇。这些年来的文学思潮——现实主义冲击波、底层文学、非虚构写作等——都是直击时代现实的创作；这些年来在创作上有着突出成绩的作家，如贾平凹、李佩甫、格非、李洱、邵丽、孙惠芬、陈应松、徐则臣、弋舟、石一枫、乔叶、鲁敏等，他们也基本上都是以现实题材创作为主。而历史题材创作，不论就量还是质而言，都无法与前者相提并论。现实书写更多地仰赖于社会生活经验，历史书写则离不开知识积累。① 大致而言，后者比前者门槛更高，创作难度更大。当然，任何题材的创作想要写好都不容易，但相对来说历史题材写作需要突破现实的壁垒，了解、掌握从前的生活，并将这种完结和消逝的生活加以"复活"，并且还要让人信服，其中的难度似乎是要更大。它不像现实书写一样，只需调动自我既有生活经验就有米下炊了，它需要先开荒、下种、浇灌、施肥，才能收获下炊要用的"米"。

近三十年来现实主义文学在题材方面的这种不均衡发展，或许和作家对"现实"和"现实主义"的片面理解有关。如果把"现实主义"理解为一种创作方法和艺术形式，那么很显然，描写现实的作品并不一定就是"现实主义"的，而符合"现实主义"艺术规范和创作特征的历史题材作品，自然也应在"现实主义"之列。其实，不管是 20 世纪 90 年代批判现代主义文学，还是 21 世纪反思"纯文学"，当时提出来的口号，并没有仅仅局限于鼓吹所谓"现实主义"，而只是试图让日益陷入"形式主义"和"观念革命"窠臼的作家们关注更广阔的社会历史——让"不及物"的文学变得"及物"，让"纯文学"变得不"纯"。真正使得这种关注社会历史和时代现实的文学呼声窄化为比较单面的现实题材书写的，大约有两种力量：第一，是意识形态层面对关注"时代"和"现实"的倡导，这一点不再展开；第二，是当代文学内部的变化，尤其是以"70 后"为代表的年轻一代作家的成长。这批中青年作家是在 20 世纪 90 年代以来的这三十余

---

① 对现实书写、历史书写的这种概括，只是相对而言。

年间成长起来的，他们的成长和这三十余年社会的急剧转型是同步的甚至一体的；自我的梦想与挣扎，生命的沉浮与激荡，使得他们无法忽略这样的现实，由此也就在创作上无比贴近着这一现实。这也许是这些年现实题材创作蓬勃兴盛的主要原因。

关于理性欠缺，还可再举一例，即知识分子题材的创作问题。知识分子题材小说近三十年间也是比较发达的，然而这些知识分子题材作品却有很多问题，最突出的便是对知识分子形象刻画的简单化和粗鄙化。这里无法详细列举和分析，姑且只举部分描写高校知识分子的作品为例——如《沧浪之水》《沙床》《桃李》《风雅颂》《应物兄》等。这些作品中的高校知识分子形象基本都是一种颓唐、消沉甚至堕落的存在，他们在时代转型中感到失落、迷惘和痛苦，这并不虚假，然而他们对待这失落、迷惘和痛苦的方式却不是积极的、反抗的，甚至不是洁身自好的，而是随波逐流、同流合污。在这些作品中，放浪形骸者多，道貌岸然者多，追名逐利者多，甚至不乏大量沉湎声色、肮脏龌龊、寡廉鲜耻之徒。知识分子在当今这个世俗化的时代并不容易保持清白和纯洁，但这并不代表完全没有这样人格的知识分子存在；他们在理想和现实的落差中确实处境艰难，但这并不意味着他们没有抵抗的努力。当然我们并不希望作家只是一味地正面描绘知识分子，甚至为了宣扬所谓"正能量"而粉饰和涂抹，但作家们作为知识分子之一员，至少应该更广泛地观察、更深入地了解、更诚实地面对，从而将心比心地塑造和刻画。知识分子形象书写的粗鄙化和低俗化，根本而言还是源于作家自身的精神危机，其笔下人物的精神状态更多的是他们自身精神状态的投射罢了。那种普遍性的颓废、迷惘、堕落和不堪，显现着对环境和自我的不满，但真正有忧患和担当意识的作家，应该更深切地关怀、思索——包括自我反思——而不是一味宣泄、恶戏和调侃。

(三)怎么办?

基于上述问题，似乎也能很容易找出解决问题的方案，比如增强作家理性等。但这样的解答未免过于空疏，而且可能没有抓住关键。文学到底该如何更好地表现这个时代？要回答这个问题，可能需要更全面的思考。

前面已述，近三十年来纯文学或严肃文学已然边缘化。而时至今日，纯文学写作者首先需要思考和解决的，可能还是自我和外部时代环境的关系问题。关于纯文学写作者如何面对边缘化处境的问题曾引起了很多讨论，其中有一个得到很多人认可的观点，即边缘化是纯文学在商业化时代必然的命运，而在一个相对自由和多元的环境中，边缘化其实更能够让写作者保持清醒和独立。理论上，这当然是说得过去的。如果说"边缘化"是一种主动的精神选择，那当然没有问题。但事实上有多少人能真正甘于寂寞，固守清冷？尤其是在当下中国，对于从事纯文学创作的"自由写作者"，生存就是个严峻的考验——脱离体制或商业化支撑能生存下去的纯文学作家恐怕是极少数。而作家一旦从事纯文学或严肃文学写作，便不自觉地加入了中国新文学的叙事传统，这个传统自诞生以来便是先天背负着家国情怀和社会使命的（正如五四新文学虽流脉众多，但共同的核心追求是"人"的发现这个启蒙主义诉求）。时至今日，中国社会、文化（包括文学）的现代性追求也并没有完结，在这个大背景下，即使是最遗世独立的作家，即便是"为艺术而艺术"最忠实的拥趸，其创作也都脱不开民族和国家现代化这个总命题。20世纪90年代以来的文学环境发生了巨变，但这个渗透在骨子里的纯文学的精神传统却并未断绝，而只要有这个现代性的外向诉求在，那么纯文学或严肃文学便不可能甘于向隅自守。"边缘化合理论"者试图为纯文学营造自由的生存环境这没有问题，但如果让纯文学或严肃文学因此丧失了与外部世界对话的冲动，这显然是有些得不偿失的，甚至也是难于实现的。

其实，"边缘化"的判断主要是从接受和传播角度来看的，从生产的角度来看，纯文学倒没有人们想象的那么不景气。根据2017—2018年的《中国文情报告》数据分析，新世纪第二个十年长篇小说出版已经从年产千部向万部迈进。报告称，就2017年12月中旬国家新闻出版广电总局

出版物数据中心提供的图书 CIP 数据来看，"2017 年的长篇小说条目为
8925 条"。加之在中国国家图书馆网站检索到的 2017 年长篇小说条目是
8514 条，这组数据与前面的 CIP 数据相当，考虑到不可避免的遗漏，可
以推断出"这两组数据似乎足以坐实 2017 年长篇小说'破万'的说法"①。
在这年产近万的长篇小说中，"属于严肃文学领域的原创小说，可能占
三分之一左右"②，这对纯文学出版来说仍然是一个惊人的数字。而纯
文学的这种生产上的繁荣，主要还是得益于国家体制的有力支撑。如果
没有这种支撑，单靠作家自发的力量或商业市场的推动，纯文学或严肃
文学想保持这样的产出，几乎是不可能的。如果下一个粗略的判断，甚
至可以说，21 世纪以来(如果说 20 世纪 90 年代尚不明显的话)体制几乎
已经成为当代文学发展最具主导性的推动力量——只要对近年来文学体
制在推动当代文学发展方面所做的工作(政策制定、项目管理、出版发
行、评奖和研讨等)有些许了解，可能就不会对上面这句话有所怀疑。
这种情形迥异于 20 世纪 80 年代甚至 90 年代，那时的纯文学或严肃文学
发展虽也有体制力量推动，但似乎更多的还是得益于文学自身的活力，
或社会商业化转型的刺激。进入 21 世纪以后，随着社会发展的进一步
复杂化和多样化，人类物质生活和精神生活的进一步变迁，纯文学危机
日甚，在这种情况下，体制已然成了纯文学最后的——似乎也是最坚实
的——屏障与支撑。然而，体制的支撑对纯文学来说又是意味复杂的，
它既提供支撑，又不是无条件的。

　　一方面是边缘化的社会处境，一方面是体制的并非无条件的支撑，
同时又身处这样一个瞬息万变的新时代，纯文学或严肃文学在今天究竟
该如何自处？这样的提问有些宏观，而有关于此的思考和讨论，这些年
来也一直未息。这些思考和讨论，当然有一个前提，那就是默认严肃文

----

① 白烨主编. 中国文情报告(2017—2018)[M]. 北京：社会科学文献出版社，
2018：17.

② 白烨主编. 中国文情报告(2017—2018)[M]. 北京：社会科学文献出版社，
2018：8.

学的价值，甚至命运。然而，无论是价值，还是命运，在今天似乎都越来越难于让人保持乐观和信心。这个问题很复杂，需要更严肃而认真的探讨，绝非寥寥数语能辩清。所以，我们在此只能不无虚妄地延续着我们残存的乐观和信心来讨论纯文学或严肃文学的命运——纯文学或严肃文学写作者到底该如何面对和书写这个时代，完成自己可能无法推卸的使命？对此，我们只能做力所能及的，然而可能也不免虚妄的思考。

首先，作家还是应该更充分地思考：该如何面对这个时代？这是个老生常谈的话题。长期以来，总是不乏呼唤作家"关注时代现实"的呼声——我们所面对的现实是如此丰富和跌宕，而作家似乎一直没能展现出与之匹配的认识能力、表现能力。其实这样的判断是很笼统的。首先我们需要承认一个事实：近三十年来，在描写今天最醒目的时代现实——社会转型——方面，我们还是出现了一些优秀作品的（如前所述）。它们也许欠缺了丰富和复杂，但却真挚而动人；它们艺术上也许并不完美（其实有谁能做到完美？），但也尝试着语言和形式上的创新。其实还须明白，即便是近三十年，在历史的长河中也只是太过短暂的一瞬，能有一两部真正的经典留存后世，已是莫大的幸运。所以，对待眼下，应该更多一点耐心。另外，批评作家表现时代乏力，似乎是埋怨他们辜负了时代，其实时代现实即便再火热，作家也没有必要一哄而上。文学经典的创造和产生是个长线过程（尤其是对于小说，特别是长篇小说来说），写"二战"的经典作品并非战时即出现的，中华人民共和国成立初期的历史至今也仍有人在写……所以，如果今天的时代确实像我们言之凿凿的那样足够特别，我们应该有耐心等来它的"书记官"。当然，这样说并不是为今天的作家推卸责任，而只是说，寄望作家"直面时代"并非一定要他们写新冠疫情、脱贫攻坚、老龄化、大学生就业、医疗体制改革……而是真正让作家找到一种恰当地处理自我和时代关系的方式、科学地对待艺术创作的态度。总的来说，是要尊重其创作的自由和个性，营造宽松的外部环境，鼓励和帮助其找到契合自身的写作方式。这应该是保证创作质量的前提。作家要找到契合自身的方式，而不是闻风而动、人云亦云。作家有自己的个性，有自己的生活，"深扎"确实是必须的，但如果不是与自己的这种个性、生活结合在一起，恐怕也很难结出让人满意的果子。

另外，如前所述，近年来当代文学的发展，体制是无法忽视的力量。所以如何恰当处理和体制的关系，也是作家需要面对的。文学体制近些年的影响力，从文学思潮的衍变也能看出一二。在 20 世纪八九十年代，文学思潮的衍变主要是由文学自身的力量推动的，而到了 21 世纪，情形慢慢发生了变化，最明显的体现是"非虚构写作"的兴起。2010年兴起的这股兴盛至今的写作潮流，最初是由中国作家协会下属的《人民文学》杂志社发起的，它通过成立专栏、征集项目、设置奖项（"非虚构作品"奖）、提供奖金等一系列措施"吁请海内作家和写作者，走出书斋，走向现场，探索田野和都市，以行动介入生活，以写作见证时代"①。也正是它的这一系列的措施和"吁请"，清楚显现着体制的力量。体制带来了生机，但"非虚构"的"指示"和"引导"，也让当代文学更趋单面化和平面化地沿着写实的方向发展。体制的力量对创作者来说常常是一把双刃剑，它既提供支持，又是一种诱惑和操控。那些经费、计划、项目，那些大大小小、五花八门的奖项，那些看似光鲜亮丽实际上往往形式大于内容的发布会、研讨会……作家日渐变得实利化、商业化和明星化，而创作质量却似乎每况愈下。作家也是社会中人，需要生存，有寻常人的虚荣心，这都能理解，但是如何在喧嚣中保持定力，恰当处理好体制和自我的关系，保持个性和锐气，保持独立思考的勇气和能力，这是当代作家面临的巨大考验。当代作家的中坚力量，是以"70后"为代表的中生代，但这批作家的创作实绩似乎一直与文坛和批评界的期望存在距离，这不能不说与当下这种时代环境、体制的影响，以及他们对自我和社会及体制关系的处理有关。

---

① 《人民文学》杂志启动非虚构写作计划［EB/OL］.（2010-10-12）. http：//xinhuanet. com/zgjx/2010-10/12/c_ 13552982. htm.

上面谈到的这两点，关乎当代文学发展比较宏观的两个问题。而在具体的层面，倒是可以谈一点感性的希望。近三十年来的文学主潮是关注时代现实的现实主义，正如前面所谈到的，这股现实主义文学写作潮流是由背后多种力量所促成——既有文学思潮本身的衍变（对于20世纪80年代纯文学的反拨），又有意识形态和文学体制的倡导。然而，实际上，作家应该有更多的艺术选择。比如，浪漫主义和现代主义，它们在表现时代现实方面，其实很多时候并不比现实主义乏力，其对现实的批判立场很多时候是同样的，而作家为现实所搅动的不安的内心也是同样的，只是表达的方式和方法有异罢了。我们固然不一定要学习西方现代主义那种虚无和神经质的独语与叫喊，但却可以欣赏其反抗的姿态和艺术创造的激情。尤其是在面临某种无以解脱的精神性的困境或者外部性的钳制时，现代主义往往会展现出某种与众不同的精神和美学启示。浪漫主义也是如此，在今天这个社会转型的时代，浪漫主义其实是有着深厚的生存土壤的——那种怀旧的情感，那种难以抑制的对于家园消逝的悲怆，那种对于真挚的人性和人情的深切眷恋，随着旧文明的解体、旧时代的落幕，其实也一再冲击和激荡着我们的心胸。所以《白鹿原》《额尔古纳河右岸》那样的作品，才会引起我们强烈的情感共鸣。

新的时代确实已经来临，而且新的这一切，仍在一往无前地更新着、变化着。往昔曾享有无上荣光的中国新文学，尤其是纯文学或严肃文学，到底命运如何？谁都无法知道。但有一点可以确定，即至少在那些仍然和它有着千丝万缕关联的人那里，它仍然被寄寓着深情和期待。有这份深情和期待，人们就难免会报之以关切，费之以唇舌，并不为抱怨什么、说服什么，而只是倾诉这份深情和期待，并期望某种未来或许能有的改变。

三、新时代如何建设新文学

近三十年来，文学确实已经发生了很大变化。特别是传统观念中的文学，其形态甚至功能，在今天都已发生了某种根本性的改变。而以这样一种"变"的眼光来看当下的严肃文学或纯文学创作的话，很多人可能都会有一种恍如隔世之感。然而不管怎么变——不论是文学自身的，还是其外部的——至少它还在那里。这是否意味着它仍然是一种尚未被彻底撼动的"传统"的一部分？或者，这一切都只是人类社会和文明的惯性所制造的一种假象？因为当我们从"传统"那里得到那些我们想要或压根不想要的，我们发现它们对于我们今天所要追求的"幸福"来说，似乎关系并不大。当然，有很多人会告诉你，其实还是有关系的，只是你没有发觉。但这能说明什么和改变什么呢？当你终有一天落入尘世的生活，为那层层包裹着你的一切所淹没，李白、杜甫、鲁迅或者莎士比亚、乔伊斯、卡夫卡，都无法让你得救和解脱。是的，这就是我们今天最真实的心境和处境。而这种心境和处境，也最根本性地决定了文学尤其是纯文学和严肃文学的当代命运。

徒然的慨叹是无济于事的。在这样的情形之下，我们莫如去仔细观察。因为，即便在这样的不景气的环境之中，纯文学和严肃文学确实仍"顽强"地存在着。说"顽强"可能并不准确，因为"顽强"一词意味着倔强和努力，可当我们真正进入纯文学和严肃文学的生产现场便会发现，"倔强和努力"其实只是一厢情愿的想象。纯文学和严肃文学的存在，跟主体的努力似乎关系不大——至少没有那么大。因为它的不景气，也压根并不是纯文学写作者自身不努力所导致。而更让我们伤怀的是，那种努力——执着于文学本身，而不是它外围的那些事物的努力——在今天似乎也随着外部环境的萧条和冷落而变得更少见了。纯文学和严肃文学在今天能维持存在，所仰赖的看起来是一种外部性的力量。这种力量，主要来自体制。体制对于纯文学和严肃文学的支撑，在今天人们似乎已经习焉不察，但其实它比以往任何时代（除了某些特殊的历史时期）都要更突出。这一点在21世纪第二个十年的"非虚构"文学创作潮流身上体现得尤其明显。"非虚构写作"的兴起接续的是21世纪第一个十年的底层文学，后者在对现实充满道德焦虑的直诉中日渐走向想象力和语言的枯竭。在这种情况下，以《人民文学》为主要倡导者发起的"非虚构写作"很好地接过了底层文学呼应时代的接力棒，并以一种积极踊跃的姿态和体制与时代现实进行了将近十年的互动，至近两年方衰。

"非虚构"的衰落从其干预现实的姿态来说，某种程度上也是必然的。别的不说，一个文学潮流能风行十年，差不多也是它正常的寿限。它的走向低落，其真正原因人们想必也心知肚明。而在它走向低落的同时，新的潮流（或仅仅是文学口号）也正在应运而生。比如"深扎"（"深入生活，扎根人民"），比如"脱贫攻坚文学"，比如"新时代文学攀登计划"等。体制和文学的关系，一直是一个充满争议的话题。关于这个话题，有太多的意见（尤其是批评性的意见），在此不赘。我们要说的是，体制和文学的关系在今天的中国，确实有着非常复杂的形式和表现。尤其是结合当下纯文学和严肃文学的边缘化处境来看，体制对于文学的影响似乎更难用一种单一的批判和否定性的眼光来断定。体制给文学带来约束，但也给予其支撑。而在这个文学边缘化如斯的时代，它所给予文学的支撑，几乎是文学所能得到的唯一有力的支撑了。

（一）

体制对于文学的影响，并不只是一种直接性的规定和引导，它还在更高和更开阔的层面影响和作用于文学。比如近年来在乡村叙事领域，有很多新的社会内容进入作家创作的视野，这并不是自然而然发生的，而是与外部性的号召和引导有关。"脱贫攻坚""精准扶贫"都是这样一种外部性的号召和引导。从政策实施者的角度来看，"脱贫攻坚""精准扶贫"等政策的推行和实施，肯定有着多方面的考量。但如果从文学的角度来看，它显然也更根本性地与文学（包括其他所有人文之学）的某种根本性的精神属性有紧密关联。文学是人学，对"人"的关怀，是文学最根本的特质。但是文学对"人"的关怀方式，又和政治有所差异。这差异，有时是令人沮丧的——一部再伟大的文学作品，在改变贫困人口的物质条件方面，可能还不如一项哪怕不甚完善的政府调查报告来得有效、立罕见影。不过，它有时又是令人振奋的——一部文学作品所激发的精神力量，也许会给一个（群）人带来无法想象的影响，改变其性格，进而改变其人生、命运。从这个意义上讲，一个再实用主义、再世俗化的时代，文学也依然是其价值的。

相应于"脱贫攻坚""精准扶贫"这样的政治和社会性口号，我们反顾文学也会发现，上述口号所观照的社会历史与现实，也使那些似乎悬浮着的号召和口号与文学有了精神性的连通。众所周知，"贫困"是古往今来文学最为青睐的书写主题之一。在五四新文学诞生之初，"平民的文学"和"贵族的文学"便构成了一种对应的价值等级关系；至于左翼文学兴起之后，无产阶级的政治属性和地位自然也让无产阶级的文学逐渐获得了价值的甚至美学的优胜。这一切都让文学对于"贫困"和"贫困者"的书写富有特定的政治和社会意涵。及至新时期以后，文学对于"贫困"和"贫困者"的表达，因为启蒙理性的张扬而重新获得了比十七年文学甚至解放区文学都更为复杂的内涵——对贫困的探究不仅仅从单一的政治经济视角进行，而是将曾经有过的文化和人性视角重新引入。不过，时间进入 20 世纪 90 年代之后，情形又一次发生了改变：在社会转型的刺激之下，描写受转型冲击的底层民生的文学，不仅成为 21 世纪前后三十年文学的主流，而且它们那种强烈的批判意识和对社会小人物的关怀，也使得它们和左翼文学乃至十七年文学发生着一定的精神关联。而不管是二十多年前的"现实主义冲击波"（尤其是刘醒龙、关仁山、谈歌、何申的创作），还是十多年前的"底层文学"和后继的"非虚构"文学，这些创作潮流共同关注的一个社会历史现象就是：贫困。

这贫困，首先是物质性的。在刘醒龙的《凤凰琴》《挑担茶叶上北京》中，民办教师为了摆脱"农民"身份展开令人心痛的生存竞争，基层政府为了脱贫不惜牺牲农民赖以生存的经济保障，这些都是 20 世纪 90 年代农村贫困化的写照。21 世纪之后，陈应松的《马嘶岭血案》、刘庆邦的《神木》《到城里去》、孙慧芬的《民工》《狗皮袖筒》、尤凤伟的《泥鳅》、邵丽的《刘万福案件》《第四十圈》等一大批作品，表现的都是农村和农民的贫困。这种贫困所造成的伤害，在上述作品中化成一声声哭泣，一桩桩血案，一次次复仇。同样的一种对于贫困的表现，出现在"非虚构"作家的笔下，梁鸿的《出梁庄记》、乔叶的《拆楼记》等，让我们看到的是乡村的凋敝，以及农民在一种新的社会性大变局中的流离失所。

　　当然，除了这种物质性贫困外，还有一种精神性的贫困也见诸作家笔端。所谓精神性贫困，我们这里主要指的是在社会转型时代所暴露的"人"本身的一种精神不足和文化欠缺。因为目前中国社会转型的方向仍然是朝向"现代"，所以这种精神不足和文化欠缺，也是由相应的比照而言的——更具体来说，这种不足和欠缺，即是一种现代精神和现代文化及人格的不足与欠缺。在20世纪90年代初，陈忠实《白鹿原》中流露的对儒家文化命运的嗟叹，便是因现代文化冲击下传统文明(儒家文化)的困境所致；90年代末，李佩甫的《羊的门》，则更是将传统文化"愚昧"的一面揭露得淋漓尽致。21世纪后，《羊的门》这种以文化批判和人性批判为主的启蒙书写有式微之势，代之而起的则是对于传统文明和传统文化人格悲剧命运的书写：孙惠芬的《致无尽关系》《岸边的蜻蜓》着重探讨处于现代和传统夹缝中的"乡村能人"无法卸却的精神枷锁；李佩甫的《生命册》《平原客》同样也在"关系"视域中探讨由乡进城的知识分子的精神出路。而在梁鸿的非虚构作品"梁庄系列"(以及其虚构类小说《梁光正的光》等)，还有乔叶的非虚构作品《拆楼记》中，农民身上的文化劣根性也是作家着力突出和描绘的。不过，上述这些作品大多已不同程度地削减了传统启蒙叙事(如鲁迅)那种太过强烈的文化批判姿态，它们虽然也在进行文化批判，但那种对文化和主体精神人格的批判，是被放置于一种更为实在和具体的社会历史处境当中加以表达的，所以它在表现一种愚昧的同时，更多还彰显着一种现实生存的困顿和难言的苦涩。

　　不管是物质性贫困，还是精神性贫困，它们在文学中所展现出来的带给贫困主体的往往都是一种"苦难"(尤其是对于前者而言)。所以，某种程度上而言，近三十年来描写社会转型的文学(尤其是小说)，是可以用"苦难叙事"来形容的。然而，一旦我们使用"苦难叙事"这个字眼，便已经暗含了一种批评。其实，近三十年的社会转型叙事，不管是"现实主义冲击波"，还是"底层文学""非虚构"写作，它们确实也都承受了这样的批评：过于青睐"苦难"，过于渲染"苦难"——甚至罹患了"苦难焦虑症"。

只是，对社会转型时代的苦难的书写，还是应该更客观地来看。首先，近三十年来(尤其是 21 世纪以来)的苦难叙事，其实一定程度上和五四以来现代性视野下的苦难叙事还是有一定差异的。简单而言，现代性视野下的苦难叙事是有一个基本的"理念"框架的，在这个框架下，"苦难"并不纯粹，它要么连接着"愚昧"，要么构成着"革命"的合法依据。在这种情况下，苦难本身的历史性内涵、结构、层次甚至意义，往往会被不同程度地遮蔽。而近三十年现代性叙事的危机(很大程度上是20 世纪 80 年代现代主义和后现代主义思潮冲击，以及近三十年中国现代化发展进程本身遇到挑战所致)，使得"苦难"开始挣脱原有的现代性叙事塑型，显现出它本来的面目：苦难就是苦难，它无关羞耻，更无关荣耀，它只是中国社会转型无法回避的一个"事实"。

然而，"事实"如此，却并不代表文学也应如此。其实从"现实主义冲击波"到"底层文学""非虚构"，这些写作潮流一直遭受批评的一个原因，就是作家在书写苦难的时候，往往只是一种就事论事的姿态。客观而言，这种就事论事的姿态绝不是没有价值，正如前面所言，它某种程度上复原了"苦难"本来的历史面目。但文学的悖论在于，一种客观存在的现实(事实)，哪怕它再真实，再具有新异性、冲击性甚至轰动力，但它若一再进入文学文本的话，也会逐渐丧失最初的魅力。苦难叙事的美学困境就在这里。而至于另外一个方面：如果说"苦难"是一种客观存在的事实，那么我们至少要追问，它从何而来，该如何改变？这个问题抛给文学家，也许并不恰当，因为文学家毕竟不是思想家、哲学家、社会变革者，但是文学写作是否可以做到更深入社会历史和现实，更深邃、更富有理性地思考呢？

（二）

突破的路径到底在哪里？鉴于困境并非不清晰，所以问题看起来倒也不难回答。首先，作家应该正面着力，增强理性：追问"贫困""苦难"的根源。于是我们便会老调重弹地谈起作家深入生活的能力，谈到观察、理解、分析现实的能力——这些能力其实就是一种理性能力，或者说是一种思想能力，甚至实践能力。有了这种思想力、实践力，便可以观察、分析现实，探究历史，审视文化，甚至勘察人性……从近三十年的创作状况看，不得不说，这方面确实是当代作家最大的欠缺。近三十年来在这个方面做得好的作家作品，我们倒是可以举出一些例子，比如陈忠实的《白鹿原》、贾平凹的《带灯》、李佩甫的《生命册》、关仁山的《麦河》，等等。它们相对而言都格局广阔，有一种理性的、现实主义的气质。但是毋庸讳言的是，如果我们真正以世界文学范围内那些经典的作品来衡量的话，又总是感到它们或多或少有一些缺憾和不足——精神气质方面暂且不论，仅就展现的社会历史的宽度和广度来看，我们的这些优秀作品与《静静的顿河》《战争与和平》等还是存在差距。当然，印象式的文学乃至文化比较常常失之于概念化、简单化、定式化，但即使衡之以当代生活（包括历史）本身的丰富、复杂、多变，我们的文学在表现这种现实和历史方面，也依然是不尽如人意的。

也就是说，在目前的情况之下，如果要实现文学的突破，可能有两个路径：一是实现对生活的突进，二是自我理性能力的提升。很显然，我们的作家往往更善于在第一个方面取得突破。如果仅就近三十年来的社会转型叙事而言，这种突破最突出的一个表现，是有一些作家部分出于自我的意愿和努力，部分是响应于外部性的号召和催动（比如"深扎"），而表现出了对于现实生活的突进，并取得了创作的跃升。比如湖北作家陈应松，其早年的创作带有魔幻先锋味道，他亦醉心于某种形式和语言的实验，直到21世纪前后到鄂西神农架山区挂职体验生活，其创作才有了本质性的改变和提升。《松鸦为什么鸣叫》《望粮山》《火烧云》《独摇草》《云彩擦过悬崖》《豹子最后的舞蹈》等"神农架系列"让他获得了巨大的声誉，《马嘶岭血案》甚至成了新世纪"底层写作"的代表作。陈应松说，"我过去很相信想象力这种东西，甚至很崇拜想象力"，但是后来却无法坚持，他说，"那种以为呆在家里，泡在咖啡馆、茶寮里就能写出好作品的人，不是自欺就是欺人。我相信走更远的路，才能有更远的小说意境"。①

　　另一个和陈应松类似的例子是河南女作家邵丽。邵丽早年写诗和散文，早期的小说带有清新婉约的女性气质，所描写的内容也多是和她自身的女性成长经历有关，甚至她获得鲁迅文学奖的《明惠的圣诞》较之她此前的创作虽然生活面有所扩大，但内在气质仍然属于早期的那种创作特征。真正的改变来自 2004 年，她赴"河南省汝南县挂职任县委常委、副县长，分管科技、文化和金融、电力、通讯等工作。邵丽的挂职是实实在在的，开展工作同时还要接受考核，开会、接访、下乡村，和基层干部同吃同住，忙碌而充实。起初，她对基层有些抵触，觉得乡下人没什么见识，文化水平低。但是真正沉下去，亲历基层繁重的工作和基层干部的压力，还有民众的生存无奈，邵丽的内心受到极大的震动"②。正是这份深入生活之后的"震动"让邵丽写出了"挂职系列"。《刘万福案件》《第四十圈》等受到好评的作品跟她早期的小说相比，不管内容还是语言风格，都已判若云泥、如出二人。谈到当年的生活经历和她创作风格改变的关系，邵丽说："挂职能让你触摸到真实的生活、坚硬的现实，感受到无能为力的悲哀，当然也有让人耳目一新的振奋。可能每个人的感受不一样，反映在作品里也千差万别。我觉得挂职对创作起到的最关键的作用，还是让你知道了有这样一种生活，我们不能视而不见。"③

---

　　① 陈应松，罗亿清. 爱泥土，更爱石头——与陈应松对话[J]. 红豆，2005(3).

　　② 舒心. 邵丽：潜入生活的河底[N]. 北京日报，2022-06-21.

　　③ 李勇，邵丽. 作家比别人背负的苦难更重——邵丽访谈录[J]. 写作，2019(5).

其实这种因为生活接触面扩大而导致创作改变的例子有很多。而本质上来说，这种改变其实也是一种比较正常和普遍的现象，因为作家的成长，生命经验的扩大和增加，是随着他的生命走向成熟必然会发生的。只是，生命经验的增加会带来多大程度的创作的改变——尤其是跃升——是取决于"增加"的量和幅度的。陈应松和邵丽，都是比较突出的例子。而近三十年来中国社会所发生的如此巨大的变化，其实也天然地给很多作家提供了这种拓展自我、实现创作跃升的契机。甚至我们现在常常会看到作家有这样一种焦虑：时代生活是如此丰富和变化多端，我到底该如何去紧紧抓住并表现这种时代生活？

确实，生活并不会自动地走到作家的笔端，这里首先需要作家像陈应松说的那样"走更远的路"，不过除此之外，还有一种迫切需要的努力是指向作家的精神世界内部。河南作家李佩甫常说一句话，"用认识照亮你的生活"。没有认识，生活再丰富多彩，也是一片混沌。而面对同样的生活，只有发挥你的主观能动力，才能够让这生活转化成有价值的文学资源。这时便考验你的"认识"能力了。但是，在外部世界如此繁复多变的今天，认识这种社会生活的难度确实又比以往更大了。而当作家更多地为生活所裹挟和影响，一种直接性的情感和情绪反应显然是更容易做出的。抓住这种情感和情绪并不难，但如果让它成为写作的主导性力量，却往往会事与愿违。余华 2013 年发表的《第七天》集合了数年前当时的社会热点新闻和事件，那如大杂烩一般的新闻"串烧"式写法，也成为该作广受批评的一个主要的原因。王十月迟一年发表的《人罪》，写的是一桩离奇的高考顶替案，距离苟晶事件爆出还有六年的时间，和后者后来掀起的巨大的社会反响相比，王十月的小说带来的社会效应显然要小得多，但这并不能完全归咎于文学在今天的受冷落，而是作家在获得这个宝贵的写作素材之后，并没有将这个写作素材进行充分的酝酿和经营，而是"就事论事"地进行了较浅层次的文学故事改编。和同样题材与主题(忏悔与赎罪)的托尔斯泰的《复活》等经典名著相比，我们的作家所欠缺的并不是生活和素材，而是认识、理解这素材的能力与胸怀。类似的案例还有林白，在 21 世纪初的几年，林白主动求变，接近并书写一种她原先不熟悉的民间和底层生活，推出了《妇女闲聊录》《万物花开》等长篇之作，但是这些小说所收录的生活内容、民间话语，似乎都刻意地保持了一种未曾被进行任何艺术加工的"原生态"样貌，混沌是足够混沌，也充满了芜杂的生活细节，但是整个读来却如一堆没有骨头的碎肉，根本构成不了一个文学作品应有的完整的躯体。

获得一种宝贵的写作素材只是写作的第一步，如何认识和加工它，才是一部好作品能否诞生的关键。近年政策性的"深扎"催生了一大批相关题材的作品，但其中真正写得好的并不多。陈涛的《在群山之间》是让人难忘的一部长篇"非虚构"作品。作者陈涛的工作单位在北京中国作家协会，他挂职的地方是在甘南（甘肃省甘南藏族自治州）临潭县。这个作品的开篇便与众不同，它写的不是挂职的前因后果、初到的经历等，而是回到北京的不适。海拔、气候、人际的变化——或者更确切地说是变幻——给他带来的剧烈的身体应激反应，让他不由自主地反刍自己挂职的那段经历和生活。而由中心到边缘（西部）、城市到乡野、文明到相对原始，这样一种空间和文化、生态的环境变化，给他首先带来的不是心灵的震撼，而是身体的"不适"，这颇让人有些意外——细想当然又在情理之中。这种不适让他开始反观自己所身在的现代都市生活，并开始了一种不由自主的想念。这种想念是生发于他的身体（回北京之后的身体应激反应），而不仅仅是一种外部性的刺激——对于异域景观、风俗等的记忆。这可以说是陈涛这个作品的先声夺人之处。因为传统和现代、城市与乡村的冲突，确实首先作用的是人的身体，继而才是情感、伦理、道德等。而由身体出发的这种反思，首先展现出的是一种真切的现代性感受——它揭露了身体的秘密；继而才表达了作家的态度。

这种态度，在陈涛的表述里也没有太多的刻意、生硬之处。他以日常化的笔触回忆了那个他居住过的简陋的居所，以及里面那盆死而复生、生生不息的绿植；他也回忆了他在那里结识的那些他曾经无比熟悉的当地的人、朋友，他和他们的交往；还有他付出心血在那个地方做的事情：帮助很多村子建图书室，帮助一个村子装路灯——当路灯的光驱散那里夜晚浓得化不开的黑暗的时候，他的那种感动和欣悦……这些真挚细腻的描写，都让人特别感动。以这样的一种饱蘸深情的描写，陈涛描绘出了新世纪新型的乡村面目。比如，他所曾置身的那个西部的偏远之地的乡村，固然不同于内地的农村，但那种使它不同的"传统"在今天也已经几乎消失殆尽了——那种"不同"虽然有，但已经所剩不多。除了那些新异的山川地貌，人的生活、关系、情感、心理都与内地几乎无异。陈涛挂职的那个村子，青壮年常年外出打工，只剩下老人孩子；村庄的传统伦理道德秩序也早已崩坏——村里那个好逸恶劳的低保户，竟然拿母亲当工具要挟政府以图私利，以致母亲死亡……这些都是当代中国农村——不拘于西部乡村——正普遍发生着的新变化。

面对这种新变化，作者陈涛也似乎有意识地对于传统知识分子的乡村态度进行了反思。比如前面提到的那个母亲死亡案件中，那个五保户身上突出地表现着一种愚昧。在鲁迅、王鲁彦、萧红笔下，这种愚昧都有过突出的表现，而那种"表现"里也包藏着作家哀其不幸、怒其不争的启蒙批判态度。但是和传统启蒙叙事相比，陈涛的批判和反思似乎更减少了一分"怒其不争"的愤懑，更增加了一分"哀其不幸"的体谅。比如作品曾写到他入村修路时遇到村民阻挠，这个本为集体谋利的工作因为个别人的私心而无法顺利开展和实施，这让他本能性地产生了一种"怒其不争"的情绪，但是事情过后的冷静思索让他有了一种新的感悟：

> 他们（笔者注：村民）在生活中较少主动，被动的时候更多一些。在我看来，在村民的骨子深处，仁、义、礼、智、信，依然存在。在多次参与修路、环境整治的过程中，我遇到了很多为了集体牺牲个人利益的村民。他们在与政府及干部的交往中，通情达理，懂得退让，知道怎样的方式是最完善的解决之道，并且愉快接受。

同时，也有一部分人，不知道提供给他们的方案是否可以在最大限度上满足他们的利益，所以他们能做的就是拒绝、不合作，或者提出一些根本无法满足的要求。如果解决妥当还好，否则他会不断向我们暗示自己的弱势与被亏欠，最终成为无解的难题。

正是由于有了这样一种"新的感悟"，有了这样一种理解和体谅，才使得他有了一种新的工作态度：

> 所以，当我面对这一切的时候，所能做的唯有耐心，通过不同的方式与途径，与对方建立信任，深度沟通，以期完满解决。基层政府同样如此，要在高强度、高压力、异常繁琐、无始无终的工作中始终怀有一分悲悯、一分耐性，凸显诚信，言出必行，取信于民，而非一味地将责任归咎于农民的低素质与劣根性。①

很明显，陈涛这里的态度已经不是传统启蒙叙事者的那种态度，他在实际工作中固然遭遇到了愚昧，但他并没有像传统启蒙叙事者那样深为这种愚昧所困，他似乎获得了一个更高远的位置，这让他能够更理性、更平和地看待和化解这一切。这里，最关键的因素便是他所置身的"实际工作"，而这种"实际工作"的"高强度、高压力、异常繁琐、无始无终"，也是不真正参与其中、置身其中，所难以体会和了解得到的。陈涛有了这种参与其中和置身其中的机会，这也让他的写作有了一种不同。

（三）

陈涛的例子，实际上证明了一点：对于作家的创作而言，社会生活本身的力量是决定性的。但如果没有一种自我反思的能力，没有一种对

---

① 陈涛. 在群山之间［M］. 沈阳：辽宁人民出版社，2021：76.

于社会生活的深度介入，以及它所带来的对于这社会生活的独特理解能力、感悟能力，要想实现创作的跃升是不可能的。

当然，这里如果把这两个创作提升的条件并举的话，我们又一次陷入了一个困境：这两个方面的建议，根本没有任何新意，"深扎"本身就是对于第一个方面的强调，而对于第二点，更是显而易见的道理。但如果没有一种特殊的机缘、能力和努力，这两个方面其实都很难有真正的突破和成效。作为评论者，发表意见很简单，提出建议很轻松，但这些意见和建议有多大的可行性，会不会有真正的成效？这是最难的。

在今天这样一个时代，说实话，对于文学，尤其是对于一些传统的文学体裁，比如小说，若要实现真正的突破，可能首先要调整我们对于文学的理解。前文已述，今天的文学环境已经发生了巨大改变，而自古以来文学的变革，尤其是革命性的变革，一直是应时代的变迁和文学外部社会环境的变化而发生的。就像近现代以来，小说地位的隆升得益于现代化的社会历史变迁，而我们一直到今天这一百多年的历史仍然是属于这种变迁的一部分。所以小说的地位一直得以保持。但是，和五四那样的大变革时代一样，今天的中国又一次走到了大变革的关口——这个大变革从改革开放开始，到 20 世纪 90 年代大幅度地展开，此后一路突飞猛进。时至今日，回首梁启超一代于一百年前突出地强调和抬举"新文学"和"小说"的价值与功能时的社会情境，今天的时代之变革，其幅度和强度绝对不亚于一百年前。一百年前的"新文学"，其"新"之基础首先在于语言——白话。语言是文学的载体和传播媒介。一百年后的今天，时代又一次带来了文学的载体和传播媒介的革命性改变。尽管这背后并不是一种启蒙的诉求在发生作用，但不管怎样，变化是同样巨大的，甚至要更大。

这样的一种巨大的变化对文学的影响，我们实际上早已置身其中。文学只是人们的一种情感和理智的表达，而人的情感和理智当然一直都存在，甚至人性论者会认为它们以后也会一直都在，并保持着恒定的形态——所谓"人性"，这在很多人的观念里便意味着一种永久和固定。但这样的理解是否准确？人工智能、生物技术所带给这个世界的颠覆性改变，在很多方面正重塑着我们对生命和世界的认识与理解。"算法"对于人类的掌控能力，虽然还在受到人文主义者的怀疑，但是当我们在这个世界上越来越感觉到失去自我掌控能力的恐惧时，我们就不会怀疑它的强大甚至无敌。在人类所发明的强悍到让我们惊骇的技术面前，人类自身——从肉体到心灵——是否还能保有作为"人"的那些独特性？对这一点已经有越来越多的人开始失去信心。在这样的情况下，再宣称文学怎样独特、无以替代，都不免让人觉得虚妄。我们需要更清楚地意识到，不只文学，所有传统的、曾经富有独特魅力和价值的艺术，可能都会遭遇文学在今天所遭遇的困境。

在这样的情形之下，文学未来的发展路径到底在哪里？在人类的文明史发展中，文学曾作出巨大的贡献：荷马史诗、希腊神话、莎士比亚、歌德、雨果、托尔斯泰、李白、杜甫、鲁迅这些名字彪炳史册……但这些文化巨人的皇皇巨著如果诞生在今天，是否还能成为巨著？那些它们曾提供给人类的愉悦和精神的滋养，在今天人们自有其他更多的获取它们的途径和资源——当然更致命的是：繁花似锦、物欲横流的现代生活似乎早已将人们对于精神的愉悦和滋养的需求消磨殆尽。结束完繁忙疲惫的一天的生活，人们更愿意把自己交付给智能手机，而不是一本世界名著；今天的大学生从踏入校门的那一刻开始便为期末考试过关、考研上岸、找工作发愁，有谁会去歌德或鲁迅的话语里寻找解开人生问题的钥匙？手机、影院、网络、游戏、咖啡厅，是人们更愿意乃至更习惯的安顿自我的去处。

当然，作为一种小众的事业，文学还会存在。只是它不再引人瞩目。在这种不引人瞩目的情况之下，文学到底该如何自处？实际上，近三十年文学的发展，也部分性地给出了答案。这三十年的文学我们可以从不同的角度去观察，比如它自身的形态、特征，它和外部社会环境、体制等力量的关系，等等。而当我们这样去观察的时候会发现，虽然文学面临着外部环境的巨变以及它带来的冲击，文学仍然没有彻底丧失掉它自身的传统。比如对于民族性的现代焦虑的表达，对于人类精神状况的观察，对于人文精神价值超功利的坚守，等等。以近三十年中国当代文学发展来看，其既面临商业化时代的影响，又有体制性的引导和约束，文学固然有诸多不尽如人意之处，但基本的人文追求和价值持守还是有的。而且确实也出现了一些优秀甚至经典的作品——这是最关键的。只是因为文学失去了轰动效应，所以即便是优秀的作品也可能不为人知，并逐渐落入尘埃、化为齑粉。学术研究界这些年的变化，又让很多研究者(尤其是批评家)失去了关注当下，发现和发掘经典的耐心。由此也就导致了近三十年文学发展在文学史上的相对空白——相应的文学史书写是有的，但是对这个阶段的文学进行真正的"史"的研究和梳理，还非常地缺乏，尤其是和三十年前那段文学史相比。

那么，这些年纯文学和严肃文学之所以还有这些让人感到欣慰之处，除了创作者自身的努力之外，不应忽略的就是外部性尤其是体制性支持的作用。如前所述，体制给予文学的支撑是一把双刃剑，而作家需要恰当处理和它之间的关系。但不管怎么说，今天的文学体制在严肃文学和纯文学边缘化如斯的当下，所带来的首先是一种支持——这避免了严肃文学和纯文学的彻底商业化和商品化。当然，体制本身的非文学属性和功利性，又是困束作家的一种力量，如何在生存和更高的精神追求之间觅得施展空间，如何处理和面对困窘、孤独、诱惑，这是对作家最严峻的考验。

实际上在今天这样的时代，体制性的力量对于文学的影响，既不可轻视，可能也无须过度夸张和紧张。因为即便在任何一个时代——甚至所谓文学的"黄金时代"——政治和体制性的力量也都是存在的，甚至发挥着重要的作用。而在那样一种外部力量影响下的文学表达，也并没有很多人想象得那么不堪。任何的压力都不是绝对的，百分之百的，都有思考和表达的空间，关键是我们有没有能力找到这个空间，利用这个空间，并有足够的才华加以施展。

其实和体制给文学带来束缚这样一种担忧相比，另一种担忧可能更加致命：失去了体制这样一个支撑之后，纯文学和严肃文学的命运到底会如何？——因为如前所述，体制至少目前看起来是纯文学和严肃文学最强有力的一个支撑。这个担忧，也不是没有可观察和比照的对象。比如中国台湾，比如欧美很多国家和地区，那里是没有"作家协会"这样的文学体制和机构的，他们的纯文学和严肃文学命运如何？似乎，也不令人乐观。商业化和现代消费文化的无远弗届早已深刻地改变了这个世界。在车轮滚滚碾过的地方，一切精神性的追求似乎都烟消云散了——至少处于尴尬境地之中，所谓的人文精神的失落和危机，并不只局限于我们脚下的这块土地，甚至也非仅仅近几十年才开始。单以文学而论，即便在英国、法国、俄罗斯等这些曾经贡献过无数文学巨子和巨作的国度，其曾辉煌的事业今天显然也后继乏人。

谈文学未来的命运，首先要观察的是支撑它存在的力量。这种力量，最根本性的一个是：人类的精神需求。这种需求，具有一种恒久性，所以关于人类精神性的表达一定会存在。当然现在的问题是，相对于所表达的内容，形式和媒介所发生的变化太大。媒介的问题暂且不谈，这里只看一下内容。中国文学近百年来对于"人类精神需求"的表达方面是有其特定特征的，那就是无限突出了现代性的诉求——无论是国家的解放和发展、民族的现代化，还是个体的人的尊严和价值的确立等，都属于这个"现代性诉求"的一部分。这种诉求作用下的文学我们可以称为一种"宏大叙事"，客观来看，近三十年的文学相对于 20 世纪 80 年代的文学来看，整体上的趋势是这种"宏大叙事"的意图和冲动在不断加强，但是其所要追求的目的——影响社会、改造社会——和实际效果之间却有着巨大的落差。这里最关键的问题就在于，除了文学创作者自身之外，那种外部性的对于文学的期待，在作为接受者的大众那里几乎已经消逝殆尽。随着信息时代的来临，它可能也很难再有——至少不会有之前那种强度。文学在这种缺乏外部需求的环境中，必然会受巨大的影响。而文学在这种情况下，可能更多地会作为一种小众精神需求的满足者，或者大众娱乐化和消遣化的事物，维系其存在。而新媒介手段和艺术形式的产生，又不断瓦解和分化着文学曾经有过的功能，从而让这种传统的精神形式走向更彻底的分化、消解。

当然，在这之前，或者说就是我们的当下，体制的支撑仍然存在，而且是以一种雄心勃勃的鼓动和推动的姿态。这种支撑下的文学或许会保有旧传统最后的荣光，并产生出它最后的经典。

第二章

作家论：对中原作家群个体的观察

一、李佩甫启蒙叙事论

以鲁迅为代表的启蒙叙事，自五四以来代有传承、影响深远，但新时期之后，随着社会转型推进，丰富多变的时代现实日益对启蒙叙事传统提出挑战。如何更好地直面时代现实、更新观念和认知，是新历史条件下重新激发启蒙话语活力的关键。而谈到新时期以来的启蒙叙事，河南作家显然占据一席之地，从张一弓、乔典运到刘震云、田中禾等，都有浓重的启蒙情节，李佩甫更是其中无法忽略的一位重要的代表。他自1978年以来，不仅以勤奋不辍的创作姿态为我们留下了数量可观的小说作品，而且也以这些作品中让我们熟知的人物、故事，为自己打上了一个"启蒙叙事者"的标签。在他最为人熟知的《羊的门》等名篇中，作家对愚昧尤其是"权力-关系"文化的尖锐批判，给人留下了极为深刻的印象。不过，从他四十多年来（1978—2023）的创作历程来看，他的启蒙激情并非从一开始便与其写作相伴生，也不是一直保持着《羊的门》那样的高峰状态，而是有一个不难发现的萌发、生长、衰减的过程。审视这一过程，有助于我们把握李佩甫作为知识分子的心路历程——他的眷恋、悲哀、愤怒、犹疑；也有助于我们进一步思考启蒙叙事的当代困境与突围。

（一）启蒙批判之路

如果说我们将李佩甫定义为一个"启蒙叙事者"的话，我们更多联想到的可能是他创作成熟期那些有名的作品，如《羊的门》《城的灯》等，而不会联想到他早期的小说。然而，正是在他略显青涩的早期创作中，启蒙话语已经显形。

李佩甫从1978年开始发表小说作品，大约至1986年，可以算作他的创作早期。1982年的《十辈陈轶事》写到了一个观念落后的乡村妇女，名叫"赖货家的"。她看不惯新事物、鄙视科学种田，甚至只知道自己是"赖货家的"，而几乎忘了自己真实的姓名——"巧巧"。显然，这是个"愚昧者"形象。1983年的《蛐蛐》是李佩甫开始让人对其"另眼相看"的作品①，小说写的是一个名叫蛐蛐的青年电工如何避开阻力，帮助五保户王婆先安装电灯的故事。蛐蛐遇到的阻力来自村里那些有钱有势者：他们为了先装电灯，以亲戚连带、物质利益等对蛐蛐施以威逼利诱。这里，李佩甫比较隐蔽地指出了乡村的一种前现代精神属性——"权力-关系"结构。这种"权力-关系"结构及其影响，在同年发表的《小城书柬》中，借年轻男医生小高这个人物形象展现出来。小高是个怨恨故乡的人，原因就在于他在乡村感受到的歧视——窝囊的父亲在饭场吃饭时，路人会和所有有头有脸的人打招呼，"单单不理他"。所以他发誓要出人头地，方法就是在医院广结人际关系，最终他也借此实现了人生跨越——从医院调到地区卫生局。"权力-关系"结构在1985年的《小小吉兆村》有更突出的表现，那里面的吉兆村前村长吉昌林是个"乡村强人"形象，他"强"就强在对乡村权力的把控和对关系之道的熟谙，靠着这种能力，吉昌林成了吉兆村"十八年不倒的'铁旗杆'"。吉昌林这样的"乡村强人"类似于封建王国的君王，与之对应的则是愚民。在1987年的

①　南丁. 李佩甫和他的小说[M]//樊会芹编著. 李佩甫研究. 郑州：河南大学出版社，2015：64.

《红蚂蚱 绿蚂蚱》中，"姥姥的村庄"里，德运舅娶亲时，村人一边纷纷到他家帮忙，一边都偷拿他家东西；公社要开斗争会时，男人们误以为全都要去接受批斗，所以慷慨悲壮、同仇敌忾，待弄清被批斗的只是文斗舅一人后，则纷纷庆幸，并将受难的文斗舅抛诸脑后。这两个细节都向我们展示了"愚昧"。

不过总体看来，启蒙话语或者说那些与启蒙有关的细节，比如"乡村强人""愚昧"等，在此时期李佩甫小说中都未占据主导地位：《十辈陈轶事》《蛐蛐》《小小吉兆村》是以"进步"的眼光肯定"改革"的，"愚昧"的人和事是作为"文明"的对照面或映衬方出现的，文明压倒愚昧、进步战胜落后是它们共有的故事结局；即便是意蕴相对复杂的《小城书柬》，它所牵涉到的"关系"批判，也更多指向了对转型初期复杂社会现实的整体揭露；而《红蚂蚱 绿蚂蚱》中的"愚昧"，则更只是小说清新美丽的乡村图画中几乎看不见的一丝暗影。

自 1987 年至 1999 年，大约可以算作李佩甫创作的第二个阶段。这是启蒙话语不断生长，并逐渐占据主导的阶段。1987 年城市题材的《女犯》是作者扎根生活、深入调查的"结果"，小说所写的一个个失足故事中，那个"不想回家的女孩"的堕落，不是因为她的不慎失身，而是失身后老师、父母及周围人陈腐的道德观念对她的"二次伤害"；上海虹口区的"工商女皇"落马于"权力"和"关系"的麻醉与诱惑；那个当小偷的女孩虽改邪归正，却仍摆脱不了周围歧视性的眼光而再次沉沦……这些新时代的年轻生命，凋零于老中国的精神摧压。这种精神摧压，同样让《送你一朵苦楝花》(1989) 中的小妹一次次离家出走；乡村之愚昧、封闭、落后，借由小妹的决绝叛逃尽显无遗。而到了《画匠王》(1990)，乡村变得更令人绝望：村民狗剩在权势面前精神扭曲；铜锤因一沓钞票放弃捉奸不说，还和也想与嫂嫂"睡一回"的弟弟讨价还价起来。同年发表的《无边无际的早晨》中，乡亲们的"恩情"成为主人公挥之不去的精神重负，让他陷入精神上眷恋和肉体上逃离的人格分裂——这是"关系"带来的甜蜜与恐惧。1991 年发表的《田园》在展示乡村愚昧方面并不突出，相反它写得深情款款、眷意浓浓，但主人公杨金令最终毅然拒绝了故乡的柔情，他的转身离去最能表达当时李佩甫对自己温柔的乡村情感的彻底告别——此后，他在批判的路上一往无前。在 1992 年发表的《豌豆偷树》中，王小丢看到父亲去求酒足饭饱的村长和电工给他家多放点水浇地——

> 一伙人出来时，小丢爹上前拉住说："村长，我那地才浇了尿一会儿，刚刚湿住地皮，就停电了。一停几天。叫春旺给复复水吧？"村长别着牙，笑着骂道："屌货！"春旺也笑骂道："屌货！就你那事儿多。"小丢爹笑着求道："复复水吧，才浇了尿一会儿。复复水吧……"村长不应，村长伸手朝小丢爹头上将了一下，说："屌货！"几个人也上去将小丢爹的头，这个将一下，那个将一下……小丢爹笑，转着圈儿给人说好话，人们就转着圈将他的头，将得他身子一趔趄一趔趄的，却还是笑，转着圈儿给人递烟吸。村长说："不吸，不吸。"……村长的手晃晃的，醉眼也斜着，一下子就把小丢爹递到眼前的烟打掉了，说："屌哩，浇吧。"小丢爹喜喜地说："中，我可浇了。"待干部们走后，小丢爹忙又把掉在地上的烟捡起来，那烟被踩扁了，他放在嘴边吹了吹，自己点上吸了……

而在《乡村蒙太奇》(1993) 中，出于嫉妒哄抢果园从而将保松逼上绝路的村民，不仅愚昧，而且面目狰狞。20 世纪 90 年代的这几个作品中，作者激愤的情绪日益突出，直至 1999 年发表《羊的门》。

《羊的门》是李佩甫启蒙批判的顶峰。这么说主要基于以下几点：第一，它创造了呼天成这个独一无二的、足以令李佩甫在当代文学史上立足的人物形象，① 而这个人物形象最大的特征便是对乡村"关系"之道的

---

① "单凭呼伯这样一个典型人物，李佩甫在当代文学史上的地位就立住了。"参见邵燕君. 画出中原强者的灵魂——李佩甫和他的《羊的门》[J]. 中国作家，2010 (5).

熟谙与精通；第二，作为呼天成相对应的另一面，小说也以无比辛辣和沉痛的笔触刻画了呼家堡愚民麻木可悲的灵魂，这些"灵魂"通过孙布袋卖"脸"、徐三妮学狗叫等细节，被刻画得入木三分；第三，小说同时还借由谢丽娟之口，对"关系"文化以及"平原"这块土地施以最尖锐的批判与嘲讽——正如她和呼国庆争辩时说的："这是一个麻醉人的地方……你们这里的人个个都没有脊梁！……它是专门养小的，它把人养得越来越小。它吞噬的是人格，滋养的是狗苟蝇营。"也就是说，相较于之前零散化的启蒙批判，《羊的门》的启蒙批判更尖锐集中、更猛烈。

《羊的门》耗费了李佩甫多年的积累，也释放了他的启蒙批判激情，而他之后几年的写作似乎都难以实现超越。2003年出版的《城的灯》也写到了愚昧(体现于冯家昌屈辱的童年成长)和"权力-关系"文化带来的人性畸变(体现于冯家昌离乡后的"奋斗")，但人物、故事和之前的小说相比都无太大新变。2007年发表的《等等灵魂》写的是商场风云，程德培说："这是一个因急功近利、过度扩张而从辉煌走向毁灭的故事。但终因小说叙事的急功近利而让人颇感失望。"①真正实现超越的，是2012年发表的《生命册》。

《生命册》是李佩甫迄今写得最丰富博大的一部作品。小说中写到了城市，也写到了乡村。而正是在写乡村的部分，启蒙叙事仍在延续。不过仔细观察会发现，在《生命册》中所讲述的这些启蒙批判故事，让我们看到了李佩甫的变化：激愤情绪的削减。这首先表现于那些与启蒙有关的人物、故事本身。首先一个是梁五方，小说中的梁五方是一个"强梁"的木匠，因为技艺在身活得很"傲造"、很"各色"，这让他在运动中遭到了报复，由此妻离子散，并走上了上访之路——至此，梁五方的形象其实就是《羊的门》中的刘全等个性人物的"再版"或"合体"，他们的悲剧性遭遇凸显了乡村的愚昧。然而此后的叙述，则将梁五方的悲剧推向了

---

① 程德培. 李佩甫的"两地书"——评《生命册》及其他六部长篇小说[J]. 当代作家评论，2012(5).

滑稽：他开始上访，并在旷日持久的上访中千锤百炼成了一个压不垮、砸不弯，死皮赖脸却又风趣幽默的算命老头。他的遭遇和形象转变，让我们感受到了那种"笑中带泪"的体验。其次是虫嫂（"小虫窝蛋儿"），这个侏儒女人是乡村杂草般低贱生命中最低贱的一株——她小偷小摸拿别人或公家东西，她为了吃食不惜出卖尊严和身体，她甚至在受到惩戒和家人嫌弃后仍不思悔改……然而这个女人所做的一切都是为了养活家庭：她的残疾丈夫，三个小兽一样的孩子。她用自己的方式，养活了这个家庭，甚至供养三个孩子读书、上大学，但一身骂名的她却被孩子鄙弃、仇视，最终老无所养……虫嫂的一生，让我们看到了愚昧，然而她的苦楚和无奈，她后半生的遭际与死亡，则让我们看到了一种至大无言的、令人泣下的悲悯。

除了具体人物、故事，另外展现这种启蒙态度变化的，是小说叙事者和主人公吴志鹏。吴志鹏是个孤儿，他受无梁村人集体哺育长大，之后读书、进城，进城后，同样和《无边无际的早晨》中的国一样，也受恩情和关系所累，以致从任教的大学落荒而逃。但是吴志鹏这个故乡逃离者形象和小高（《小城书柬》）、王小丢（《豌豆偷树》）、国等完全不同，他没有对故乡的那种决绝的憎恨，相反他对故乡、老姑父、乡亲充满感情——他接到老姑父"见字如面"的纸条后，总是倾力帮助乡亲（后来只是因实在无力才逃离），而当他在城市闯荡后，他仍时刻念叨着"我是一粒种子"。而这个吴志鹏，本就是李佩甫理想的赋形。①

（二）激愤的由来

纵观李佩甫启蒙叙事的轨迹会发现，其启蒙激情有一个萌发、上

---

① 李佩甫说："我个人认为，写的最好的人物是这个吴志鹏……我觉得他是我所有小说人物中塑造得最丰富的人物……他是不断地在认识自己，修正自己，对自己的生命状态和背景、出身环境有很清醒的认识。"参见李佩甫. 有了"光"生活才会有温暖和方向[EB/OL]. （2016-09-06）. https：//www. chinawriter. com. cn/n1/2016/0905/c405057-28691984. html.

升、到达顶点、衰减的过程。如前所析，这个过程的脉络大致如下：若把《十辈陈轶事》等虽具启蒙意味，但主要表现"改革"的作品排除的话，那么最早具有文化批判色彩的启蒙之作应该是《小城书柬》；20世纪90年代其启蒙激情显著上升，至《羊的门》到达顶点；此后开始回落，《生命册》表现得最鲜明。而从主题角度来看，李佩甫对启蒙的表达，主要集中于两个方面：一是国民性（愚昧）批判；二是"权力-关系"文化批判。

追溯李佩甫启蒙叙事的根源，是一件颇有意思的事情。首先，李佩甫的启蒙叙事大多是借由乡村叙事完成的，这也使得我们很容易认为李佩甫出身乡村，其实不是。李佩甫1953年生于许昌市一个工人家庭，在城市出生、长大、读书；1971年下乡；1974年返城后读技校；1976年毕业后进入许昌市第二机床厂当技术工人（开机床），其间开始发表作品；1979年调入许昌市文化局；1983年调入河南省《莽原》杂志。① 从这个简历来看，李佩甫唯一的乡村经历是三年下乡，但其实他与乡村渊源颇深。李佩甫父母都是底层工人，老家都在农村，平时便亲戚往来不断，三年困难时期更是将年幼的李佩甫长期寄养乡下："60年代初，我八九岁时，总是很饿，那时候为了混三顿饱饭，每个星期六我都要独自一人步行二三十里到姥姥的村庄里去，为的是填饱肚子。那时候，一个小孩子在姥姥的村庄里走来走去，不自觉的会有一种外来人的视觉，他打量着村子里的一个个'舅'们……"②由这段叙述可以看出，李佩甫与乡村最早的接触是以一个"外子"③的身份完成的，这种既属于又不完全属于、既进入又未彻底进入的状态，显然有助于李佩甫以相对冷静、客观的目光"打量着"乡村，看到它内部的阴暗与灰冷。

然而在李佩甫这段叙述中，还有非常特殊、值得注意的一点，即他与乡村的血肉关联：首先，他与乡村有着亲缘联系；另外，他是在饥饿

---

① 参见孔会侠. 李佩甫评传[M]. 郑州：河南文艺出版社，2018：2、47、58.

② 孔会侠. 附录一 李佩甫访谈[M]//孔会侠. 李佩甫评传. 郑州：河南文艺出版社，2018.

③ 参见孔会侠. 李佩甫评传[M]. 郑州：河南文艺出版社，2018：112.

中走向乡村的，而乡村也给了他相应的回馈与哺养。所以李佩甫对乡村总是充满深情——

> 我出身于工人家庭，在小城市长大。但童年的记忆，还更多是乡下姥姥家的。那或是风，有颜色的风，沙味的风；那或是雨，绵绵的，还记住了草屋或瓦檐下的滴水，一个个带沙音的滴声，那或是一碗水煮红萝卜，或是烧着地火的红鳌子，或是发了霉的红薯干；或是夜半的一声老咳……①

在《红蚂蚱 绿蚂蚱》开头，也有一段极为抒情的描写："已是久远的过去了，总还在眼前晃，一日日筛漏在心底，把久远坠坠地扯近来。便有一首小小曲儿在耳畔终日唱：云儿去了，遮了远远的天。在远远的天的那一边，有我姥姥的村庄……"

于是，在李佩甫早期的小说中，便显现着一种眷恋与批判相纠结的矛盾图景：在《蛐蛐》《红蚂蚱 绿蚂蚱》中，一方面是淳朴美好的田园画面，一方面其中却隐隐包裹着"愚昧"和"权力-关系"的暗影。到了1990年前后，纠结变得更为激烈起来：《送你一朵苦楝花》(1989)、《画匠王》(1990)是表达批判；1990年的《村魂》和《黑蜻蜓》则是表达眷恋；《无边无际的早晨》(1990)、《田园》(1991)主要表达眷恋；《豌豆偷树》(1992)、《乡村蒙太奇》(1993)则是表达批判……20世纪90年代之交李佩甫这种忽而眷恋、忽而批判的态度，尤为显著地体现着他的纠结。其中，《田园》可能最明显：主人公杨金令失恋回乡，重新回到土地、回到家园的他受到父母悉心照料和乡亲们最隆重的礼遇——打平伙，吃头肉，这唤起了他久违的田园记忆，然而最终他却选择了毅然转身离开。杨金令的离开，似乎是个"告别"的信号，李佩甫此后在启蒙批判的路上一路向前，直到20世纪末发表《羊的门》。

---

① 李佩甫，舒晋瑜. 看清楚脚下的土地[J]. 上海文学，2012(10).

20世纪90年代的李佩甫为什么由纠结不定最终走向了激烈的启蒙批判？这里可能有三方面原因。首先，由其早期小说我们已看到，其最初的乡村记忆中就已经包裹着灰冷和阴暗——就像《小城书柬》中小高所描述的那个其父受歧视的细节一样。其次，李佩甫90年代的激愤应该也与这一时期日渐恶化的乡村现实有关。经过了80年代由"改革"带来的阶段性繁荣之后，农村在90年代进入了发展瓶颈期，社会问题丛生，而整个社会的转型加速又进一步加剧了乡村的边缘化。1996年前后文坛出现的"现实主义冲击波"便是在这个背景下产生的。李佩甫的《豌豆偷树》《乡村蒙太奇》等，反映乡村经济破败、基层政权腐败、伦理道德滑坡等乱象，与刘醒龙、关仁山等当时的创作可谓一脉相承。

最后一点导致李佩甫在20世纪90年代启蒙批判情绪激烈化的原因，应该是李佩甫知识的增长。李佩甫幼年便喜读书，父母虽不识字，文学教育也不系统，但他仍"读了大量的书"，正是读书让他"认识到什么是高尚、高贵，什么是卑下，低劣"。知青生涯结束后他读技校，1979年考入河南省电大函授班中文专业。80年代是个思想活跃、知识爆炸的年代，李佩甫的个人生活也趋于稳定，这更有助于他进一步学习提高，令他印象深刻的是他当时参加过的河南省文联文学讲习班："当时只有一个信念：张开所有的毛孔吸收西方的、前人的文学经验。那是中国文学与世界文学接轨的一个时期。那时我们一方面阅读交流，一方面相互谈各自的构思……"①李佩甫的回忆让人管窥到一个火热的年代，那是一种思想的冲击。但80年代虽思想多元、潮流纷呈，但现代启蒙思想其实仍是主流，并不仅仅因为它和当时主流意识形态（"现代化"）方向一致，更因为它确实能烛照当时社会现实中仍存在的蒙昧和落后，对于生活在河南这块经济落后、传统精神思想因袭严重的土地上的李佩甫来说，他对现代启蒙思想的体味肯定并不止于一般口耳之学的程度。在被

---

① 孔会侠.附录一 李佩甫访谈[M]//孔会侠.李佩甫评传.郑州：河南文艺出版社，2018.

问到是否受到鲁迅启蒙思想影响的时候，他这样说道：

> 我与鲁迅先生无关……我只是在研究"平原"这块土壤。我们怎么就长成了这个样子？我们是怎么长成这个样子的？我们是在什么样的环境下长成这个样子的？我们吃了什么，穿了什么，学了什么？我们身后还有什么？等等。①

所以一方面是现实生活仍存在的蒙昧落后，一方面是不断丰富和提高的知识水平，再加上90年代的社会现实，使得李佩甫在90年代之后变得日趋激愤。

然而，如果说激愤是因为外部(社会现实)和后天(知识)的刺激，那么从其内心原初和根本性的情感来说，他对乡村却又充满爱与温情。由此就造成了一种情感与理智的冲突。所以在1990年发表的《黑蜻蜓》中，我们一方面看到作者对于辛劳一世却命运多舛的二姐(二姐是孤儿，幼时双耳失聪，从小干农活，长大后嫁入更贫苦的人家，儿子当兵牺牲，自己常年劳累，47岁猝死在猪圈里)至深的爱与心疼，一方面却又愤懑不满地抱怨二姐在不公的命运面前"为什么不问一问呢"？

（三）遮蔽与敞开

启蒙批判激情的不断上升，不仅造成了情感上的纠结，还造成了写作上的一种遗憾：一种更开阔的写作可能性的丧失。

在李佩甫早期的小说中，除了启蒙的声音之外，还有一种更占据主体性的声音，即对于转型期社会现实的批判(愚昧和"权力-关系"文化批判只是其中一部分)。比如在《小城书柬》中，作者主要描写的其实不是小高，而是小高的大学同学、医院同事：鸥。小说主体内容即鸥写给妈妈的十七封信。通过这些信，我们看到了各种社会乱象：坐诊论资排

---

① 李佩甫，舒晋瑜. 看清楚脚下的土地[J]. 上海文学，2012，10.

辈,看病托关系找门路,医生拉关系、拢人情,有人则以权谋私、倒卖(送)药品……而在同年发表的《蛐蛐》中,小说借蛐蛐的眼睛让我们看到"改革"给农村带来的冲击:青年人正离乡进城、贫富不公加剧、基层权势者借"改革"牟利、伦理道德水平滑坡(五保户王婆无人关照),等等。两篇小说生动展现了改革给城乡带来的冲击。

此后,李佩甫的写作继续沿着城、乡两条路线整体性地关注着社会转型。从1985年到1996年:《小小吉兆村》《红炕席》《送你一朵苦楝花》《画匠王》《金屋》《豌豆偷树》《乡村蒙太奇》是写乡村的;《车上没有座位》《女犯》《满城荷花》《钢婚》《城市白皮书》《学习微笑》是写城市的。相对于李佩甫惯常和擅长的乡村叙事,城市书写尤能体现他这一时期社会转型叙事的多元丰富性。1985年的《车上没有座位》是个让人印象深刻的作品,小说写了一个部队指导员退伍返乡途中的感受。退伍兵曾"当了近二十年的指导员","做战士的思想工作是有名的",靠着对"集体"和"理想"的信仰("我们是人民的铁道兵"),他和他的战友们奉献了青春甚至生命。但现在"他的好时光已经过去":火车上的人们高谈着如何挣钱,广播里传出嘲笑革命英雄的相声,出轨的老婆正等他回去离婚……小说写出了一个理想主义时代的远去和一个世俗时代的降临,以及这一切带给一个曾经的理想主义者的刺痛——这刺痛难道不也是李佩甫的吗?1996年发表的《学习微笑》写的是下岗女工的故事:食品厂亏损,厂长让女工"学习微笑"吸引投资,但女工刘小水既要照顾半身不遂的公公,又要想方设法营救被抓赌的丈夫,还要操心着夫妇二人难以避免的下岗……工作、家庭、情感的内外交困,终于使她陷入了崩溃。小说以细腻的笔触,生动展现了20世纪90年代国营企业的衰败和工人的没落。生活在城市的李佩甫,本就对城市"问题"有直接性的感受,这应该是他能写出《女犯》《城市白皮书》等城市题材小说的关键。虽然整体而言,他的这些城市书写其艺术性相较于其乡村小说还有差距,但它们显然意味着另一种写作面向和可能。

也就是说,李佩甫的写作本是植根于对社会转型的整体性关注,他是有着更大的问题意识和视野的。在《文学的标尺》一文中，他指斥当下的中国"已进入了精神疾病的高发期，而我们的文学却处于半失语状态"，"一切都与我们想象的不一样了：物欲横流，腐烂遍地，国民心理流氓化……这是一个巨大的挑战。文学是社会生活的沙盘。作家面对急剧变化中的社会生活，我们思考的时间还远远不够……"①

一方面是对社会转型带来的巨大精神危机的焦虑，一方面是对当下文学现状的不满和仍然不死的文学之心，这使李佩甫既充满痛苦，也心怀抱负。应该正是这种痛苦和抱负，让他写出了《生命册》。李佩甫说，写这个作品"几乎动用了一生的储备"②，这个作品"无论从宽阔度、复杂度，还是从深刻度来说，都是最全面、最具代表性的"③。正如前面所分析的，这个小说既涵纳了启蒙也超越了启蒙，它显现了作者激愤情绪的衰减。而正是由此，小说既恢复了之前作家社会转型叙事的那种丰富性（它既写到了乡村又写到了城市，既钩沉历史，又针砭现实，它以吴志鹏这个人物为线，将城乡和今昔勾连成一体，展现了中国近五十年的社会转型史）；又在精神思想层面有了进一步的提升——李佩甫在书写五十年社会转型的同时，又提出了一个在时代性"进步"和"发展"历史进程中如何安妥灵魂的问题。而这个问题并不是仅仅由"启蒙"和"现代"所能回答、解决的，恰恰相反，问题可能正由它而来。小说的城市书写部分主要展现了骆驼和吴志鹏的创业过程，这个过程浓缩和呈现了中国社会转型最跌宕起伏的一面：骆驼和吴志鹏的公司从无到有、从小到大、从起于微末到建起高楼，再到骆驼从楼上纵身跃下，这一切似乎是一场梦。而梦的起源是人内心的欲望（以骆驼为代表），而这其实也是现代历史的起源，它从反愚昧、倡人性、倡自由开始，最终却导向了人本身的毁灭。李佩甫也由此提出了关于现代性反思的课题。这个课题在他

---

① 李佩甫. 文学的标尺[N]. 文艺报，2011-04-22.

② 李佩甫. 我的"植物说"[J]. 扬子江评论，2013(4).

③ 王晓君，李佩甫. 李佩甫：书写中国版的"变形记"[M]//樊会芹编著. 李佩甫研究. 郑州：河南大学出版社，2015：38-39.

之前的创作中或许也曾触及，但直到《生命册》，才更为显著地凸显出来。

所以，《生命册》是一部更开阔、更深沉、更丰富的生命之书。它呈现了作者自身的积累，展示了他本有的写作可能，更展现了他精神的成长。同时，李佩甫四十年的创作历程，也让我们看到了启蒙叙事的时代性困境与新的发展可能。

二、田中禾的精神突围

20 世纪 90 年代以来，中国当代作家的心态变化是一个非常值得考察的文化和心理现象。尤其是在三十年前的 20 世纪 90 年代，如何在时代转型中求得心灵安妥，是当时整个知识界面临的普遍疑难。而这种精神疑难，时至今日其实并没有得到真正的化解。三十年时光荏苒，当动变之初的不适渐渐为某种精神惯性或惰性所掩盖，知识分子的精神出路问题却并不会因此而失去其探寻和思考的价值，甚至随着时代发展的新变化，这个问题反而变得更加严峻起来。所以，追寻从当年那个时代里走过来的精神跋涉者的心路历程，乃是今天的文学和文化研究极富意义的课题。接下来的探讨便从河南老作家田中禾(1941—2023)说起。

在河南文坛乃至中国当代文坛，田中禾是一个重要的、绕不过去的存在。在他身上有几点特别耐人寻味：首先是创作生命力的顽强，从 20 世纪五六十年代发表处女作长诗《仙丹花》，到 21 世纪第二个十年发表"故乡三部曲"(《父亲和她们》《十七岁》《模糊》)，其创作生命延续了六十多年；其次是他创作轨迹之独特，他早年踏上文坛，后因动荡年代而中断，直到 1985 年复出并写出代表作《五月》，尔后在 20 世纪 90 年代(50 岁左右)迎来创作高峰，但进入 21 世纪之后旋即陷入了长达十年的"空白"(只有极少几篇短篇小说问世)，在人们以为这个进入花甲之年的老作家也陷入了中国当代作家大部分难以摆脱的创作魔咒(老年之后创造力衰竭)之际，他却遽然推出了三部高质量的长篇小说——这三部长篇小说在他整个创作生涯中无疑处于最高位置。晚年能有创造激情已属不易，更难能可贵的是竟然老而弥坚。所以田中禾的创作道路及其生命，值得好好观察和探寻。而20世纪90年代又是他创作道路和生命的关键时期，这里埋藏着他新世纪创作空白、尔后又东山再起、再抵高峰的秘密。

（一）20世纪90年代的精神危机

《杀人体验》是田中禾1996年发表在《人民文学》第3期的一个短篇小说。作品写的是一个妄想"杀人"事件：下岗工人李幸福想开店，找老同学银行行长蔡国亮贷款，但一种既羡慕又嫉妒的微妙心理，让他既拉不下脸，又愤愤不平；对蔡国亮奢华腐败、混乱不堪的私生活，他更是义愤填膺。但他终招架不住生存所迫、老婆催逼，还是去了蔡家，向老同学低头……然而，在一种谵妄症般的想象中，他还是血腥而残暴地"杀"了他！这个小说最独特的地方并不在于内容，也不在于所塑造的人物，而是在于叙述方式——全篇都不分段。它以大段心理独白推进情节进展，直到高潮部分"杀人"事件"发生"，全篇不加停顿、不留喘息，以混乱嘈杂、泥沙俱下之势让人读来有一种极度的紧张感和压迫感。

这个小说无论放在田中禾个人小说创作脉络，还是放在20世纪90年代中国当代文学史整体的发展脉络来看，都颇显奇特。首先，其叙事手法上的那种实验性，如果放在崇尚现代/后现代"新潮"的80年代的话应该说还恰逢其时，但到了小说发表的1996年，当时的中国文坛创作风气已经发生了逆转——在《人民文学》该年第1期发表有谈歌的《大厂》，在这前后刘醒龙的《凤凰琴》《分享艰难》、关仁山的《大雪无乡》《九月还乡》①等的相继发表，也让"现实主义冲击波"②这个当时颇具时

---

① 刘醒龙. 凤凰琴[J]. 青年文学，1992(5)；刘醒龙. 分享艰难[J]. 上海文学，1996(1)；关仁山. 大雪无乡[J]. 中国作家，1996(2)；关仁山. 九月还乡[J]. 十月，1996(3).

② 雷达. 现实主义冲击波及其局限[N]. 文学报，1996-06-27.

代代表性的现实主义创作潮流登上历史舞台。加上此前"先锋转向",以及"晚生代"①崛起等,时代的文学潮流正发生着由现代主义/后现代主义向现实主义的复归。所以田中禾这个小说的发表,其实是有些逆时代潮流而动的。另外,从田中禾个人的创作脉络来看,这个小说所透露出来的那种激愤甚至暴戾的情绪与他80年代发表早期代表作《五月》(1985)时给人的温柔敦厚印象也是有明显差异的。

不过,若将目光聚焦于田中禾整个20世纪90年代的小说创作便会发现,这种激愤甚至暴戾情绪的出现并不突然,而是有着一个逐渐累积和爆发的过程——这凸显着田中禾进入90年代的心境变化。这种变化,说是心理困境或危机并不过分。那么,它为何会出现?对作家本人的创作造成了怎样的影响?他又是如何克服的?本章拟结合田中禾近三十年的创作做一观察。而当我们将视野扩展至当时整个时代和那个时代下的知识分子心理的时候便会发现,田中禾的心理危机及其对危机的抗拒与处理,对今天仍处在社会转型焦虑中的中国当代知识分子来说是有着极大的启示的。

田中禾"文革"之后复出文坛,但是直到1985年发表《五月》(《山西文学》第5期),才获得了全国性的声誉——这个作品1988年获得了全国优秀短篇小说奖(同时获奖的河南籍作家作品还有乔典运的《满票》、周大新的《汉家女》)。《五月》是个具有强烈忧患意识的作品,它瞩目当时的农村发展以及青年命运,以毫不避讳的笔触揭露了当时中国社会转型所出现的问题。不过,从艺术风格而言,这个小说却是个清丽质朴之作:现实主义的笔法、常见的"归乡"情节模式、真挚单纯的女主人公形象设置,加上所营造和展现的虽贫困艰辛却温情脉脉的家庭氛围、富有时代气息的爱情故事等,这些都让这个小说尽管冷峻沉重,却仍透出一种无法抑制的温柔和深情。女大学生香雨虽心事重重,但善良真挚的心地就像其名字一样负载着一种温馨明丽的气质。这些都使得这部小说读

---

① 吴义勤. 自由与局限——中国"新生代"小说家论[J]. 文学评论,2007(5).

来让人怜悯心疼、感喟叹息。

但是时间进入 20 世纪 90 年代之后，田中禾的创作却开始表现出几乎截然不同的精神风貌。1989 年，他发表了中篇小说《明天的太阳》《南风》《枸桃树》，当时便有评论家发现："《五月》里那种虽然艰难却也温馨的家庭天伦亲和在《南风》和《枸桃树》中找不到了，那种虽然别扭但也潜伏着希望的追求向往消散了。"①这种"消散"在《明天的太阳》里表现得更加彻底。这是个纯粹的城市题材作品。在中国小说的精神版图里，城/乡一直都不是单纯的空间性划分，而是包含着情感与道德判断的对立世界。这个小说中的城市亦是如此："我"是个性格古怪的单身女子；爸爸是曾经的剧团名角，被打倒又平反复出后却已失势，在家里火气很大；母亲天天沉迷于打麻将；弟弟小涛待业，后通过关系进部队，却又从部队辞职开舞厅，走穴、恋爱、挥霍；已婚的二妹小静给小涛剧团打杂，却和某男演员混在一起，后在一场突兀的车祸中丧生。

《明天的太阳》展现的是 20 世纪八九十年代之交的城市生活：改革开放的时代，商品化、市场化推进，世俗主义、实利主义（"向钱看"）代替了理想主义，人心浮躁、道德松弛……身处其中的人们正主动或被动地脱离原先相对古朴的生活轨道和行为方式，置身于一种激动、忙乱、焦虑、不安中。小说标题"明天的太阳"充满了反讽意味——从作品内容来看，明天是看不到多少希望的，太阳当然会照常升起，世界却并不是理想的模样。小说结尾父亲气愤而亡，侧面宣告了作家当时的悲观失望。悲观失望是针对当时的那种社会变化和城市生活的，而那种社会变化和城市生活却是当时整个中国社会转型的缩影。

1987 年，田中禾在当时的河南省文联主席南丁和诗人苏金伞等的努力下调入省文联，成为专业作家。那一年，他 47 岁。② 而在此之前，他

---

① 宋遂良. 沉沦·困惑·悲愤——评田中禾近作三篇［J］. 当代作家评论，1989（3）.

② 徐洪军. 田中禾文学年谱［J］. 东吴学术，2017（4）.

经历了整整二十年(1962—1981)底层世界的摸爬滚打,以及数年的南阳小城生活(1981—1987)。《五月》是他在故乡南阳写就的成名作,也是浸透了他长久乡村生活经验和心绪情感的作品。那个作品展现着真实、沉重的乡村,但也展现着作家那颗圆润饱满的赤子之心。然而,当他离开那片土地进入大城市——完全不同于他故乡小城的、正迈开奋进的步子急剧发展的省会——其不适并不难想见。《明天的太阳》如果说是直面他已置身的大城市生活的话,那么1990年于《当代》发表的中篇小说《坟地》则是回望农村之作。而那时的农村,也已不复是《五月》时的模样了。

在那个叫小常庄的村子里,常木匠的女儿爱弟跟叔辈的常十三谈起了恋爱。那是个大她好几岁,"又高又结实,一副冷峻的眼神,三十来岁"①的家伙。因为开皮革厂、砖瓦厂,在村子里混的风生水起。虽然吃喝嫖赌,但能"折腾钱"。爱弟为了和他在一起,不惜和父亲闹翻。怒不可遏的父亲拿枪打伤常十三,却也因此进了坟地。然而,和常十三结婚后的爱弟却没有得到她想要的幸福:生了孩子之后,夫妻经常打架,丈夫恶习不改。而镇上的风气看起来竟也是如此——赌博、杀人、卖淫、嫖娼……司空见惯。这个小说除了反映当时农村混乱无序的转型发展现实之外,父女的决裂、跨越辈分的不伦之恋等,也展现了传统乡村伦理道德的崩解。这个小说所描绘的农村是正处在时代转型中的农村,它虽然只比《五月》晚六年问世,但彼时的农村已非昨日可比。

那么,这一切又是如何造成的?爱弟和常十三在坟地幽会时说的话藏着答案:"我不想同他们一样,这样活,这样死,死了还要埋在祖坟里守着。咱们走吧,进城,像城里人一样过!"②爱弟的话让我们看到,是一种新的生活理想的展开与确立,让乡村和乡村人的内心开始震荡:"从什么时候开始,她心里升起阴云,对自己的生活一下子厌恶起来?

---

① 田中禾. 坟地[M]//田中禾. 田中禾小说自选集. 郑州:河南文艺出版社,1998:74.

② 田中禾. 坟地[M]//田中禾. 田中禾小说自选集. 郑州:河南文艺出版社,1998:72.

也许是从小春出嫁以后，从麦叶儿进了皮革厂，跑了几趟武汉。"①这是城市对乡村的冲击，是商业化和现代化对农耕文明的冲击。又过了六年，田中禾发表了《姐姐的村庄》(《山西文学》1996年第11期)，这个以第一人称叙事的作品带有很强的纪实色彩："我"小时候去姐姐的村庄，遇见青梅竹马的四儿。可现在姐姐、四儿都去了南方打工："姐姐不在那儿了。四儿也不在了。她们一走，村子在我心里就消失了。"②村庄的消失、美好记忆的消失，暗示着田中禾一种心境的消失。

不妨大胆揣测一下，这种心境的消失，其实也和田中禾本人的进城有关。每个乡村人(包括曾长期生活于农村的田中禾)进入城市，尤其是进入那个正急剧转型着的城市，几乎都会经历田中禾这样的心路历程——在《姐姐的村庄》里展现的作家对故乡的忧愁，显然不是有人所形容的那种带有普遍性的知识人的"文化怀乡"③，而是带有特定的时代历史背景和心理特征。1996年正是田中禾移居郑州的第九个年头，这一年除了发表《杀人体验》《姐姐的村庄》外，他还发表了《不明夜访者》《诺迈德的小说》，前者写农民进城打工的不幸，后者写城市"寄存族"——流浪者(nomad)——的悲苦人生，都是在抒发一种对于社会转型的强烈抵触和批判情绪。

不过，这样的一种情绪发抒，固然是对内心郁结的纾解，但对于田中禾的创作来说，却也暗藏着巨大的危机。

(二)对危机的抗拒和处理

20世纪90年代田中禾的精神危机，首先折射的是当时整个知识界

① 田中禾. 坟地[M]//田中禾. 田中禾小说自选集. 郑州：河南文艺出版社，1998：72.

② 田中禾. 姐姐的村庄[M]//田中禾. 田中禾小说自选集. 郑州：河南文艺出版社，1998：380.

③ "新文学的文化怀乡，集中呈现为对城市的异己感和对于乡村的情感回归，这是知识者最为熟悉的作为普遍经验的乡思。"参见赵园. 地之子[M]. 北京：北京大学出版社，2007：21.

一种普遍的精神危机。时至今日，这一点已毋庸赘言——进入 90 年代，社会的转型、商业化的冲击、功利主义的漫卷、理想主义的退潮……这一切，对知识分子的精神心理造成了巨大的冲击。当时，卢新华、矫健、张宇等"下海"者众，海子、骆一禾、徐迟等诗人之死更以一种极端化的方式折射出理想主义者对时代之变的不适。这样的时代，精神动荡是难免的。贾平凹写下《废都》，并试图以此安妥其"破碎了的灵魂"①。田中禾这一时期的创作也可以作如是观。

只是，从田中禾当时的作品来看，安妥似乎是不可能的。其小说中不加节制的语言宣泄（《杀人体验》）、几乎无一幸免于难（死亡、癫狂）的人物命运处理等，都显示出作家那股焦躁凌厉之气来得尤其迅猛。或许，这也跟河南这块土地有关——中国现代化启动以来，庞大的农耕文明体系和深厚的文化传统积累，使得中原这块土地所经受的断裂和转型之痛尤为剧烈。和其他地方作家相比，田中禾也好，李佩甫也好，或者刘庆邦、乔叶等，这些出身河南或一直身在河南的作家所经历的由乡入城、所体验的文化冲突，可以说是最曲折、最剧烈的。城与乡、文明和愚昧、现代与传统的冲突，在他们笔下表现得往往也更触目惊心。田中禾 20 世纪 90 年代城乡书写的显著变化，及其透射出的焦虑情绪，当不足怪。但作家的秉性不同，对这股情绪的文学处理方式也就不同，效果也不一样。至少，从《杀人体验》《姐姐的村庄》《不明夜访者》《诺迈德的小说》等来看，激烈的情绪对田中禾创作的伤害要更大一些——前述几个作品人物形象的饱满程度、语言的流畅度都比《五月》逊色不少。②

激烈的情绪总是寻求纾解，而对田中禾 20 世纪 90 年代小说创作做整体概览会发现，其"纾解"方式大致沿着两个路径和方向展开：第一是前面述及的《杀人体验》《姐姐的村庄》《不明夜访者》《诺迈德的小说》等，

---

① 贾平凹. 废都·后记[M]//贾平凹. 废都. 北京：北京出版社，1993.

② 也许这几部作品更应该以现代主义的标准去衡量，这样的话，人物形象饱满、语言流畅等就不能作为衡量其艺术水平的标准了。

它们都是直接反映现实生活动变，直接抒发其激烈情绪的，可视为一种宣泄；第二是逃逸，即转向过去和历史，避免和那种现实的负面情绪正面交锋，这方面的代表作是中篇小说《印象》(1992)、长篇小说《匪首》(1994)。《匪首》是田中禾在此之前不多见的长篇创作，它受80年代现代主义思潮影响明显——内容上有寻根文学意味，形式和语言却具有很强的实验性。现代主义似乎先天地对应着现代人的某种负面情绪，所以《匪首》虽未直面现实，但似乎也映射出一种焦虑心境。《印象》则与之不同，它记叙的是作家真实的家事——在遥远边疆工作的二哥因被打成"右派"，浮浮沉沉、几经辗转，最终由一个风华正茂的大学生，坠落为一个浑浑噩噩、风烛残年的老人，并凄凉过世。这个小说虽采用了"蒙太奇"式的现代主义叙事手法，但整体却保持了批判现实主义的基本风貌，读来令人唏嘘。

事后来看，这两个小说在当时所标定的情绪纾解方向——转向过去和历史——也预示了后来田中禾的写作走向。其实，在转向过去和历史方面，田中禾在20世纪90年代乃至更早还有一个当时不太为人注意的作品：《落叶溪》。这个小说是以散文体或者说笔记体写就，文体的"含混"，加上零零散散、断断续续的发表方式和过程(散布于《上海文学》《北京文学》《当代作家》《钟山》《天津文学》等多家杂志，1997年于河南文艺出版社结集出版)，使得此作在当时的界定和言说都有一定困难。不过，于今来看，这个作品从精神属性上而言却更具有"纾解"功能——从在《上海文学》1987年第12期发表第一篇《玻璃奶》开始，凡38篇均是以深情笔墨追怀那个沉落在记忆里的儿时故乡。这个故乡的风物、人情、小城人生、历史掌故等，均被作者以孩童视角精雕细刻出来。田中禾说，这个作品是"母亲和故乡的遗产。多数故事来自母亲讲述的小城逸事"①。而其整体如风俗画卷般的抒情写意气质，

---

① 田中禾：就《落叶溪》笔记小说答朋友问[M]//田中禾. 同石斋札记·落叶溪. 郑州：大象出版社，2019：380.

也让它与《杀人体验》系列拉开了遥远的距离。也就是说,从现在回到过去,从城市回到故乡,回到乡野、历史、风物,田中禾正在做着精神的调整。

在答朋友问中田中禾说,《落叶溪》其实不是刻意为之,而只是"为写长篇整理素材"。① 而当田中禾走过了喧嚣烦躁的20世纪90年代之后(他自己也在2001年退休),他确实也迎来了自己长篇小说创作的高峰。这个高峰期的"故乡三部曲"(《父亲和她们》《十七岁》《模糊》)确实也能让人看到它们和《落叶溪》之间密切的渊源(故事、人物都有不少重叠)。而从《落叶溪》的创作和为长篇做准备这件事来看,90年代在《杀人体验》系列中流露出来的那种焦虑烦躁,其实并不是田中禾精神状态的全部——他在自己的精神世界里还保有一个关于童年和故乡的"过去"。这个"过去"越过了90年代(《杀人体验》系列),甚至也越过了80年代(《五月》)乃至更早,让他在喧嚣聒噪的二十多年前的省会郑州的无数个夜晚默默追怀想念。

这份追怀想念,甚至让田中禾将创作的激情深深埋藏了近二十年。田中禾说,《父亲和她们》的人物故事源于故乡的真人真事,它们一直萦绕在其心胸,"我由此开始了长达二十年的小说构思"②。直到21世纪第二个十年开始,他的长篇才姗姗而至:《父亲和她们》出版于2010年,《十七岁》出版于2011年,《模糊》出版于2020年(2017年发表于《中国作家》杂志,迟至三年后方出版单行本)。而"故乡系列"的出版也标志着,田中禾已经走出了20世纪90年代的精神困顿。

首先,长篇小说创作相比于中短篇小说需要更多的经营酝酿,如果没有相对沉静安稳的内心,如此大体量的厚重之作是很难完成的。甚至不妄揣测一下:这个长篇系列的创作冲动其实早在20世纪90年代便涌

---

① 田中禾:就《落叶溪》笔记小说答朋友问[M]//田中禾. 同石斋札记·落叶溪. 郑州:大象出版社,2019:378.

② 田中禾.《父亲和她们》创作手记二则[M]//田中禾. 在自己心中迷失. 郑州:河南大学出版社,2012:479.

现过，只是因为当时的心境，所以并没有付诸实践。所以它的完成和发表，能显示出作家精神状态的相对安稳。其次，从主题和内容来看，这三部长篇小说最突出的特征有两个：第一是进行历史反思，第二是表达怀念。《父亲和她们》《模糊》倾向于前者，它们都是对中华人民共和国成立初期那段历史的反思，不过虽然是以批判反思为主调，但表达方式却沉静安稳，完全不似90年代那般凌厉焦躁；《十七岁》更是写童年家事，亲情、母爱、成长，少年的欢愉，青春的悸动，都透出一种特有的浪漫抒情气质。而且这几部小说总体上都是质朴无华、扎实绵密的现实主义风格——这也更考验作家的耐心和细心。而所有这一切，都显示出一种精神的安稳。

（三）一种启示

如果说以2010年为界的话，可以看到，从20世纪90年代的焦躁到21世纪的安稳，田中禾经过了大约二十年的调整。所谓"二十年调整"只是从创作表现来看，实际情形是否如此，并不得而知。在短文《二十一世纪我在怎样生活》中田中禾说，他2001年退休后的生活是非常惬意的：不用再开会，不必受虚荣的诱惑，没事就上鸡公山，有空就去听戏……①与这种惬意生活形成反差的是，他退休后的新世纪第一个十年在小说创作方面却几乎是一个空白：不仅没有长篇作品，连中短篇也极少。这是他从60岁到70岁的花甲之年，按说老境降临生命焦虑很可能会增加，而闲暇增多又会带来更大的创作便利，但从结果来看却恰恰相反。

这其实也不是特别难于理解：每个人的创作节律并不一样——有人少年成名，有人中年奋进，有人衰年变法。性情不同，生活状态和心态各异，不合"常理"或"常态"的表现自然也就不用太大惊小怪。细观田中禾的精神世界及性情，他新世纪的表现似乎更折射出他心态的与众不

① 田中禾. 二十一世纪我在怎样生活？——自述[J]. 小说评论，2012（2）.

同。中国当代作家随着年龄增长创造力日渐衰颓甚至衰竭，这样的案例比比皆是，具体原因也见仁见智，但总体来讲，生命内在焦虑的平息应是最关键的原因。而从田中禾在21世纪第二个十年突然推出"故乡三部曲"来看，他在21世纪第一个十年的"空白"期其实并没有停止内心的焦虑。在《父亲和她们》《模糊》中，他聚焦知识分子在现代革命进程中的性格和命运，对于革命、知识分子性格、传统文化等进行了痛切反思——马文昌、张书铭（"二模糊"）、肖芝兰（"娘"）等人身上展现着革命对人的挤压，以及传统文化对知识分子的困束。田中禾说，《父亲和她们》"酝酿了不只二十年"："从1995年开始，每章用一个叙述方式，试验性地写出了三十来万字……最终还是觉得不满意，就放了几年，到2003年重新拿起来。"①

可见，田中禾在21世纪第一个十年，非但没有平息内心的焦虑，实际上也没有停止写作的尝试。只是，这股焦虑和他20世纪90年代《杀人体验》系列中透露出来的焦虑已经有所不同：后者是一种现实焦虑（对骤然加速的社会转型的忧思），前者则是一种历史焦虑（对"革命"、传统文化的反思）。而历史焦虑严格意义上说其实并不能完全算作一种焦虑——它还是缓解焦虑的一种方式。就像后来田中禾写出明丽婉约的《十七岁》那样，当他从90年代便开始转向童年和故乡（《落叶溪》）时，那个童年和故乡其实还帮助他回避、逃离了现实。也就是说，在田中禾90年代以来的精神世界里，历史焦虑和现实焦虑构成了他精神焦虑的两面，而"故乡三部曲"的创作和发表所显示出的，则是他在处理历史焦虑方面付出的努力。

那么，现实焦虑呢？——那在20世纪90年代便开始发生的剧烈的社会转型，以及转型之下辗转反侧的生命：那背井离乡杳然不知去向的姐姐（《姐姐的村庄》），那战战兢兢如麻雀行走在巨蟒身躯上的进城打工者（《不明夜访者》），那如无头苍蝇般在灯红酒绿的城市乱撞的青年

---

① 墨白，田中禾. 小说的精神世界[N]. 文学报，2010-10-14.

(《明天的太阳》)……

现实焦虑还更关涉到作家本人的生活。走向童年和历史如果说是一种逃避的话，谁又能真正逃避自己的生活？我们无意追索田中禾 20 世纪 90 年代之后的个人生活——这不现实。但是他小说之外的另一类文字却留下了关于他生活状态的线索，那就是他的散文："和其他门类文学作品相比，散文的功利心最淡，个人情感投入最多，因而更接近文学的本质。文学本来就是要为人类构筑一个精神家园，让那些被职业、社会、利害异化了的心有一个自我安慰的港湾。"①据统计，1990 年到 2010 年二十年间田中禾共发表了 59 篇散文（其中 2000 年到 2010 年发表 35 篇，所以前面说他 21 世纪第一个十年创作相对空白并不准确，只是小说创作相对空白）。② 这些散文一方面让人看到田中禾在写作之余更丰富多彩的生活——唱歌、读诗、听音乐（《享受人生（三题）》等）；另一方面也让人看到他在那样的时代和心境下是如何安妥自我心魂的。《在自己心中迷失》(1993) 是这方面最典型的一篇散文，在这篇文章里田中禾不惜用洋洋洒洒上万字的篇幅详细探讨了知识分子的心灵自由问题。他说："今天的中国作家仍然面临自我倾诉与社会责任的惶惑，艺术境界与民族状况的失衡，人性的忧思与时代的忧患的交叉。亦即，文学依然不得不在出世与入世之间彷徨。"③其实面临社会转型，"惶惑""彷徨"本就是他当时真实的精神状态，那么到底该怎么办呢？田中禾说，他更认同史铁生的文学三分法——探讨存在与宇宙等终极问题的"纯文学"、关怀社会人生的"严肃文学"、娱乐大众的"通俗文学"。作家应各得其所，但对包括他在内的很多中国作家来说"恐怕多数人还是要选择纯文学与严肃文学的中间带来活动"，因为这"很符合中国人的基本人生观和

---

① 田中禾. 小草的天空[J]. 牡丹，2023(1).
② 散文统计见席新蕾. 田中禾散文创作年表[J]. 牡丹，2023(1).
③ 田中禾. 在自己心中迷失[M]//田中禾. 在自己心中迷失. 郑州：河南大学出版社，2012：342.

中国国情"①。

"选择纯文学与严肃文学的中间地带来活动"，这就是田中禾面对困境所给出的答案。这是他给自己创作的定位，也是他的精神定位：作家应该对社会人生抱有"巨大的怜悯心和慈悲感"——这让他焦虑；但也要葆有探究宇宙和终极存在的"心灵自由"——这能让他化解焦虑。

至此，可以再次回到田中禾的创作及生命轨迹，看一下他所寻找到的这个破解其精神疑难的"答案"，到底是如何破解其精神疑难的。首先，田中禾在20世纪90年代对社会转型的莫大焦虑源于他所谓的"社会责任"（它源于田中禾所说的"巨大的怜悯心和慈悲感"），这一点当然早在他80年代写《五月》时，便表现得清清楚楚——对社会弱小者的同情当时让他如坐针毡。这是知识分子的道德感和责任感使然。只是，它所带来的焦虑、这焦虑的累积，在90年代已对其创作造成了危机和伤害。不过与此同时，他的心灵还有另外一面，即充满着幻想、渴望"心灵自由"的一面。这一面更多地来自田中禾的天性和家庭成长环境。正如他受访时的自述："我幼年丧父，是兄弟姊妹中的老小，一家人都娇惯我、呵护我，使我的天性没有受过任何压抑，从学生时代就追求个性和自由，我行我素……中学时期就迷恋外国文学，受外国文学影响较深，对个性与自由的追求更自觉。"②也即，天性和童年成长，加上读书，共同塑成和强化了他自由的个性。作为其体现，田中禾22岁因"实在无法忍受空洞迂腐的文科教材的折磨"③而主动从大学退学，可谓这种自由以至于任性的个性最突出的表现了。

于是，一方面是沉重的"社会责任感"，一方面是对"心灵自由"的渴

---

① 田中禾. 在自己心中迷失[M]//田中禾. 在自己心中迷失. 郑州：河南大学出版社，2012：345.

② 苗梅玲，田中禾. 在文本现场自由行走——田中禾访谈录[J]. 东京文学，2012(3).

③ 田中禾. 我的大学[M]//田中禾. 同石斋札记·花儿与少年. 郑州：大象出版社，2019：330.

念，本是相互冲突的两种力量，在 20 世纪 90 年代作家遭遇精神危机的时刻却构成了一种有益的互补——当前者给主体带来无尽焦虑的时候，后者却让这个主体获得了心灵超脱的空间。田中禾自 90 年代开始写下大量散文，也开始尝试找寻失落的童年和故乡（《落叶溪》），而不管写散文，还是在文字里追寻童年和故乡，这都是心灵为摆脱现实羁绊、追逐自由所做的努力："借助语言文字，为自己构筑身体不能到达、感官无法触及的境界，人类才有了真正的自由，在人世的苦难、世事的纷纭、日子的琐碎、身心的疲惫中超脱。"①而由这样一种方式，田中禾也得以从精神危机之中解脱。

当然，这种"解脱"并不彻底，毋宁说它只是维持了一种精神的平衡。这是田中禾经历了焦虑和煎熬，于漫漫的思索和追寻之后所求到的，乃是在不放弃知识分子的天职（"社会责任感"）的同时，又葆有"心灵自由"的一种折中之举。对于这种折中，外人当然见仁见智，但对于田中禾本人而言，却是他依循其天性和良知做出的舍此可能无他的选择。需要多说一点的是，在遭遇精神危机的时刻，每个人都会发自本能寻求精神的平衡，因而可能也就少不了某种精神的折中，所以田中禾的精神表现不仅有其个人化的缘由和背景，也属于正常条件下人性的一种惯常选择。当然，这里最关键的问题还是：这种折中究竟带来了怎样的结果——是让他的创作获得了新生？还是走向了断绝？

"故乡三部曲"的问世，显然已经给出了答案。关于这几部长篇小说的质量，学界已有不少肯定和好评②，在此不赘。在今天这样的文学批评环境，要获得关于这几部作品真正"公正""客观"的评价，唯一的方式

---

① 田中禾. 文学，心的客栈（外一章）[M]//田中禾. 在自己心中迷失. 郑州：河南大学出版社，2012：347.

② 参见刘思谦. "她们"中的"这一个"与"另一个"——田中禾长篇小说《父亲和她们》中"两个母亲"人物谈[J]. 中州学刊，2011(6)；周立民. 大地上的禾苗[J]. 南方文坛，2012(5)；陈众议. 特殊的现场——评田中禾的两部近作[J]. 小说评论，2020(2).

可能是自己亲自去阅读。笔者阅读"故乡三部曲"之后，和很多评论者的印象是一致的。同时还认为，这几部书写历史、表达反思的作品，在很大程度上已经超越了一般的历史反思叙事（如20世纪80年代的"反思文学"以及后来一些"70后""80后"的历史反思书写），而具有其独特的精神和美学风貌。这种风貌跟作家丰厚而独特的人生经历（不仅亲历了历史，也亲历了改革开放以来几十年的社会转型）有关，更和他自这种人生经历中走过之后，始终不曾放弃对文学、对精神自由的追寻有关。在"故乡三部曲"中，我们能看到痛切到让人铭记不忘的历史，又能看到曾经丰饶而今几乎彻底丧失掉的生活、地理、风俗、伦理道德、民间传说……一个具有启蒙价值同时又具有独特的历史地理风貌的"故乡"的营造，足以见出田中禾经历了漫长的精神挣扎之后所取得的收获，而这收获正是田中禾由"纯文学与严肃文学的中间地带活动"所得——"故乡三部曲"中《父亲和她们》《模糊》更多属于"严肃文学"，《十七岁》更多属于"纯文学"；而在它们各自的文本内里，历史反思和个人化的浪漫抒情也不同程度地交相融合。

所以，可以这样说，精神危机的化解给田中禾的创作带来了新生。这种于精神焦虑之中突围并实现创作新生的案例，放在近三十年间的中国当代文坛来看，其实并不多。在20世纪90年代，当时陷入社会转型焦虑的作家和知识分子不在少数，而很多当年曾活跃于文坛的作家（有的甚至名噪一时且在文学史上也占有一席之地），90年代之后早已销声匿迹——要么创作断绝，要么强以为继。像田中禾这种经历过如此坎坷的生命与精神跋涉而最终再起的作家确实比较少见。他能保持这么多年艺术创造的激情，尤其是能力，根源复杂。在我们能够分辨出的因素里，性格、家庭环境、成长、读书等都发挥了重要的作用，但是他在90年代所遭遇的焦虑和精神危机，他于危机中脱困所彰显的心灵构造（"社会责任感"+"心灵自由"），应该说在帮助他克服困境实现创作新生方面发挥了决定性的作用。

弗洛伊德说："焦虑这个问题是各种最重要问题的中心，我们若猜破了这个哑谜，便可明了我们的整个心理生活。"①对于 20 世纪 90 年代以来的中国知识分子来说，社会转型与其身心的关系，是可以通过"焦虑"这一心理现象来加以观察的。近三十年中国当代作家如何处理社会转型引起的焦虑，田中禾可谓一突出和典型的案例。

这样的案例当然还有很多，比如贾平凹、张承志、韩少功等。他们在创作上的迂回曲折，他们情感（自由）和理念（思想）的冲突，这种冲突对其创作的影响，他们个人生活和身心的安顿与处理……这些都是管窥社会转型与知识分子精神关联的有价值的案例。不过，即使和上述作家相比，田中禾也是相当特殊的一个，因为他更年长（"40 后"）、文学生命更漫长（1959 年发表《仙丹花》至今）、创作轨迹也相当独特（60 岁之后才迎来创作的最高峰），尤其是他抗拒 90 年代精神危机所彰显和个人化的精神结构——这种精神结构的形成，以及它和他抗拒危机实现创作再起之间的关联——都吸引我们把目光投向他的创作与生命。

田中禾的小说创作并不算丰厚，但他作为知识分子的文化心灵结构却不可谓不复杂。这一文化心灵结构就当代中国知识分子抗拒社会转型带来的焦虑这一问题而言是否具有普遍适用性，自然不好回答。因为每个人的个性、生命经历毕竟都不同，但是只要他们经历过同样的历史和时代发展现实，并在这种历史和时代发展现实中感受着同样的时代情绪（焦虑），甚至也做出过同样的心灵抗争和精神摸索之努力，这一切便让他们有了可供比较、观照和进一步探索思考的可能。这种探索和思考，当然还可以进一步延伸，比如在更具差异性的文化时空中以"社会转型"为视域和问题域，寻找精神相似者和相异者，做由个案到整体的考察和观照，或许能够寻找出对于当代中国社会转型与发展，尤其是对于知识分子文化心理建构有价值的精神资源。这样的工作有待我们更进一步的努力。

① 弗洛伊德. 精神分析引论[M]. 高觉敷，译. 北京：商务印书馆，2017：329.

三、乔叶小说的社会转型书写

对中国社会转型的书写是近三十年文学创作的热点之一。但这方面的写作却问题多多，如作家的立场选择问题，情绪——尤其是道德情绪——控制问题，艺术创造力问题等，都常被人诟病。其实，刨除一些无谓的聒噪我们会发现，真正的问题可能只有两个：一是对于复杂的时代现实的认知能力问题，二是艺术表现能力或者说创造力问题。当然，问题也可能是一个：现实认知能力问题。因为审美问题向来充满争议，作品"写得如何"往往是见仁见智的事情，而且艺术创造力即便真的存在问题，探究其根源和解决之道也常常会绕回到那些更基本、更易操控的问题上去——比如现实认知能力问题。

现实认知能力的重要，单从21世纪以来的"底层写作""非虚构"文学所曾面临的困境便能看出。那种现实主义趋向的文学之困境，主要不在于艺术创造力的匮乏，而在于作家现实认知能力之不足：作家不能更深入地认知、理解和把握现实，只能要么作苍白乏力的道德叫喊，要么就事论事地"呈现"，要么干脆抽身而去，遁入"审美的脱身术"①。

而作家如果想要提高对现实的认知能力，首先自然须得贴近现实——这是个"老调调"，但似乎从未过时。其次，是要锤炼自己的历史理性，这个说起来容易做起来难，谁都知道它重要，但究竟怎么做却又牵扯到方方面面。于是这里便又引出了第三点，即作家的情感、立场、胸怀，更明确地讲，便是作家对"人"的关怀和对人性的理解。前者构成判断历史和现实的价值标准，后者则使文学远离狭隘，保持自省。乔叶的小说创作在说明这个问题方面便很有代表性。

（一）从"人"出发

乔叶属"70后"女作家，早年写散文，新世纪前后转向小说，此后

① 陈晓明."人民性"与美学的脱身术——对当前小说艺术倾向的分析[J].文学评论，2005(2).

陆续发表中短篇小说和长篇小说若干。其中《最慢的是活着》获得第五届（2010年）鲁迅文学奖，《宝水》获得第十一届（2023）茅盾文学奖；其他如中短篇小说《打火机》《我承认我最害怕天黑》《锈锄头》《旦角》《紫蔷薇影楼》《他一定很爱你》《失语症》等，也颇受好评。2011年她发表了"非虚构"小说①《拆楼记》，2013年又出版了涉及"文革"的长篇历史题材小说《认罪书》，这两个作品问世后都受到比较多的赞誉。这并不仅因为这两个长篇小说契合了当时的文坛潮流（《拆楼记》被称为"非虚构"文学代表作品之一，与《认罪书》相近时间发表的苏童的《黄雀记》、贾平凹的《古炉》等都是2010年前后集中出现的历史反思之作），更因为它们所展现出来的质量，或者更确切地说，这两部作品反映了乔叶人到中年之后所展现出来的一种生命积累和精神沉潜所带给她的创作飞跃。② 此后乔叶又推出了《藏珠记》（2017）、《宝水》（2022）。前者作家自己说乃是"满足自己"③的一个作品——也就是说是一次"任性"之作。而其故事情节和人物形象相较于其前期创作确实也显生硬和单薄，更加上对当时流行的玄幻、穿越、情爱等通俗文学和网络文学元素与手法的吸收、借鉴，使得这个小说整体读来有种匆促粗糙之感。新近获得茅盾文学奖的《宝水》，是新时代"文学攀登计划"的入选作品，也是乔叶从河南移居北京的首部长篇小说。这个乔叶以新的身份写出的反映新时代、新农村的小说，其"新"质似乎是天然的，也是必然的。这种"新"质，刨除了叙事技巧、语言风格等外在层面的实验和创新，最重要的变化应该是作家的叙

---

①　这部作品虽然打着"非虚构"的旗号，但实际上仍然是一部虚构色彩和痕迹极为鲜明的小说作品。

②　乔叶也坦诚道，《认罪书》是她"迄今为止写得最辛苦的一部小说，无论是体量还是思想性，都是其目前所能达到的极致"。参见王觅，王纪国. 乔叶长篇小说《认罪书》研讨会. ［EB/OL］.（2014-02-28）. http://www.chinawriter.com.cn/2014/2014-02-28/195084.html.

③　"这种选择我知道会有人说幼稚、可笑、肤浅，或者别的什么，我统统能够推想得到，没关系，对于读者，我没有期待。这是我满足自己的小说……"参见乔叶. 藏珠记·后记［M］. 北京：作家出版社，2017.

事情感和立场——这是乔叶的刻意追求，还是她生存和生命状态变化的自然结果？① 这当然值得深入探讨。不管怎样，这个小说所显现出来的新质和探索意识，是显而易见的。

乔叶在小说写作的起步阶段多以书写乡土和女性为主，这都是紧贴着她个人生命经验的创作取材。每个人的创作取材，其实也包括文体选择，都是依循着自己当初走上文学道路时的个性和生命诉求。乔叶早年当过乡村教师，但是按她自己的说法，她教书教得并不成功——"是个很失败的老师"，而且她也"不喜欢老师这个工作"，所以就调到了县委宣传部工作，尔后到了县文联（还担任副主席），再调到郑州。这是一段曲折的进城路。② 不过，在创作上，她从散文写作转到小说创作，看起

① 有评论家认为："无论对于乔叶本人，还是对于已/将渐次迈入知天命之年的'70后'作家，《宝水》的问世，都具有标志性意义。"参见饶翔. 传统风俗中的山乡新变——论《宝水》兼及乔叶的乡土写作[J]. 中国文学批评，2023（3）.

② "我在宣传部工作有四年吧，后来我们县里面清理借调人员，但我那时已经在县城结婚生了子了，不可能再回到农村。当时一个省信访局副局长挂职我们县县委书记，很早就关注到我。在他的推荐下，我到了县文联，还被提拔当副主席。这样我的问题都解决掉了，那是1998年。2001年调到省里。2000年时有个契机。因为我的散文比较受欢迎，《青年文摘》《读者》转载很多，《青年文摘》的老总就给我写信，说他们要改版，当时发行量非常大，一月一期不够用，要改成一月两期，分上、下半月，问我有没有兴趣来北京工作？我觉得也可以，当时县里面也很通融。然后我就以学习的名义跑去了北京，确实也学到很多东西。在《青年文摘》一直待了差不多一年。我属于运气很好的。1999年参加省里散文研讨会，坐车时和孙荪老师一起，他当时是文学院院长，我就问他文学院是干嘛的，他说文学院有好多专业作家，然后我就无知无畏地问孙老师我能不能当个专业作家，孙老师说，还是有希望的。后来我才知道'有希望的'只是一句善意的客气，但当时觉得确实有希望，我那时出了几本书，孙老师让寄给他看看。我现在还留着他给我回的信，用毛边纸、毛笔字写的，说我的作品有小妖小魔的气象，期待我什么时候成为大妖大魔。2001年时，省里说要调专业作家，孙老师就推荐了我。当时是佩甫老师去考察的我，他那时是文学院常务副院长，那是我第一次见到佩甫老师，我不知道他写小说，也不知道他是一个大作家。他的车在半路上坏了，所以那天他有点懊恼，神色不大好，他本来就很严肃，我在县委门口迎接他时，他脸上一丝笑都没有。"参见李勇，乔叶. 小说写作是我精神成长最有效的途径[M]//李勇. 新世纪文学的河南映像. 北京：人民文学出版社，2019：138-140.

来倒似乎没有这么曲折。①

在每个作家的创作早期，几乎很难逃脱"紧贴着个人生命经验"这种写作路向选择——这似乎也是"没办法的事"。散文因其纪实性和情感性，所以应该说是诸种文体中相对更"贴己"的一种文体。乔叶的散文婉约细腻，对于21世纪前后的她而言，那是她已经驾轻就熟的一种文体。也就是说，当她从散文跨入小说写作的21世纪前后，她的这种跨文体的自我突破，并不是像很多其他作家那样，只是在一个文体创作中蜻蜓点水，尔后才找到自己真正可以投入的体裁领域，乔叶是从一个成名的、成熟的甚至取得了不凡成绩的散文作家转变为一个小说家的。而和这种特征相应的是，她的小说也深印着她的个人生命痕迹。乡村生长的经验所致，乔叶的很多作品，如《最慢的是活着》《解决》《叶小灵病史》《拆楼记》《宝水》等，都取材农村，直击农村的现实，描写农村和农民在城市化进程中的命运，为论述方便，我们姑且称之为"农村系列"。而她其他大部分作品，如《失语症》《紫蔷薇影楼》《他一定很爱你》《认罪书》《藏珠记》等，则取材于城市，描写城市生活中的男男女女，我们不妨称之为"城市系列"。而无论"农村系列"，还是"城市系列"，乔叶其实始终有一个很重要的关注对象——女性。她疼惜那些出身卑微、身世坎坷的乡村女性，亦挂心那些职场、官场、家庭中的城市女性，这些作品我们不妨统称之为"女性命运系列"。

在乔叶的小说中，"农村系列"尤能体现作家对"人"的关怀，在它们之中，农村的城市化改造，尤其是农民命运问题是作家关注的焦点。这些小说往往以第一人称"我"（基本都是女性）的形式展开叙述。"我"作

---

① 谈到自己当年如何从散文转向小说创作，乔叶曾这样回忆："佩甫老师说当时把我调过来是因为看到了我散文的才华，但不知道写小说会怎样。散文和小说对一个作家的要求是有区别的，可能小说还是考验作家更全面的功力。我自己也比较忐忑。直到自己写出了一些小说，我觉得他们才放心。"参见李勇，乔叶. 小说写作是我精神成长最有效的途径[M]//李勇. 新世纪文学的河南映像. 北京：人民文学出版社，2019：140.

为叙事人一方面是故事讲述者，另一方面也是参与者："我"时而是由城回乡的"返乡者"（《盖楼记》《拆楼记》《解决》《宝水》），时而是乡村世界的一员或准一员（《叶小灵病史》）。但不论角色如何，"我"有一个显著的功能，就是通过一双外来的"返乡者"的眼睛呈现和审视当代中国农村之变：城乡交叉、土地纠纷、农民进城、文化伦理紊乱，或者新时代新农村样貌……

五四以来的中国乡村叙事对乡村之"变"的书写大致有三种文化态度：启蒙的态度（如鲁迅）、浪漫怀旧的态度（如沈从文）、革命的态度（如柳青和赵树理）。而乔叶对待乡村之"变"的态度则让我们看到了新时代这方面的一种新变化。

在《解决》中，返乡的"我"深切感受着当代农村之"变"：与村庄近在咫尺的奶业工厂、做"小姐"的村里女孩丽、在车管所从事非法营生的"我"的同学容……但是面对这种变化，"我"只是感到了一种怅惘。这种怅惘是基于"变"带来的一种"往昔不再"的本能性的伤感，而非沈从文面对"湘西"时那种意蕴丰富的文化感伤。在小说中我们看到，作者并没有着力表现一般文化怀旧小说惯常所表现的那种"常"与"变"的冲突，因为在这里，作为文化价值被肯定的"常"——往往是"传统"——并不存在。小说中最能体现这一点的有两个细节：一是月姑的身世，她是东院爷和"我"奶奶偷情的结果，这个细节本身便是对"常"（"传统"）的一种颠覆和嘲讽；二是对"葬礼"的描写，我在东院爷的"葬礼"上看到传统丧礼的庄重肃穆已经消失殆尽，丧礼成了村人欢乐的聚会，而面对这种"礼崩乐坏"，"我"也并没有表现出感伤或批判，而是给予了深切的理解和体谅：

> 几乎棚里所有的人都在笑。我也笑了。我看了看月姑，她也在笑。灵棚里成了欢乐的海洋。我忽然完全理解和接受了这种欢乐。这是真实的欢乐。这是悲哀的欢乐。这是穷人的欢乐。这是底层的欢乐。这是民间的欢乐。这种欢乐的生命力是强劲的。没有这种欢

乐，这些人无法活下去。……我又看了看月姑，蓦然明白，月姑本身就是一种笑。是奶奶和东院爷的笑。

由此我们看到，作者在这里对"变"给予了一种深切的理解和体谅。而在对"变"抱以理解和体谅的时候，她的出发点其实也很明显：一是人性，二是生存。而生存话语在此所占的分量显然更重——比如东院爷和"我"祖母的偷情虽被"我"认为是追求"欢乐"，但"欢乐"的意义却在于能够使他们"活下去"。生存话语——而非启蒙话语——在此构成了乔叶审视乡村之"变"的立足点和出发点，而这也充分体现出她对"人"的一种深切的理解和悲悯："生存"将我们的目光引向了那些主体之外的压迫力量——体制、历史、文化……

基于"生存"对"人"的理解和体谅在《拆楼记》中有着更令人印象深刻的体现。它记叙的是发生在"我"故乡的一次"拆迁事件"，在这起"盖楼""拆楼"事件中，农民作为弱势群体那种令人"哀其不幸"的命运首先得到了体现。但小说除此之外还更展示了他们令人"怒其不争"的一面——自私怯弱、"不患寡而患不均"、目光短浅、善分不善合……然而让人意外的是，乔叶对农民的这种"文化劣根性"并没有像启蒙者那样予以痛切的批判："我"对姐姐、赵老师和王强们的小器没有感到悲哀，而只是感到了"难过"。"难过"这个词很有意思，也耐人寻味。它在小说中数次出现，它不是"悲哀"，更不是"愤怒"，这里一词之差，却让我们看到了一种态度上的完全不同——"悲哀"和"愤怒"是属于启蒙者的，有着更大的情绪体量；"难过"却不是，它没有那么情绪强烈，没有那么高高在上。作为叙事人的"我"，在小说中也确实不是高高在上的，而是置身其中——"我"是"盖楼"的直接发起者，不仅教唆鼓动，而且出谋划策、全程参与。在此，传统乡村叙事中的启蒙者已经自降为了故事中的寻常人物，知识分子降格为了俗众。乔叶的这个"非虚构小说"可谓生动地展现了知识分子的沦落。然而，这种沦落却是我们这个时代无法回避的一种尴尬和隐痛，乔叶的"非虚构"倒让她显得比那些高高在上的启蒙者更坦诚。在乔叶的坦诚的背后，我们看到的乃是她对"人"的深切悲悯，因为无论知识分子还是大众，在强大的现代性（指历史力量）面前都是弱者——这也是所谓"现代性的后果"罢。在此，知识分子的"示弱"看起来也让他们拉近了与时代的距离。

在《拆楼记》中，乔叶对"人"的悲悯还有一点体现得非常明显，即她不仅同情底层，也同情"上层"。在《拆楼记》的"他们"和"底牌"两节中，作者以醒目的篇幅，让作为"上层"的地方政府——小说中具体化为"土地仙儿"（国土局副局长）、"白区"（古汉区副区长）、"南办"（拆迁办公务员）、"无敌"（住建局公务员）、高新区管委会副主任——充分现身、发言，充分表达了他们的苦衷和难言之隐——"十八亿亩红线""一票否决制""在领导面前弱势，在老百姓面前我们也是弱势"……对"上层"的这两节描写，最关键之处不在于其所言（指乔叶的叙述）是否属实，而在于她让"他们"公平地发出了自己的声音（这种"公平发声"在当时的"底层文学"中是不多见的。然而，众所周知，只有"公平发声"，问题和现实的复杂性才会得到揭示，进而才可能得到解决）。乔叶之所以在此特别关注"他们"、给予"他们"公平发声的权利，能更为明显地体现出她对"人"的普遍的悲悯：

> 我看着这些男人的笑容。他们比我稍长几岁，已然人到中年。虽然嘴上胡抢乱砍，但一个比一个心里有谱。这些正在仕途上艰难攀爬的男人，这些上有老下有小红旗不倒很可能彩旗飘飘的男人，莽撞的青春欲望已经在他们身上褪尽，这使得他们看起来有些疲倦，有些颓废，有些落寞，甚或是有些茫然，高强度超负荷的工作又逼迫他们不停地学习和思考，这些学习和思考又使得他们身上正笼罩着越来越强的理性光芒。他们看起来已经不太像一个男人了，但是更像一个真实的人了——没错，就是这个字：人。

乔叶在此提到了"人"，如其所言，她也正是从"人"的角度出发的。

由此她也轻而易举地便超越了彼时"底层叙事"那种肤浅幼稚的道德叫喊，上升发展为了一种开阔大气的社会(甚至文化)批判。

(二)以对"人性"的清醒认识为基础

乔叶的"农村系列"已经表现出与传统乡村叙事的不同：它更卑微。这种卑微透出的是一种自省，它使主体从"生存""自我"出发，由己及人地去审视世界与他者，从而表现出宽容体谅。然而，自省还有更本原的向度，即由社会层面的"生存"指向更内在的心理层面的"文化"和"人性"。这在乔叶的"女性命运系列"中有着更突出的表现。

在文化批判方面，对现代化导致的异化的批判是乔叶"女性命运系列"的重点，这在《失语症》《我承认我最害怕天黑》《他一定很爱你》中有明显的体现。《失语症》将目光对准"官场"，它通过妻子尤优的眼睛审视了现代机关体制对人的异化。这种异化集中表现于尤优的丈夫李确：这个仕途得意的县级领导，终日谨言慎行、如履薄冰，甚至为权力不惜损害健康和生命，他"人在江湖身不由己"的苦衷更让我们看到了异化力量的绵密和强大。《我承认我最害怕天黑》也将眼光对准了"官场"，但批判对象却更广泛：离异女下属刘帕原本对上级领导张建宏怀有暧昧情思，但张建宏顾虑地位、声名的"有贼心没贼胆"的表现却让她失望透顶，最后她竟主动委身于了歹徒，以此对张建宏所代表的现代人的人性退化作出了最尖锐的嘲讽。《他一定很爱你》对现代人这种世俗和功利性的批判更甚：小说大部分时间都让人以为是在写一个骗子骗财骗色的故事，但直到结尾我们才发现，惯于骗财骗色的陈歌并没有骗小雅，他对青梅竹马的她一直是一往情深的，而在世俗尘网中沉落太久的小雅却已辨认不出这份纯情……小说最特别的地方在于，它整个的叙事都使我们和小雅保持着一致——怀疑陈歌并期待他的骗子面目最终显形，不承想作者最终却给了我们一个意外的结局——陈歌在自身难保的情况下仍然给小雅寄来了两万元汇款单(那是小雅为揭露他"骗子"面目开口向他借的)，直到这时，我们和小雅才都知道：原来陈歌是真心的！小说的结构极其精彩：大部分篇幅是由小雅叙述着陈歌、怀疑并"揭穿"着陈歌，我们则和小雅一起期待着真相大白，没想到迎来的却是一记响亮的耳光——结结实实地扇在我们世俗的"嘴脸"上。①

在乔叶"女性命运系列"中，女性一般代表了对人性自由和解放的向往。她们作为男性世界（既成、压迫的权力和力量的象征）的映照，或代表了一种痛苦的力量（尤优），或代表了一种反省的力量（小雅），或代表了一种反抗的力量（刘帕）。但值得注意的是，从人性出发，乔叶批判的不仅有"现代"，还包括"传统"：在《打火机》中，余真的早年被强暴给她留下了巨大的心理阴影，而世俗伦理（贞操观）强硬地把"耻辱"烙进了她的生命，使她由一个"坏女孩"变成了一个"好女孩"，直到一次半推半就的准"偷情"，她才发现了世俗伦理对自己的迫害，并走向觉醒和反抗；《山楂树》中鄙陋的山民排斥青年画家的妻子，最终导致了青年画家及其妻子的命运悲剧。在此可见，对"现代"和"传统"的双向批判显示了乔叶的一种清醒和理智，但这种清醒和理智也使她文化批判的立足点（人性）发生了动摇。

乔叶的文化批判是从人性立足的——肯定人性自由，反抗"传统"或"现代"的压迫。然而人性本身却并不单纯：它是召唤自由的天使，也是吞噬理性的魔鬼。乔叶对此有着清醒的认识：在《那是我写的情书》中，追求人性自由的麦子发出了自己的匿名（说明主体在压抑本能）情书，它的终点却是一个家庭和生命的覆灭（说明本能的难以控制）。自由给麦子最终带来的不是"解放"的愉悦和幸福，而是道德的煎熬。也就是说，在人性面前，乔叶陷入了困顿，这遂使其文化批判陷入了危机。

这都根源于乔叶的清醒，她清楚"传统"和"现代"的可批判性，也清楚人性的多面和复杂。人性问题凸显的是人的有限：在《不可抗力》

---

① "因为世俗力量太强大了。我们其实都习焉不察、根深蒂固地生活在世俗当中，我们觉得世俗有理，我们都应该世俗……我们都生活在这样一个铁桶围成的世俗圈里。"参见李勇，乔叶. 小说写作是我精神成长最有效的途径[M]//李勇. 新世纪文学的河南映像. 北京：人民文学出版社，2019：138-145.

中，人性自私被无情揭露出来——在突如其来的横祸面前，所有人都逃避着责任，不惜泯灭良心，堂而皇之地让自己心安理得；《轮椅》中的晏琪在报社组织的一次体验残障人士社会生活状况的活动中，固执地假戏真做，把周围同学、朋友、恋人的自私、虚伪的一面彻底剥露了出来。

（三）怎么办？

人性困境（人的有限）给乔叶带来一种无法克服的痛苦，而面对这样一种无法克服之痛，解脱的方式要么是抽身而去、不去碰触它，要么是直面、接受它并做苦苦地追问和求索：在《最慢的是活着》《山楂树》中，一种浓郁的抒情开始弥漫开来，但无论是对"活着"的赞美，还是对"大山"的认同，所展现出来的其实是一种感性对理智的替代；而在《轮椅》中，晏琪则固执地跟自己、跟他人、跟整个世界过不去，这使她终于触及了人类一个终极的生存命题——"死"：

> 那一夜，晏琪明白了：如果说白天是属于人的，那么夜晚就是属于神的。人是喧闹，是话语，是柴米油盐；神是沉默，是深重，是广博无声。作为人，她从来不惧怕白天。夜晚却是值得惧怕的。因为那个夜晚，她感觉到了神的引领。引领的地方是那个最黑的字：死。
>
> 是的，死。那个夜晚的静，接近于死。

对生命终极问题的追问会发起对人——首先是作者自己——的引领。

在前些年发表的涉及历史题材的小说《认罪书》中，乔叶便延续了她对生命终极问题的思考，并更进了一步。如果说《轮椅》是对人性自私的痛苦揭露，那么《认罪书》便是对人性出路的迫切追问，小说通过一个名叫金金的女孩追究了一个家族的罪恶，而埋藏在这桩罪恶之下的，便是人性的自私，而它同样也是金金这个究罪者自身的卑污——金金在究罪的过程中也发现了自己的自私，这使得她的生命同样充满了罪恶。所以，金金最终走上了一条认罪之路。从"究罪"到"认罪"，这不是一个容易的过程，乔叶通过金金的觉醒其实是向我们传达她关于"怎么办"的一种思考。这种"怎么办"的思考既关乎人性（自私）的出路，也关乎文化（反思"传统"与"现代"）和民族的未来。乔叶在此所宣扬的"认罪"，也许从某种层面来看有些宣教的意味，但不能不说的是，认罪和忏悔意识正是我们这个民族尤其是我们自己所最陌生、最欠缺的。

乔叶21世纪之后才开始小说创作，但起步虽晚的她却从一开始便触及了人类生存的终极命题——这些命题与人性有关，与人生而为人的疑难有关。对它们的思考，往往会对作家发起一种召唤和引领，这种召唤和引领对一个作家而言，有时可能是"危险"的，它会使其文学走向宣教，当然也有可能走向博大和厚重，但不管怎样，对作家来说，对人性的探寻与追问起源于其悲悯、良心和理性，这些不仅是一个作家同时也是一个人所应具备的。

只是，所谓"终极问题"自是有其难解之本质，对它的追问和思索，很多时候可能会让追问者陷入一种茫然而至于无措的境地。那是一种茫然、怅惘、惶惑甚至恐惧的情绪。这种情绪，说白了是一种现代的情绪，因为它虽然为古往今来忧思广大者如屈原、李白、杜甫、李贺、李商隐、杜牧、荷马、莎士比亚等所共有，但直到近现代以来，这种生命的终极疑难，才成为了一个显在的人类文化哲学命题，在忧思者心目中也才具有了一种关于人类生命存在的本体性认知。乔叶的这种生命存在的本体性之问，显现出她作为一个现代小说家的精神自觉。然而，这种自觉却会让她陷入她在小说中已然觉察到的冰冷与无助——"她感觉到了神的引领。引领的地方是那个最黑的字：死。"虽然只是一个简单的字"死"，但中国人心目中的"死"是具有终极性的，那是无可置疑的终极性的生命疑难。所以，乔叶在小说中指出这个词的时候，她实际上赋予了它深在的隐喻意义——它指示的是一种生命固有的、没有答案也没有任何抚慰的存在困境。

那么，到底该怎么办？

(四) 回归

对于存在困境的思考，尤其是对于人性的质疑和反思，所触及的是一个难解的现代命题。对这个命题的思考，于乔叶而言有其必然性。她的小说处女作《一个下午的延伸》写的是男女情感故事，但是所触及的却是一个普遍性的现代人的伦理问题、道德问题、情感问题。情感和伦理道德的永恒冲突，此后便成了她小说中一个恒久的主题。在描写女性和两性情感的作品中自不待言，即便在乡村题材中，这个主题同样突出，比如《解决》《最慢的是活着》等，里面描写到的那些有违传统伦理道德的"事件"的发生，显现着乔叶对那种"终极性问题"的兴趣。在日常生活中可能很难想象，那些慈祥端庄的祖辈，却都有着隐秘的"难以启齿"的过往。乔叶执意要揭开这历史，让我们看到一种"真相"。对于这样的"真相"，她似乎有一种特别的、尤为强烈的兴趣。当然，触碰这样的话题，其中的困境也是显而易见的——那些终极性的难题恰因为其"终极性"，故而难解。另外，对于这样的难题的追问，如果没有一种持续性的、具有纵深性的思考的话，也很容易会产生疲惫。《藏珠记》据作者说，便是一次有意识的"满足她自己"①的写作，言外之意，其他的写作是担负了更沉重的使命的，所以才需要停下来喘息。但这使命终究是源于生命内在的焦虑，或是某种天性所致的精神召唤，它无以消泯，唯以写作缓解。从这样一种创作心理的角度来审视乔叶的新作《宝水》，我们也能发现作家内在精神状态的嬗变。

《宝水》写的是农村，但是和乔叶以往带有启蒙批判和社会批判意味的乡村叙事相比，《宝水》所表现的生活、主体情感和情绪状态、语言表达风格等都有比较大的变化。这种变化用一个词来概括便是：回归。

① 乔叶. 藏珠记·后记[M]. 北京：作家出版社，2017.

　　首先，从故事情节来看，这是一个"归乡"的故事。主人公地青萍在农村长大，后来到城市工作和生活，而今又回到故土——但不是她老家的村庄(福田庄)，而是另外一个离她老家不远的村庄：宝水村。她回去是带着很严重的"病"回去的，这"病"就是失眠。失眠是一种现代人的现代病，而地青萍的"病"除了失眠还有丧夫，以及更早的丧父，后面的经历与其说是"病"不如说是痛。这种痛并不寻常，尤其是父亲的死，在她的观念里一直以来都和故土有着无法撇清的干系：靠自己的努力在城里扎根的父亲于她看来是在奶奶一再的情感"要挟"和"勒索"下，才不得不一次次返乡的——或者为乡亲们办各种各样的事，或者参加老家的婚丧嫁娶，或者只是为了帮奶奶忙春种秋收……所以，故乡于地青萍而言，原是为她所排斥的，奶奶甚至也和《最慢的是活着》里面的奶奶一样，于地青萍而言有一种挥之不去的芥蒂与隔阂。这样的故乡，这样的农村，这样的情感上的拒斥，却因为一次偶然为之的决定，都在她的情感和心理世界发生了逆转。这就是那次宝水之行，而青萍的失眠正是在那次偶然的宝水之行之后得到改观的，之后随着她离职赴宝水村久住，她的整个生命状态竟也随之发生了翻天覆地、焕然一新的变化。在这里，她不仅仅治好了她的失眠症，还找到了新的身心伴侣(老原)，收获了一大群朋友(大英等宝水村的村民)，认识了新农村建设专家和乡建能手(孟胡子)……由此她获得了新生。

　　在乔叶早先的乡村小说当中，并不乏对于乡村的温情书写，最为突出的代表便是《最慢的是活着》，作品以"先抑后扬"的笔法描写了祖孙两代人的关系，而通过这种关系，小说所突出描绘和展示的乃是一种我们并不陌生的乡村文化——既有启蒙视野观照下的"愚昧"(但它是表象化的)，又有"生存"和"人性"视野下的"欲望"。这样的复杂的文化展示，更多的是从一种"将心比心"的生活体验角度进行的，所以整体来看这种文化展示并不具有太强的分析性，它更多的是情感性的。伦理或道德问题常常被加以情感化处理，所以乡村文化某种程度上也就被窄化，或者说抽象化了。在那种感人的人事背后，我们往往会感到某种社会性和历史性的相对欠缺——作为一个证据，《最慢的是活着》乃是回忆性的，且它主要的聚焦点都在奶奶这一个人物身上，这样的处理于作家而言当然是下意识的、不自觉的，有其不得不如此甚至唯其如此方才成就这样一部经典之作的必然理由，但是我们仍然要说的是，如果从认识论的角度来看这个小说的话，作家对于乡村、乡村传统、乡村文化的体认，还是有些抽象化和简单化的。《宝水》却不同，它的乡村体认是针对当下现实，针对于实实在在的、当下的乡村生活的。

看《宝水》，有种无比生动鲜活的生活现场感。它写的就是当下的新农村生活。这种生活是内在于正在进行的时代历史的——新农村建设。这个原本偏僻的山村，因为被纳入了新农村建设的整体规划和布局当中，所以才发生了如此巨大的变化。在小说从开头到结尾的故事时间内，宝水村的变化由地青萍的眼睛加以呈现：她来到这个村子，遇见那些一直在此的村民(大英等)、走出去的人(老原等)、外来的人(孟胡子等)，并由他们，加上她自己的切身体验，进而了解到这个村庄的历史和现实。而关于历史，它的展示是只言片语式的，闪闪烁烁、隐隐约约；而关于现实，才是最蓬勃、鲜活、丰富、多姿多彩的。为了谈论方便，这种蓬勃、鲜活、丰富、多姿多彩的现实，不妨分为这样几个层面来看。首先是政治生活，这里有国家或地方政策(新农村建设、脱贫攻坚)，有执行这些政策的人(杨镇长、村主任兼村支书大英)，也有这种政策的实践和实施(旧农村改造、建立村史馆、举办村晚等)。而在关于宝水村政治生活书写中，让人印象深刻的是作家表现出的一种肯定性的态度。这并不容易。因为众所周知，在20世纪90年代以来的乡村叙事中，乡村政治生活或政治生态一直是作家批判和反思的一个重要对象和重要方面，20世纪90年代刘醒龙的《挑担茶叶上北京》、陈源斌的《万家诉讼》、田中禾的《五月》、李佩甫的《羊的门》等，新世纪之后贾平凹的《秦腔》《带灯》、尤凤伟的《泥鳅》、毕飞宇的《玉米》《玉秀》、鬼子的《被雨淋湿的河》等，都对转型时代的乡村政治生态进行了批判。《宝水》在这方面却展现出了一种不同的态度：理解和宽容，甚至还有一种赞扬和欣赏。这里突出的表现就是对于村镇基层干部形象的塑造。比如宝水村的村支书兼村主任大英。大英一出场便是一种泼辣爽利的形象，和城里来的青萍一见如故、自来熟。她风风火火，心直口快，麻利、泼辣、能干；胆大心细、外刚内柔；更重要的是她有责任心——对上负责、尽心竭力，对下也有谋略、讲方法、有手段，同时还不失体恤、心地醇厚。加上她的性别优势，所以她在处理宝水村的各种问题和难题方面，自有别人无法企及的优势。

另一个基层干部形象是杨镇长。作者对这个人物不比大英着墨那么多，但是却也很见形象和性格。这个杨镇长不是李佩甫笔下专横跋扈的干部形象，也不是贾平凹笔下陈腐昏聩的基层权力者形象，他是非常充满生活气、非常平易近人的——时常下乡到宝水村，吃饭、喝酒，和大英，和众多村民搭话聊天、开玩笑，嘻嘻哈哈之间看似随意，却也懂下情、晓上意，依靠着在基层摸爬滚打锻炼出来的十八般武艺，往往就把外人眼里无比麻缠的事情给解决了、处理了。乔叶在写这种基层干部的时候，也努力地呈现出他们的难处：

> 孟胡子道，都怪不容易的。这话也没错。杨镇长道，不容易也是不容易，可也不能没个原则。线还分个粗细呢，不容易也得分个大小面儿。怕的就是搅糊涂，事儿就不好干了。可乡里的工作，有时候还免不了要搅糊涂。想要把上头下头都打发好，就得使巧劲儿去干工作，耐心细心地处理事。这可得有一番水磨工夫，再加上十八般武艺。有多少干部坐机关坐得稳稳当当，一到基层就屁滚尿流。所以有个说法，从基层到机关长一身膘，从机关到基层脱一身皮。你看组织部门哪一年不往基层派干部？有多少适应的？流水一样来，流水一样去。快来快去的倒也好，咱也羡慕。咱倒是会适应，一年一年留，想走也难走，扎下了老根儿，也是愁人哪。便问他，是不是觉得很亏？他笑道，亏不亏也是两说，要看碰上啥领导。碰到那些公平仁义的，他知道你辛苦，到一定时候就会把你往

上调调，提拔一下，叫你稍微歇歇，再把你放下来当个书记啥的。这就中。碰到那些官场混混，那他就光会喊空话，表扬你说干得好干得不错，忽悠你扑下身子傻干，承许你以后能咋回咋回事儿。你这边傻干着，他忽然一拍屁股走了人，把你焊到了这儿。要是碰到几任这种领导连焊你几回，那你就亏死吧。①

这段话道出了基层干部的艰辛不易，也展现了他们的吃苦耐劳。这种不同于启蒙叙事的正面乡村基层干部形象的塑造，以及相应的更为融洽的官民关系的书写，完全改写了传统乡村叙事当中惯常所见的那种负面的乡村干部形象。而这样一种基层乡村干部形象也展现出了新时代的一种新型的乡村政治风貌。

在《宝水》中，乡村之新还表现在新历史力量对乡村的"介入"。所谓"新历史力量"就是相对于传统的乡村乃至于转型中的乡村而言具有新质的一种历史力量。这种对于乡村而言具有改变效力的历史力量在以往也出现很多，不管是鲁迅以启蒙的眼光审视传统乡村所凸显着的那个返乡者，还是赵树理、柳青、周立波以革命的激情所塑造的革命者或乡村改造者，他们都是彼时一种新质的历史力量的表征，正是他们承担着革命或改造的使命，促进着乡村的革命性变化。然而，进入新时期以来，随着社会转型的推进，这种传统的革命或改造者形象已经随着现实对于文学的冲击而崩溃瓦解——他们已经无力承担起进行乡村变革、改造的历史和时代使命。在20世纪八九十年代以来的改革叙事和社会转型叙事当中，像贾平凹《腊月·正月》中的韩玄子、《秦腔》中的夏天义、《高兴》中的刘高兴，刘醒龙《凤凰琴》中的张英才，孙慧芬《民工》中的鞠广大等，他们都是在时代现实面前疲于挣扎、忍受痛苦煎熬的崩溃农民形象的代表。在《宝水》中，这一点却明显发生了变化。对于宝水村而言，青萍是一个外来者，但她不能算是新历史力量（她更多的

①　乔叶. 宝水［M］. 北京：十月文艺出版社，2022：225-226.

是一个观察者和体验者，而不是改造者)，真正代表这种促进乡村变革和发展的新的历史力量的是孟胡子。孟胡子此人堪称奇人，小说并没有太过详细介绍他具体的生平来历，只是近乎"横截面"式地将他植入了这个小说：

> 当年在省师范学院美术专业学的建筑设计，毕业后去当北漂，朋友介绍了一份工作，是挂在国字号名头下的小城镇改革发展中心下属的乡村什么委员会又下属的一个研究院，他所在的是规划院的乡建团队。其实从大牌子分支到最小的牌子那里就没剩几个人。他跟着团队全国各地跑了几年，虽也戴着个项目负责人的帽儿，却没挣着什么钱，项目款最多的村子也才给七八千，还常常是分期付，尾款必打水漂。虽然做得不疼不痒不饥不饱，却把他单干的心养了起来。后来因为上头的一场机构精简，这个设计规划院被简得散了，他便自己成立了一个纯民间的乡村建设规划院，把孟的谐音嵌了进去，叫梦载乡建院。因着积下的人脉底子，三不五时地也能接些项目。在河北、四川、安徽都做过。①

这个长着"典型的络腮胡子，上唇下巴两颊鬓角全都是"②因而被唤作"孟胡子"的汉子，不仅仅在宝水做乡建，还蝴蝶穿花般地在其他地方做乡建。这工作的性质看似有点像"雇佣兵"，但却并不是——至少不完全是——以挣钱(拿钱才干事)为目的，甚至从上面所引的一段能看出，他之做乡建，更可能是有一种非物质的理想和情怀在支撑——不然为什么机构精简了，而且"没挣着什么钱""做的不疼不痒不饥不饱"，却仍然培养起了"单干的心"？在孟胡子这里，情怀和理想肯定是有的，但是这却不是他身上最让人印象深刻之处，他身上最让人印象深刻、最让人叹

---

① 乔叶. 宝水[M]. 北京：十月文艺出版社，2022：68.
② 乔叶. 宝水[M]. 北京：十月文艺出版社，2022：50.

服的，是他的能力——与乡村世界进行沟通和打交道的能力。这种能力建立在他长久而丰富的乡村建设经验基础上，使他在乡建工作中如鱼得水、游刃有余。在小说中，孟胡子是不折不扣的能人甚至奇人。他在小说中一出场，便是督促村民铲瓷砖——宝水村民原来盖房子时都赶时髦，贴的是那种又光又亮又白的瓷砖，孟胡子却让他们都铲掉。村民们当然不愿意，但孟胡子却告诉他们，乡村建设不是越新越好，越洁白越好看越好，那些洁白崭新的瓷砖看着是还不错，但在农村根本不实用，很容易变脏，下雨打滑，典型的好看不好用，而最根本的是，农村要保持(恢复)农村自身的特点，发掘和保存城市所没有的特征和特质，构建一种因地制宜、天人合一的乡居生活，所以农村的建造应该在保持卫生、环保的基础上，用自己所具有的也是最适合自己的山野和泥土材料，以最天人合一的样式，去进行建造，去除掉那些华而不实的、赶城市时髦的东西。而这样的农村才是真正有自己特色的，和城市不一样的，因而也就能吸引城里人的农村。

孟胡子就是以这样一种对一般农村人来说非常"新鲜"，同时也极为"实用"的方法和理念来进行他的乡建工作的。这种理念渗透在他的乡建哲学中。但是要让农民接受这种哲学，光靠理念显然不行，还需要切实的实践，尤其是这实践要发挥出切实的效果——带来效益。在小说中，孟胡子可以说是从日常生活的卫生保持，到行止礼仪、日常习惯培养——尤其是如何与外来者(城里人、游客)打交道；从实物性的乡村乡居面貌改变，到村民的举止言谈、思维方式、生活习惯、精神理念等，都努力进行一种彻底的改变。显然，这种改变是具有相当的挑战性的，农村的贫瘠，乡民的固执和传统，甚至他们的散漫、自私、矛盾，都需要去一一面对和处理，很多事情是没有答案和最佳解决方案的，有时候需要"不择手段"，有时候需要拆东墙补西墙，有时候需要穷追不舍、深究不放，有时候又需要嘻嘻哈哈、打马虎眼……这就是乡村工作的棘手之处，也是处理千头万绪、一片乱麻的实践工作的必备技能。孟胡子有这种技能，有这种经验，他那茂盛浓密的胡子仿佛储满了脑筋和智慧。

他不仅能够做好应激性的村民安置和安抚工作，更依靠着广阔的人脉关系和强大的人际交往能力，和上面——政府——搞好关系，上上下下左右逢源，一切为自己的工作铺该铺的路，搭必要搭的桥。而他的坦荡、能干、机智、幽默，甚至圆滑世故，确也赢得了当地上上下下、左左右右、男男女女、老老少少的喜爱和支持。

新的历史力量代表的是一种外部性的力量，这种外部性的力量最终需要渗透到最细微的乡村日常当中才能实现对后者的改造。《宝水》中的乡村日常生活书写某种程度上并不是作家叙事的重心，因为它的视角是受叙事人青萍限定的，所以真正鲜活丰富和更完整的日常生活基本只局限在了老原家——这是青萍在宝水的住处。而老原家又不是一个真正的本地农家，因为老原自父辈起就搬离了宝水，只是因为后来重修了祖宅所以才间歇性返回。这个家里只有偶尔回来和客居在这里的青萍，他们都不是百分之百的农村人。百分之百的农村人的日常生活只能通过青萍的眼睛呈现：她到大英家，到香梅家，到大曹家，小曹家，赵顺家……在这里，她确实看到了变化，那是一种新的生活样貌和气息，但是也夹杂着不变——那些旧的，甚至鄙陋的东西。比如香梅遭受的家暴，大英家时不时犯疯症的娇娇，自私小气的大曹，豆哥和豆嫂的不阳光，等等。这些变与不变，便是乔叶所观察到的当下的乡村日常样貌。它当然是有着新时代风貌的，但是那些旧的、鄙陋的，毕竟也存在着。那么，究竟该如何描绘和评价这个变与不变所交杂的新时代的农村呢？

在数年前的《拆楼记》中，乔叶对于彼时的乡村的态度显然是负面的、批判性的。在那里面，拆迁这样的历史性乡村变动也好，拆迁中政府的工作态度也好，还有乡民在与政府博弈中所展现出的狡黠、自私、冷漠等，都无不显现出一种厌倦、疲惫、悲凉和无奈混杂的复杂心绪。然而，到了《宝水》，固然那些乡村的灰暗、鄙陋仍然存在，但是显然已经不再是主流，它们只是片段式的，甚至影影绰绰地存在着。就像在大英家，大英爽朗的笑声是主导性的，娇娇只是间歇性发病；大曹是自私小气，但是也有倔强可爱的时候，就像《创业史》中梁生宝的父亲梁三老汉那样；香梅是遭受家暴，但她竟然能以暴制暴！于是这样的处理，使得整个小说完全摆脱或者说扭转了《拆楼记》那种压抑晦暗的格调，而变得神清气爽、亮丽明朗起来。小说的最高潮是一年到头之后的那场"村晚"：不管是本地人，还是外来者，不管男女老少，大家都参与到这场喜气洋洋的乡村庆典当中。那新建成的村史馆、长桌宴、村晚、耍狮子、镇长讲话、村先进颁奖……这是新农村建设所带来的一个崭新的新年，处处都洋溢着喜庆欢乐气息。①

在小说中，青萍是叙事人，也是作家乔叶的代言人。她最能代表作家的态度。自小说开头，她来到宝水，发现宝水治好了她的失眠，于是决定更长久地留下来，这已经再鲜明不过地表明她的——也是作家的——态度。这个态度就是回归。而表明这个态度最突出的，是小说中另一个至关重要的人物：九奶。这个活了将近百岁的老人，身世复杂。她曾遭受丧夫丧子之痛，得蒙老原祖父搭救和帮衬活了下来，也便怀着感恩和敬慕之情以身相许——不是明媒正娶，而是暗做良人，还给妻室无法生育的他续后。尤其在他遭难受批斗的时候，义无反顾地和他在一起。这是个历经苦难又知恩图报、重情重义、情深义重之人。她就像宝水村的那棵银杏树一样，以其朴素的乡村道德，以及乡土情感、知识、礼仪为根，扎在她生活的这片山野和土地之上，根深叶茂，荫庇着脚下的老原一家，以及宝水村的所有后代子孙。在她去世之时，村人和青萍等完全依照传统乡土丧礼为她老人家送终，他们不管去过哪里，经历过什么，都一一伏拜在地，为这位百岁老人的离去而表达自己的眷念与哀伤……这是一种认祖归宗。在小说开篇有一节就叫《所谓老家》，里面写到老原如何认祖归宗，认下自己的老家——那都是因为当年九奶给老原父亲留的一句话："我给你占着地方，迟早等你回来。"他的父亲后来在城市得病去世，骨灰送回了老家，就在被九奶打理得干干净净的老宅

---

①　乔叶. 宝水[M]. 北京：十月文艺出版社，2022：500-508.

里，老原止不住长跪在地，"大哭了一场"——"从那时起，我的脑子里第一次升腾出了老家的意识，就认下了这个老家。"什么是老家？小说里一个爱写诗的编辑是这样说的：

> 老家就是这么一个地方，在世的老人在那里生活，等着我们回去。去世的老人在那里安息，等着我们回去。老家啊，就是很老很老的家，老得寸步难行的家，于是，那片土地，那个村庄，那座房子，那些亲人，都只能待在原地，等着我们回去。①

"回去"，这是《宝水》里最响亮也最深情的声音。青萍从城市回到乡村，老原从省城回到老家，乔叶还用她灵秀的笔描绘出了这个乡村让人流连忘返的一切：那些青山、绿水，那些古朴的节气、文化、礼仪（婚丧）、语言（豫北方言）、道德、山野物什、人跟人之间值得珍视的关系……虽然这里也有自私和鄙陋，但是它们都不占主流，就像宝水村在建设新农村的过程中，原本那些不美好的东西——不讲卫生、不守诚信、没有公德、轻视妇女、自私自利——也都在孟胡子、杨镇长、大英、青萍这些人的努力改造下，一一被改造、改善、改良一样。小说结尾的小年和"村晚"可谓这个小说的最高潮。这是中国最喜庆欢乐的节日，宝水村上上下下齐上阵，网络劲歌、广场舞、狮子队、长桌宴、领导讲话、先进颁奖，日常生活里闹腾腾的一切，在小说里更有过之而无不及，但是却并不让人觉得鼓噪喧嚣和混乱，而是洋溢着一种新时代新乡村所特有的喜庆欢乐气氛。这是最具有浓郁时代气息的节日，这是宝水村人最具宝水气质的村晚。

乔叶一笔勾勒了这样一个新时代的乡村的"新"貌，但是这个"新"貌究竟是现实的，还是更理想化的？有个细节值得注意，小说中作为作家化身或代言人的青萍，既然选择回乡，却并没有回她自己真正的老

---

① 乔叶. 宝水［M］. 北京：十月文艺出版社，2022：19.

家——福田村，而是回到了更远一些的异地宝水村。为什么？小说里其实不难找到答案，那个青萍自己真正的老家福田村有她太多的难言之隐。那是她长大的地方，是她留下了太多温暖的童年记忆的地方，但是有多少深情和温暖，也就有多少的创伤。这些创伤包括父亲的去世，导致父亲去世的奶奶(至少在青萍观念里奶奶是父亲去世的罪魁祸首)，那些和他们家有着瓜葛勾连因而被她视为羁绊和麻烦的乡亲邻居，那些在和他们长久的交往和联结中所埋下的纠葛和纠缠……一切都是剪不断理还乱，欲说还休。关于青萍的村庄、村庄历史、她个人的成长经历、她的家族和家族关系等，在小说中是作为一条潜隐的线索被铺设的，它模糊而晦暗不明，但却又坚韧地存在——因为它直接决定了青萍回归的方向选择：福田庄，还是宝水村？这潜隐着的线索，也让我们看到了青萍所谓"回去"的复杂性。

我们甚至进一步要追问：她是否真的想要回去？她是因为厌倦了城市的生活(失眠、夫猝死都跟城市生活的节奏有关)，也是因为看到了宝水的新貌，所以她选择了回去。但这一切是否真的代表作家乔叶在城市与乡村之间有一种笃定的价值选择？这种价值选择必定是有的，但它指向的究竟是一个理想化的存在，还是一个现实的存在？或者更直接一点说，宝水村和福田村，这两个村子到底哪个更真实，更代表现实？抑或于乔叶而言，这两个村子乃是她心目中乡村和故乡的两面？很多年里，乔叶一直扎根在故土，近年才离开，去了北京。北京可以视作《宝水》真正的诞生之地，关于这一点，乔叶曾说过这样一段话：

> 一直以来，我写作长篇时的习惯是：既要沉浸其中，也要不断抽离。在这个意义上，必须要感谢北京。"故乡是离开才能拥有之地"，忘记了这句话从何听起，却一直刻在了记忆中。自从工作调动到了北京，在地理意义上距离故乡越来越远之后，就更深地理解了这句话。人的心上如果长有眼睛的话，心上的眼睛如果也会老花

的话，也许确实需要偶尔把故乡放到适当远的距离，才能够更清晰地聚焦它，更真切地看到它——在河南写《宝水》时一直在迷雾中，尽管基本东西都有，却不够清晰，在北京这几年里写着写着却突感清晰起来。如果没来北京，这个小说可能不是这个质地。现在回头去想，北京和故乡有接近性，同时又有差异感，这个尺度还挺美妙的。①

在这段话中，乔叶坦承了自己的出走，也用"故乡是离开才能拥有之地"这样的话，为自己的出走做某种定义——甚或解释（她当然不用解释，故乡当然是只有在离开的意义上才成立的）。从单纯的小说写作的角度来讲，乔叶的话是没有任何问题的，她是坦诚的，我们完全相信这种置身其中和出走之后的不同写作状态对于一个作家写作的影响乃是一种司空见惯的文学创作现象。但是，这里我们仍然要提出一点质疑，那就是：这部小说毕竟是写回归的，它呼唤着"回去"，而作家本人却是在出走——从故乡到省城，再到北京。当一个不断出走的人，呼唤"回去"的时候，我们总忍不住仔细打量。也许，出走是我们每一个人（尤其是现代人）的宿命，但是对于这出走，很多人并不隐讳它的必然和必须——在鲁迅等人笔下，在很多人的心里，这出走背后的不得不走的缘由都清清楚楚，明明白白。固然眷念的情感时时升腾，但很少有人会真的回去，甚至呼喊着"回去"。因为谁都知道，我们所眷念的那个故乡和今天的现实的故乡，并不是同一个故乡。所以，乔叶没有让青萍回到她的老家福田庄，而是去了宝水村。这真是乔叶的"天才"之处——她为自己留下了余地。但是不管怎样，她还是高喊着"回去"，并为"回去"找到了这么多的理由，描绘了这么美的前景，仿佛我们完全可以回去，放心大胆地，毫无顾忌地回去。

---

① 乔叶. 宝水如镜，照见此心[J]. 中国现代文学研究丛刊，2023(5).

四、冯杰散文论

冯杰是一个有"趣"的人。有次碰到他，是在电梯里。旁边有另一个男士，他和冯杰打招呼，还开了一个玩笑，带"颜色"的那种。那玩笑，容易接嘴，是可以回过去的。冯杰却没回，只腼腆地笑了，脸还有点儿红。不知道，是不是因为当时电梯里还有一位女士在场的缘故。这个细节，让我以为，冯杰是个老实人，或者说厚道人。事实如何，有待验证。因为和他私下交流的机会并不是太多，而只是在一些公开的场合碰到，比如开作品研讨会之类。那些场合，总是要发言，冯杰的发言又每每是最让人印象深刻的。他常穿一种宽适的老式布衫，操一口地道的豫北方言，俯仰间智慧小眼光华闪闪，诙谐处直让人笑得前俯后仰。能把枯燥呆板的会议发言变成个人"脱口秀"表演，且不让人觉得轻浮卖弄而是趣味盎然的，我见过的人里，冯杰算是独一份。这么多年，只要冯作家在场，总是盼着他开讲。他也几乎从不让人失望。"我来说两句儿?"他总是如此"谦恭"地开口。却不待别人回答，就慢慢悠悠地说："那就说两句儿!"很是有说书人或大队书记的腔调。但一般说书人和村大队书记哪有作家会讲?!

这些都让我很长时间里对冯杰抱有很大的好奇。好奇其人，好奇其文。文字是现成的，那里应该藏着一个真心实意的冯杰。

（一）深情和眷恋

2021年霜降前后，因疫情一直在清寂的校园，集中读了冯杰的两部新作《鲤鱼拐弯儿》（2022）、《非尔雅》（2020）。先读的是《鲤鱼拐弯儿》。开卷第一篇《灯塔看黄河——纪念一座倒塌的铁塔》，写的是一座铁塔。矗立在黄河岸边的这座塔，临着大堤，堤上有杨柳，黄河支渠在旁流过，不远处便是孟岗镇。孩童时代，作家登过这座铁塔的低层，受着小伙伴们的怂恿。一起登临的伙伴们，有的爬得更高，在上面大喊、吐唾沫、撒尿。然而，那铁塔建于何时？做何之用？冯杰在文章里没有交代。他只是指给我们看有过那样一座铁塔，曾标记着大堤，标记着黄河，矗立在四十年的漫漫光阴里。那上面留下了孩子们的脚印，孩子们后来长大了，离开了，走远了。但是，有一个孩子，却频频回首，眺望着记忆里一直都矗立着的铁塔："百十米之高，塔顶入云。斑鸠只好从铁塔胸部飞过。"直到有一天，他听说铁塔其实早已倒掉，倒于一场寻常的事故……

写铁塔一篇，是一个纪念。关于铁塔的回忆，没有太多故事性，甚至趣味性。这塔之所以让作家挂念，并在他的文字里重生，应该是一种挥之不去的，甚至说不清道不明的情结和情愫在作祟：第一，铁塔连接着黄河，而黄河是一个如此鲜明的标记，更重要的是它标记着家乡；第二，铁塔高出于平原，从而有着一种无与伦比的异质性和形象性，它和长堤、大河三位一体，构成了作家脑海里故乡图景中最清晰、最有立体感的一幅；第三，铁塔深固地扎根和驻留于作家的记忆，虽然它看起来并没有作家后面写的其他故乡事物那么生动、有趣，但它引领过他的目光，带他眺望过远方，于是在他的生命和记忆里也就牢牢占据着一个特别的位置。

当然，如果还要继续延伸一下的话，我们还可以说，铁塔其实是一个现代化的象征和符号，它如同古旧的历史中嵌入的一个"楔子"，是恒长乡土生活的一朵"微澜"。当作家从故乡出发，越走越远，他频频回望曾经的家园时所望见的那个矗立于昨日和远方的身影，恰是他一路远行终无家可归的一个预言罢？世界上所有的故乡都是回不去的，因为它们都遗落在时间的深处。要想回去，只有靠记忆和文字打捞。然而也正因此，这记忆，这文字，不管多么鲜活生动，多么趣味盎然，也都灌注着无言的感伤。只是，冯杰的文字是活泼的，只有在某一些时刻——突然的静默或沉思，抑或只是打一个愣神——那伤感才冷不丁泄露出来。比如他写童年时代逃学，去黄河大堤上看打硪（打夯），听打硪人唱黄河打硪歌——那种劳动的号子和荤荤素素的小调。待思绪一拉回到现实，感伤便不由自主了："几十年过去了，黄河大堤一直升高，每年复堤使用灌溉船来抽泥，不舍昼夜。那些石碌早已无用武之地了，——消失在时间里。我好像未动，还一直坐在大堤上听歌。"①这最后一句，是让人泪下的。

冯杰幽默活泼的文字里，时常藏着这些深情款款的时刻。在谈他散文写作风格的其他方面，比如知识性、趣味性、幽默、语言等之前，还是想先谈一下他散文给我最大的触动——那便是他冷不丁泄露出来的感伤和深情。是的，他总是在不经意间，用尽量节制的语言，表露着这种无法遏制的、让人动容的感伤和深情。比如他写乡村草垛，本是诙谐幽默的笔触："北中原有些奇异风景的形状小而窄，只能在草垛里看到。夜空有流星划过，偷情者相约而至，皆从干草缝隙一睹风采。一声惊叹，星星听到消息会飞奔而来，偷情者听到消息会飞奔而去。"②但是他又展示给我们，这些草垛情事，是发生在乡村夜晚的，而那些夜晚，不只有草垛，还有牛的倒沫声："北中原整个乡村宁静之夜，星光里布满丰润质感的倒沫声，像是在和漫长的黑夜对抗。"③那些暗黑的或布满星光的乡村的夜晚，藏着太多作家难以忘怀的记忆——关于黄鼬的故事与传说，姥姥带"我"走在田埂上，二大爷正陪着那个"坐折板凳腿"的客人在喷空……

在《鲤鱼拐弯儿》这本书里，冯杰把他写的内容分为了三个部分："风物""世相""地域"。这里面写到了太多北方农村长大的人所熟悉、亲切、感动的事物——风俗、草木、语言、传说等。但是，如果说有什么是读过之后最让人挥之不去的，还是那些人物。冯杰笔下的那些他的

①　冯杰. 后石器时代［M］//冯杰. 鲤鱼拐弯儿. 郑州：河南文艺出版社，2022：81.

②　冯杰. 二大爷常用语汇释选［M］//冯杰. 鲤鱼拐弯儿. 郑州：河南文艺出版社，2022：26.

③　冯杰. 一堆素材里的牛杂碎［M］//冯杰. 鲤鱼拐弯儿. 郑州：河南文艺出版社，2022：176.

故乡人物大致可分为两类：一类是亲人，比如"我姥爷""我姥姥""我母亲""我父亲""我姐""老舅""二大爷""二大娘"，等等；另一类是乡党，比如王铁匠、孙铁匠、剃头匠赵半刀、供销社收购站麻站长、后来做了乡党委秘书的儿时玩伴孙修礼、赤脚医生孙久仓、民办教师孙百文、杀鸡的李老大、厨师之乡的师傅马大爷、杀牲口的扁一刀、民间环保协会的老马，等等。这两类人物，前者应是写实（但也不一定，比如"二大爷""二大娘"或许只是为了讲故事方便而虚构），也牵动着作家更真实的情谊：姥姥给"我"缝裆带，姥爷给"我"讲黄鼠狼认干爹的故事，父亲带"我"去挑煤土……这些都是作家无法磨灭的儿时记忆。后者则有着更大的虚构嫌疑，扁一刀、赵半刀、孙久仓、孙修礼、孙暴雨……且不说这些半真半假的名字本身便带着戏谑意味，单看他们在作者笔下诙谐滑稽的生活表现，便让人觉得他们是经过了作家更多艺术处理和加工的，他们说着粗话、笑话，笑呵呵地，有时也醉醺醺地，总让人想到布袋戏舞台上那些张手抬足、摇摇摆摆的木偶的样子。

对于那些真实的人物，冯杰总是在平淡之下蕴积着深情；而对于那些很可能是虚构的人物，他也于诙谐戏谑中饱含了同样的温情。当代作家写乡村和农民，可以笼统地分为两类，一类是外来者的书写，即书写者并非乡村出身，他们和乡村、农民的关系并不一定寡淡，但却缺少一种先天的血缘和亲缘，因而总有一种微妙的、难以言传的距离感，比如鲁迅和柳青，他们都是乡村叙事的高手，对乡村和农民也抱有极大的关怀和同情，但他们的作品读来总不如赵树理刻画的农民更让人感到亲切。赵树理是地地道道的农民的儿子，而且他也是甘于以这样一种"农民"的身份和文化姿态去描写他们的，因而无论从主体情感，还是语言风格，乃至其他文本细节来看，都渗透着一种农民和农民文化所特有的"土"气。所以，我们这里所要说的这第二类的书写，便是来自这些"农民的儿子"的。当然，自称"农民的儿子"的人很多，他们的写作是不是真正让农民感到亲切，那是另外一回事了。区分开这样两种作家的乡村写作，并不是为了做价值判断，而是为了观察一种差异。明确这样一种差异性，有助于我们对冯杰的散文写作做一个定位：他是一个农民的儿子，而且是以一种眷恋的、钟爱的、肯定性的态度去观照和书写乡村与农民的。

冯杰是农民的儿子，也深爱着他的家乡和亲人，而且他不惮于把这种身份亮出来，把这份热爱说出来。其实，在谈冯杰的这份热爱之前，我们应该说清楚一点，即不管一个作家在他的文字里如何爱他的故乡（农村）和亲人（农民），我们都应该知道，真实的故乡和亲人都不会像其文字里所表现的那般美好。而实际上在冯杰笔下，我们也还是间或能发现那些隐约的"不美好"的，比如物质的贫穷、特定年代里的幽暗的历史，等等。但是尽管如此，在冯杰的笔下呈现最多的，还是他的眷恋与深情。

《二大爷常用词汇释选》一篇中有"藏老木"（捉迷藏）一节，里面讲述了童年时代在故乡草垛里"藏老木"的往事。草垛或麦秸垛应该是乡村最温暖、最特别的事物了。它是丰收的产物，有着家的气息，还有着家所没有的自由。刺猬去那儿打洞，母鸡在那儿孵蛋，白天里顶着光天化日，夜晚看星斗满天……有过乡村生活经验的人都知道，草垛和秋凉、星空、露水、秘密有关。那一次，作家外村的同学和他们一起"藏老木"，竟藏在别人怎么找都找不到的草垛里睡着了，睡了整整一夜，干草香弥漫熏人，第二天天大亮才醒过来。这段回忆的结尾，作家这样写道：

> 多年之后，我经历一个故事。
>
> 我童年时藏到了北中原那一方草垛。
>
> 在里面经历了童年、少年、青年，到中年时才醒过来。出来时，外祖父、外祖母、父亲、母亲都一一去世。我在欢乐时光里藏进，出来时时光已经苍老。①

---

① 冯杰. 二大爷常用词汇释选[M]//冯杰. 鲤鱼拐弯儿. 郑州：河南文艺出版社，2022：28.

一次"藏老木"的童年游戏，恍惚几十年的成长。就像一个走失的孩子，怅惘地站在时间隧道的洞口——他不小心从那个世界一脚迈进了几十年后的现在。这种走失的、被遗弃的感觉，紧紧包裹着这个转瞬便鬓发苍苍的、连他自己都认不出来的"孩子"。这种孤单、怅惘的感觉，在冯杰的另一部作品《非尔雅》中，同样非常明显，也特别让人受触动。那是他回忆起外祖母用针线穿过的一粒粒小扣子：

> 整个世界上一粒粒温暖的小扣子，都在时光里，在外祖母赢弱而温馨的指缝里，一一失落，像漏掉的迷路的小米，成苍茫蓝夜里一颗颗星星或大地草叶上的露珠。从此以后，我再也找不到那些温暖的扣子。
>
> 它遗落了。姥姥的手从此不会再缝。①

冯杰的笔下储蓄着对于故乡和童年的深深的爱。那么，那个童年和那个故乡到底是怎样的呢？

(二)北中原与乡土中国

冯杰的童年故乡，也即他的"北中原"，在《鲤鱼拐弯儿》中做了一些介绍，但并不系统全面；更系统全面的，是《非尔雅》。在这本书里，冯杰选取了一个极为巧妙的进入北中原的入口——方言口语，他用方言汇释的方式，将北中原的风物、人情、地理、道德、饮食、职业，以至于花草树木、虫鱼鸟兽、神鬼传说等，进行了别具一格的呈现。

这是一部让人叹为观止的书。在这本书里，冯杰首先呈现了一种丰富多彩的乡村生活。比如他写到乡村的牲口们，那些牛、马、驴、骡子们，北中原的乡亲们称其为"头夫"（普通话里更通用的称谓应该是"头牯"，冯杰故乡人应该也是使用的这个词，只是"牯"在当地的发音可能

---

① 冯杰. 襻[M]//冯杰. 非尔雅. 郑州：河南文艺出版社，2020：263.

为"夫"，故他取"头夫"释之），它们个头大、有力气。在写驴子的一篇里，冯杰告诉我们，在驴子前腿内侧长有一块黑记，北中原的人们把它称作"夜眼"——小毛驴走夜路不被绊倒，不迷路，全仰仗这只"夜眼"。那里的人们还相信，卖牛不能卖笼嘴和牛缰绳，因为卖了它们意味着以后不会再有牛。① 那里的人们赶集时，会收集头牯市上铲掉的"马指甲"（马蹄片子），那马蹄片子是散发着独特气味的，可以放在花盆做底肥。② 女人们在家养鸡，母鸡一旦"落窝"（不下蛋、整天咯咯叫唤），有两种整治方法，一是掰开鸡嘴喂盐，二是捆绑鸡翅喂水，冯杰说这是姥姥教他的。③ 这些知识都是独特的，它们有的是科学，有的属迷信，对那些不熟悉或不那么熟悉乡村生活的，想必是有些"耳目一新"的。这些知识，都是经验性的，是乡村生活的长久积累，代代相传，无师自通。那里的小孩子们都知道，"栽花儿"（种牛痘）之后要避风、吃虾米、吃鲫鱼，故意让皮肤发炎。④ 如果夏天受凉肚疼，只需把肚子贴到吸饱了一天阳光的碌碡上暖一暖，就能"药"到病除。他们就像其祖辈一样，认识地里的庄稼——麦子、苞谷、谷子；辨得清黄河大堤上的草木——节节草、柽柳、疙疸草、车前子、沙打旺、田菁、小香蒲、灯芯草……北中原的人们就是伴着这些草木，依凭着他们的"知识"，过着他们一代又一代的生活。

这样的生活，这样的土地，生长出独特的语言，以及思维和文化。《非尔雅》里有好多非常特别的词，比如"翻嘴"，指的是两个人之间来回穿插学舌，最后变调了。冯杰说得更有蕴味："一个人把自己的一张嘴皮翻过来，露出来是牙齿，是一条乡村大道。把语言翻过来，则是语言的背面。"⑤所以喜欢翻嘴者，在北中原的人们看来是不可交的。再比如

① 冯杰. 头夫[M]//冯杰. 非尔雅. 郑州：河南文艺出版社，2020：206.
② 冯杰. 捏码[M]//冯杰. 非尔雅. 郑州：河南文艺出版社，2020：193.
③ 冯杰. 落窝[M]//冯杰. 非尔雅. 郑州：河南文艺出版社，2020：227.
④ 冯杰. 栽花儿[M]//冯杰. 非尔雅. 郑州：河南文艺出版社，2020：195.
⑤ 冯杰. 翻嘴[M]//冯杰. 非尔雅. 郑州：河南文艺出版社，2020：259.

"卖秫秸"，秫秸(高粱或玉米之类收割之后的秸秆)是廉价燃料，或扔到粪坑沤肥，属呆立贱卖之物，乡村口语里是用来讥讽人、骂人的。① 其实，与"卖"字相关的口语还有很多，"卖嘴"是指说大话、说空话，"卖腿"是瞎跑、闲跑，还有"卖小""卖乖""卖肉"等，则是不限于北中原的贬义词了。可能是跟乡村的熟人社会性质和流言文化有关，北中原的很多贬义或倾向贬义的词，都和"口"有关。比如"小舔"为奉承之意，带着一脸卑贱的媚相和劣相。② 跟"小舔"有关的另一个词是"扒查"，说的是一个人有心计、往上爬，"钻营攀附，善于投机"③。还有一个更有意思的词"下眼皮肿"也是这类指称——下眼皮肿自然不能往下看，只能往上瞧，这当然也是对一个人"人格上的定性"④。这种词在乡村口语里很多，不管表面义还是引申义都连带着乡村日常生活的泼辣生动，比如前面提到的"落窝"，本是形容鸡不下蛋，用到人身上便是对好吃懒做者的讥嘲。而形容一个人在背后说人坏话，出卖朋友，则是用的另一个有些粗鄙但特别生猛的词："咬蛋"⑤。这类的词还有"掖屙""跏"，等等。乡村口语里可以说充满了这类形形色色的包含着情感和价值倾向的词，它们彰显的是一种朴素的乡村道德。

当然，既有恶就有善，既有丑就有美——道德，总是涉及人格的两面。在《笆斗》一篇中，冯杰回忆起自己拿着笆斗给亲戚四邻送杏子的往事：

> 留香寨是北中原的杏乡。每年杏熟时节，姥爷就让我挑选那些
> 个大色艳的熟杏，用一个个笆斗盛着，步行扛着，或系到自行车后
> 座上，骑着旧车，去为远近不同的一户户亲戚家送杏。上官村、庙

① 冯杰. 卖秫秸[M]//冯杰. 非尔雅. 郑州：河南文艺出版社，2020：148.
② 冯杰. 小舔[M]//冯杰. 非尔雅. 郑州：河南文艺出版社，2020：16.
③ 冯杰. 扒查[M]//冯杰. 非尔雅. 郑州：河南文艺出版社，2020：68.
④ 冯杰. 下眼皮肿[M]//冯杰. 非尔雅. 郑州：河南文艺出版社，2020：18.
⑤ 冯杰. 咬蛋[M]//冯杰. 非尔雅. 郑州：河南文艺出版社，2020：170.

丘、桑村、沫村……在我年少的印象里，笆斗成了传递亲情的道具，若一方独特的小舟，运载着满满的乡情与童心。①

这是人与人之间的善意。而当一头母牛生产时，主人会为它熬上一锅黄澄澄的小米汤，喂上数天。在乡村里最常见的麻雀，北中原的人们称它们为"小小虫"，充满爱怜的称谓里有对这些长久相伴的小生命的浓浓善意。这是乡村朴素的自然伦理。他们在贫穷的生活里会有吝啬，但是他们更知道物的珍贵（《抛撒》）；他们在广袤的大地上和长久的历史里一直身处卑微，却也更珍惜和感激着他人（以及自然）的善意——受人滴水，当报涌泉。这是民间最朴素的伦理道德。

乡村世界里的道德语汇，虽然看起来似乎也内含着主观的好恶，但有时候其实并不一定包含确定性的善恶，而只是一种客观性的描述。前面已提及，北中原的很多带贬义的方言词汇都跟嘴巴有关，如"卖嘴""翻嘴""咬蛋"等，都是明显的人格评判，带着轻蔑和嘲讽。但还有一个更直接的跟嘴巴有关的词，叫"口"。这个词，读完《口》这篇之后我才明白，它其实也存在于我家乡的方言口语中，其意思和冯杰的北中原也是一样的："一个人性格厉害。脾气不好，暴烈，耍小脾气，语言冒失。具备了这四项因素，都可以称为'口'。"②这个词，在我的老家发音不是普通话的上声（三声），而是阳平（二声）。冯杰说的它的四个内涵，除了"语言冒失"之外，其他几点跟我的老家都是一样的。稍有点不同的是，"暴烈"这一点，在我们那里是没有的，我们那里说一个人"口"，只是形容嘴巴不饶人。嘴巴不饶人的人，当然可以说是"脾气不好"，但若说"暴烈"，就言之过重了。在我们那里，一个人被人说"口"，并不一定是真"口"，刀子嘴豆腐心也是"口"的一种，甚至更常见的一种，那是表面

---

① 冯杰. 笆斗[M]//冯杰. 非尔雅. 郑州：河南文艺出版社，2020：196.
② 冯杰. 口[M]//冯杰. 非尔雅. 郑州：河南文艺出版社，2020：24.

的"口",虚张声势的"口"。确认冯杰说的这个词也是我老家人嘴上说的那个词的最关键的一点是他在书里说的:"这个口语带有性别色彩,词语阴性。有一个指涉范围,多形容女人"①。所以,不管在豫北还是在鲁北,一个男人嘴巴再厉害,也是绝对不会被说成"口"的,只有女人,而且往往是年轻的、十几岁二十来岁的女人,才更有跟这个词匹配的资格(它也能用来形容年长或年老的女性,但频率远远不及形容年轻女性高)。这个词到底是褒义还是贬义,则是含混的、飘忽不定的,它只是一种客观的中性的描述,天平到底往哪边倾斜,要因人因事因场合而定。就像《红楼梦》里的王熙凤当然可以说是"口"的,林黛玉也"口",但气势上似乎要弱一些,而当林黛玉和宝哥哥在一起时,她的"口"又包含了更复杂的意涵。

乡村世界的道德,彰显着人格理想,这里有他们朴素的世界观,也有这种世界观之下一种乐天知命、幽默、达观的人生态度。冯杰说,在北中原有一个词,叫"老母猪"。它不是指猪,而是比猪小千万倍的虱子。他说,他的姥爷告诉他,"穷人长虱,富人长疮"。所以,虱子可以说是贫穷的象征。它们在曾经的漫长岁月里,喜欢与穷人依偎,无处不在,尤爱在四处透风的裤裆里横行。被它骚扰的人们笑骂它们为"老母猪"时,分明是带着一种生动的想象,带着一种诙谐幽默的亲切和乐天知命的豁然。穷人常会有这样一种乐天知命的态度,或是无奈,或是麻木,甚或是某种天性,然而其实未免不也是一种特殊生存环境生长出来的人生智慧?"三亩地一头牛,老婆孩子热炕头",冯杰说,"这是荒乱年代中国乡村的最高理想"②。

如果要为一种文化寻找其源头,这个源头应该是理想。理想又衍生出道德,而道德是文化——尤其是乡村民间文化——最突出和醒目的部

---

① 冯杰. 口[M]//冯杰. 非尔雅. 郑州:河南文艺出版社,2020:24.
② 冯杰. 头夫[M]//冯杰. 非尔雅. 郑州:河南文艺出版社,2020:70.

分。冯杰讲过一个非常有趣的故事，他说那是他姥爷讲给他的一个叫"龙抓人"的故事：

> 东地一座破旧的龙王庙里，六个人在避雨。外面大雨滂沱，雷声不断。响雷一直围绕着这座破庙久久不去。
>
> 有人就明白了，说："咱中间，一定有个做了坏事的恶人，必须出来到外面让龙抓走，这样大家才能安生。"
>
> 人脸上又没写字，谁是恶人？大家面面相觑。找出一个检验的办法：每个人都轮流往外面雨中掷自己戴的草帽，谁的草帽被雷击中，谁就是恶人。
>
> 大家一一往外扔草帽，五顶草帽划过一道道优美弧线，像飞碟，一一泊在雨中，都没有被雷击。
>
> 只剩下一个人没扔，在大家的催促下，他才惶惶地把自己的草帽往外扔，只听雷声炸响，围绕着这顶草帽闪个不停。
>
> 众人齐说："只有你出去啦。"
>
> 那人苦苦哀求，最终还是被踹了出去，立在雨中，单等"龙抓"。他的耳边只有雨柱急急敲打一地草帽。隆隆如鼓。
>
> 忽听"咔嚓"一声巨响，众人避雨的那座旧庙塌下，里面的人全部被砸死。雨中瓦块飞翔，像雨的仓皇的羽毛。
>
> 雨中的这个人跪下，嚎啕大哭。①

这个无比生动的故事，是一则关于善恶的寓言或传说。这个寓言传说，还会让人联想到《鲤鱼拐弯儿》中"黄鼠狼认干爹"和"老虎报恩"之类的故事。而其中，最生动精彩的一个是"鲤鱼和少年"的故事：长垣鲤鱼台有其传说。当年长垣县令姓刘，懒于政事，只爱喝酒。三五大聚小聚，喝令属下："干，谁不喝就日他娘！"……初春一天，妻子自娘家回

---

① 冯杰. 龙抓了[M]//冯杰. 非尔雅. 郑州：河南文艺出版社，2020：56-57.

来，夫妇睡在后院。半夜起风，门响，刘县令去开门查看，回来跟妻说，没啥。睡下后，妻子却闻着有股很重的鱼腥味。是夜之后，县令性情大变，滴酒不沾，勤于政事。两年后初春，县里来一红衣少年，十六七岁，白白净净，摆坛算命。县城人皆好奇：世人多见老叟算命，哪有嘴上没毛的掐指！但少年却精算如神，让县城轰动。人们也鼓动县令去算，回说我乃朝廷命官，哪里信这个。催得紧了，索性闭门不见。少年有次路过县衙，沉吟良久，说这里有妖气。人嘻之。有一天，县长夫人来卜卦。少年说，你家里是不是有鱼腥味？妻大惊。问：汝怎知？少年说，你可记得那个大风的夜晚？你先生去关门，回来时其实他已经不是你先生了，他被一条鲤鱼精幻化了。夫人大骇。那怎么办？少年说他自有办法。遂设坛，摆个大瓮，立一五股钢叉，燃香做法。县令早上就听说有妖人做法，正吩咐人来驱赶，自己却突然两脚动弹不得。少年做法的院子里，也便忽然自半空落下来一条大鲤鱼，人面鱼身，哀声求饶。少年说你本该当斩，但念你勤政爱民，姑且饶你一命。一把打开坛子，把鲤鱼投入，念平安符、封咒经，盖上封印。抬到县衙，埋到大厅地下，并立一座高塔镇之。鲤鱼精在地下求问：啥时候放我出来？少年说等我全省巡游一圈之后吧！后来，人们也都不知道少年到底回来了没有，鲤鱼精放出来了没有。

(三) 艰辛与苦涩

当然，乡村生活当中，不仅仅有那些有趣有味的事物和生活，不仅仅有道德，如果说它们都透着一种乡村特有的浪漫和美好的话，那么乡村当然也还有它的另一面——相反的一面。

在《非尔雅》中，冯杰为一个词释义："抓嘴"。他说"抓"这个词在北中原读作"欻"(chuā)，这个词貌似陌生，其实在我们日常口语里用的很多、很普遍，属于典型的音熟而字生的一个词。它指的是短促迅速划过的摩擦声音，比如"欻，一个流星滑过"。北中原则把这个象声词变成了动词。他们说"抓嘴"或"欻嘴"，指的是"快速从别人手里抢出食物，自己吃掉"。他说，"这是孟岗集会上常见的一种市井现象。"①他们那里的"傻三孬"就是这样从别人手里抢过馒头或油条，然后一口吞下的，如果你追得紧了，他就在上面吐唾沫——以这种无赖的方式实现食物主权的被迫移交。其实在我的老家，也有关于"歘"的一个专门的词，叫"歘白虎"。我其实也不知道这个词到底应该写作什么，它的第一个字为"歘"是无疑的，但"白虎"二字只是取其读音，实际上其意义跟"白虎"完全对不上，它的重音在"歘"，后面这两个字发音短促而快速。在我的老家，"虎"也常常脱离其本义，和一些不讨人喜欢的乡野事物或人物相连。比如大人吓唬哭闹的孩子，总是说"麻虎来了！""麻虎"在北方传说得普遍，有人说指的是狼，有人说指的是传说中其他吓人的怪物，也有好事者考证说，《太平广记》卷二百六十七释"麻秋"词条说，后赵主石勒有一阴鸷凶残的部将名叫"麻丘"，系太原羯（匈奴别支）人，时人故称其"麻胡"，用来吓唬夜啼和不听话的小儿。还有一个词，在我们那里按发音应写作"檐白虎"，指的是蝙蝠，在冯杰的家乡它被叫做"檐边虎"，从意义上看后者应该是更准确的。鬼魅一般黑乎乎的蝙蝠，在冯杰笔下是夜行的侠客，很传奇神气的样子，其实在很多人眼里它都是有些异类、不怎么讨喜的家伙。

　　冯杰书中选释的北中原词汇，与嘴巴、食物相关的占到了相当大的比例。这也反映了乡村社会生活的重心所在。因为常常是匮乏的，所以它们当然也是人们所最关注和关心的。这是一种长久以来的历史真实，包含着生存的无助甚至生活的残忍。《非尔雅》中写到"出"一词，说它总是被用在"出葱""出蒜""出花生""出白菜"这样的词组里面，谈的是收获之事。接着他便讲到一个"出树"的人的故事。此人名叫李伯田，少年时便开始跟着拉锯大队的师傅到城里做活，二十岁之前便跑遍了新乡、焦作、安阳、滑县、长垣、鹤壁等豫北城市，一把铁锨上画满了到一个地方便做一个的记号。城市的大树很多，城里人不好处理，他便替人处

　　①　冯杰. 抓嘴[M]//冯杰. 非尔雅. 郑州：河南文艺出版社，2020：128.

理；树上有鸟窝、蜂窝，有的还有高压线，便能多拿点小费。直到近年，有一次眼发花从树上栽下来，残废了，整日望着那把画满记号的铁锨发呆。① 还有一个字叫"熰"，指的是不会生火或不懂火候，搞得"燎烟动地"的。冯杰也讲了一个故事，主人公是乡村民办教师吴子牛。故事表面波澜不惊，实际上却让人心痛：

> 吴子牛是村里一位小学民办教师，教了二十多年课，还没有转成正式人员。
>
> 他戴的眼镜厚得像两个玻璃瓶底，眼睛小到里面，像陷进去的两颗黑豆。都叫他小名子牛。我尊敬地喊吴老师。
>
> 县里教育局检查组来到学校，奇怪地问他，课桌下怎么放一把镰刀？吴老师说为了让同学们更好地写一篇《记一次有意义的劳动》作文。他一边讲课一边担心家里那片麦田陷落在雨季。这时教课讲到"鬼鬼祟祟"，我姥爷纠正为"鬼鬼崇崇"。他一时觉得不习惯，有点像雨天里割麦子。
>
> 三十岁时有人说合个女人，略有腿疾，他拒绝了。他自视甚高。后来连有腿疾的女人、带孩子的女人也没有了。高不成，低不就，四十出头还没娶上媳妇，在村里一直打光棍。这种状态在乡村就等于后半辈子还是打光棍。有人开玩笑，说他活了两辈子：前半辈子是光棍，后半辈子知道前半辈子打光棍的道理。
>
> 和他家住在同一条胡同。每到做饭时，他母亲说："院子里熰得燎烟动地的，像燎草狐洞。哪像做饭？"听到里面出来一阵阵咳嗽声。极快地出来一团影子，不是草狐，是吴老师。
>
> 他有自尊心，后来一个人生活。他母亲唯一的心病就是盼望儿子娶上个媳妇。到他母亲临终也没实现。
>
> 早春二月，他服了一瓶拌麦种的农药，躺在床上口吐白沫。一

---

① 冯杰. 出［M］//冯杰. 非尔雅. 郑州：河南文艺出版社，2020：61.

边有一本农技站发给学校的《农药应用常识》，弥漫一屋子严肃的农药气息。这时大家再也闻不到"熰得燎烟动地"的气味。

一开窗，风把书页吹响，像吹乱村西头学校白色的钟声。①

还有《纩》一篇，副标题是"纪念少女哑巴"。说的是"我"小时候和姥姥去留香寨织布，那里的哑巴家有织布机，哑巴家就在前街，到了之后人手不够，"我"给姥姥帮忙，却看到了窗外有一个和自己一般大的小女孩。姥姥说，那就是哑巴。后来，因为"我"熬不住活，哭闹，姥姥便给"我"买了一个白馒头。多年后，"我"又在乡间纩线，说起前街上那家的哑巴女，说起那个消失在时间里的白馒头：

姥姥慢慢说，那个哑巴早死了。

哑巴是个要来的孩子，她后娘不待见，吃不饱，有一天吃了没泡好的杏仁，死了。

我心里一动，天真地想，当初那个馒头咋没有让哑巴吃一口。②

还有《笆斗》里面讲到的那个冯杰的小学同学。冯杰的讲述仍然是那么于无声处起波澜：

制作笆斗是祖传下来的手艺。在我们那里，制笆斗的人叫"捆笆斗的"，照我的眼光和标准看，称得上是北中原走村串庄的"民间艺人"。

有一年，我走在小城的集会上，忽然一个人喊我，是二十年前小学时的同学，叫马十斤。他正站在集市上的风中销售笆斗、簸箕。他说小学毕业后，就开始在本村编笆斗、簸箕，结婚，生子。

---

① 冯杰. 熰[M]//冯杰. 非尔雅. 郑州：河南文艺出版社，2020：177.
② 冯杰. 纩[M]//冯杰. 非尔雅. 郑州：河南文艺出版社，2020：110-111.

我这才留意到，车旁还带着一个小孩子，在风中冻得流着鼻涕。我一问，爷儿俩还没吃午饭，我从一边小摊上买了一串油条。

临别时，他犹犹豫豫地说：没啥可送的，送个笸斗吧。

我选了一只最小的。可以让母亲盛豆。

几年后，偶然从别人口中听到，这位小时的同学有次去堤东送货，在黄河大堤上被人劫财害命了，劫走身上带的十元钱。

笸斗尽管不漏水，盛着小小的黄豆，也盛着人生的无常结局，如一条无底的谜语，让人无法去猜，何况仅仅是一个小小的"捆笸斗的"民间艺人。他捆得再好，也捆不住无常的命运。他们在乡村风里的大草棵中间穿行时，秋霜袭来，如一只小小的无助的蚂蚁，还没有笸斗里的一颗黄豆大。①

在广袤的乡村，这样的生命，这样的故事，这样的人生和命运，是数不清、道不尽的。冯杰有时候会用一种诙谐的和略带调侃的笔触写到那些乡村底层社会的人们，写到他们的滑稽，写到他们的卑微。比如乡村集市上那些总是神神秘秘、忙忙碌碌地穿梭着的"村经纪"，他们依靠撮合买卖双方，从中谋取蝇头小利，相当于简朴版的"经纪人"角色。冯杰说，这是"村里一种民间职业，在干草与村舍间穿行的一类人，如乡村工蜂"②。在乡村生活里，从事这类职业的人常常是不怎么受待见的，他们好逞口舌之利，而且偷偷摸摸、鬼鬼祟祟，拾人余利，从事者多是游手好闲、好吃懒做之辈，职业本身似乎便也带着一种天然的猥琐气质。但他们其实也是乡村生活必要的构成部分，没有他们，乡村便有所欠缺，甚至可能会陷入局部性的瘫痪。所以，冯杰写到他们以及和他们类似的那些人群时，虽不无调侃，但总是怀抱着默默的温情和悲悯。因为他知道，卑微和无助，始终是乡村人生活

---

① 冯杰. 笸斗[M]//冯杰. 非尔雅. 郑州：河南文艺出版社，2020：197-198.
② 冯杰. 村经纪[M]//冯杰. 非尔雅. 郑州：河南文艺出版社，2020：126.

最基本的事实。

在《鲤鱼拐弯儿》中，他写了《两岸要饭记》，写到他老家那段黄河的脆弱，所谓"铜头铁尾豆腐腰"，长垣、兰考段便是黄河的"豆腐腰"。所以，黄河决堤是司空见惯的事，要饭也是司空见惯的事。要饭本来是苦难，但冯杰却努力写出了乡亲们的乐天知命和幽默豁达：有的要饭要成了"自由职业"——"能要三年饭，给个县长也不换"；有的要出了智慧经验——要选择好范围，远离本村和自家门口，要行云流水般远走他乡。当然今天要饭已经成为历史，农民也开始玩抖音、搞养殖、图发展，但是冯杰知道那并不是全部，历史剧目有时会改头换面上演。在《非尔雅》中，他写《囫囵叶儿》一篇，说近年来他看到那些到城里的打工人，在大石桥（郑州地名）下，在夜晚的工棚或立交桥下，他们"囫囵叶儿"卧在马路边、石凳上，怀里还紧抱着带体温的铁锨。他还讲了"非典"那年村里一个叫孙明礼的人从北京建筑工地偷跑回老家的故事，说他没钱搭车，又怕沿途被抓隔离，就背一袋子干粮，徒步沿着铁轨和小路，走八百里路一步步回了老家。

（四）调性与心性

《鲤鱼拐弯儿》和《非尔雅》有一种特别的艺术气质。冯杰立足北中原，着力向我们呈现了一种地域性（北方）的乡村生活和历史记忆。这种乡村生活和历史记忆让人亲切，让人感怀，让人总是不自觉地浸入一种悠然、怆然，抑或惘然的情绪。这种强烈的阅读体验当然和这些生活和记忆本身有关，但也与冯杰独有的语言和表达方式有关。

冯杰这两个散文集装帧精美、制作用心，《非尔雅》是黄土一般色泽的纸张，竖排文字，每节搭配与内容相匹配的冯杰独具一格的字画，加上透着节日喜庆的鲜红书脊，共同营造出了一种彰显着乡土生活气息和怀旧韵味的装帧风格。而里面的篇什，也集词典语体之简洁、散文之抒情、笔记小说之生动活泼于一体。书中经常有那些让人拍案叫绝的篇什和段落，它们展现着冯杰独有的修辞。

　　比如，冯杰写"村经纪"是"一种头上落满草屑与尘土的乡村职业"①。他写到"生疏"（指金属器物生锈了）："铁锨或铁锄之类的农具被遗忘了，被沙掩埋，掉在时间的深处。第二年又找到，果然面孔生疏，锈迹斑斑。那是时间走累了，时间也会出汗，锈斑是时间躺在上面休息的痕迹。"②写到"水驭车"（冯杰说其学名水蚁，其实不对，应是水黾，一种状如蚊虫却比蚊虫要大很多的昆虫，身体细长如针叶，通体黑褐色，有翅不飞，常年在水面滑行）："这名字出乎常理，水载的车，而不是船载。童话一样，它踩着波浪，睫毛一般细细的脚，在水做的鳞片上行走。这可是世界上最不硌脚的道路。"③他写到"铸"："春天来临时，春和景明，昼长夜短，正是干活好时光，总会有一身铁腥气息的铁匠在乡村游走。像乡村游动的大鸟。"④写那个小时候个子很矮、和奶奶一起生活、有一次不小心吃了一碗化肥做的"稀饭"却仍然没有长高、后来骑着破自行车走街串巷收鸡为生的小学同学张小五："他立在乡村木刻一般的风里，才四十岁，如一截晚秋的干草，被时光榨干水分。"⑤

　　冯杰的书里总是写到那些乡村日常之物，他喜欢使用一种联想和拟人化的修辞，以独具一格的思维和情致，将那些日常和寻常事物引申发挥，由具象而抽象，化抽象为具象，从而产生一种思维和画面的跳跃感，让人拍案叫绝。比如：

　　　　在没有玩具的乡村年代，最枯燥的石头也被赋予了童话色彩。一颗颗装着水声，装着星辰。那时，乡村的一只只黑老鸹，枕着这样圆润的枕头，一定夜夜都在做着相同的一个好梦。在梦里，自己

①　冯杰. 村经纪[M]//冯杰. 非尔雅. 郑州：河南文艺出版社，2020：126.
②　冯杰. 生疏[M]//冯杰. 非尔雅. 郑州：河南文艺出版社，2020：66.
③　冯杰. 水驭车[M]//冯杰. 非尔雅. 郑州：河南文艺出版社，2020：44.
④　冯杰. 铸[M]//冯杰. 非尔雅. 郑州：河南文艺出版社，2020：214.
⑤　冯杰. 喝汤[M]//冯杰. 非尔雅. 郑州：河南文艺出版社，2020：221.

如漆的全身都一时染白了。①

乡村凡木呆之物，显得宠辱不惊。譬如草垛，石磙，碾盘，拴马桩，烟囱。惯看秋月春风，任凭风吹雨淋。②

乡下卷人(笔者注：骂人)是一种艺术，民间骂人话是纸上面壁十年生造不出来的，一阵疾风骤雨，或大珠小珠落玉盘。骂人语生动新鲜，妙趣横生，像一串露珠挂在干枯的生活上，日子方有姿色。③

林子里会有三两个好事的虫子，正想开门外出，刚迈出前腿，忽听到外面"空洞"之声，探出的头立即缩回，关起一扇童话之门。④

一个青面獠牙的词汇，仍在北中原乡村穿行，带一袭尘土，一丝古风，一片铜锈，披着细霜，淋着斜雨。这个扎手的词在乡村豆青色月光下行走，已演变成乡村另一层意思。⑤

世上所有的灯都有一颗透明聪慧的亮芯，如一句经典的话，会将黑暗一一吸进，只留下纯粹的光。世上每一盏灯都拥有自己的重量。⑥

一场雪从江南蔓延到北中原，从过去蔓延到现在。汉字在长卷上纷纷跌落。摔碎。叹息。呐喊。抗争。⑦

在冯杰笔下，一个词语、一个石磙、一盏油灯，都是有生命的。一

---

① 冯杰. 老鸹枕头[M]//冯杰. 非尔雅. 郑州：河南文艺出版社，2020：109.
② 冯杰. 卖林秸[M]//冯杰. 非尔雅. 郑州：河南文艺出版社，2020：148.
③ 冯杰. 卷[M]//冯杰. 非尔雅. 郑州：河南文艺出版社，2020：150.
④ 冯杰. 树端端[M]//冯杰. 非尔雅. 郑州：河南文艺出版社，2020：175.
⑤ 冯杰在书中对"隔聊"如是解释道："在乡村它集吝啬、不易打交道、不开化、固执、倔强、别扭等意思之大成，在乡村时光里搅拌一下，再混合为一体。"参见冯杰. 隔聊[M]//冯杰. 非尔雅. 郑州：河南文艺出版社，2020：222-223.
⑥ 冯杰. 暮忽灯[M]//冯杰. 非尔雅. 郑州：河南文艺出版社，2020：244.
⑦ 冯杰. 鹅毛大片[M]//冯杰. 非尔雅. 郑州：河南文艺出版社，2020：226.

只乌鸦、一只啄木鸟、一条虫子、一头毛驴、一匹骡子，都是懂审美、知爱恨的。冯杰的语言善于进行这种生命的沟通和转换，从而将乡野事物的那种内在韵味和情致发掘、发挥出来。他善于描写，尤其是白描，更善于抒情——以这种具有想象力和意象转换能力的语言表达方式，将感伤、怀念、怅惘生动而传神地表现出来。比如在解释"格地地"一词时他说，这是"乡村最具有美感的口语之一。再也没有比这个词形容心灵受惊吓表达得到位可体了"，接着他便举例了乡村的爱情——

乡村之夜，一个人行走在墨黑的空间，前后静的陷入一方巨大阴影。忽然，谁的一声惊吓，你的魂立刻像一方瓦片从屋脊掉下，碎了，听到一颗心落地的声音。

最后，知道原来是自己心里想见的那一个人。便嗔怪道："吓得我心里格地地的。"抬腿便是一脚。

在乡村暗恋一个人多年，把对方的名字在心里一辈子捂着，暖着，舍不得公开。有一天，无意听人说，这个人远走他乡，再也见不到了。这时的心里，忽然跳出这个词：格地地。

我有过那种感觉，那个小小的"格地地"，不等你邀请就来了，像小小纸窗关不住的一阵急雨。它在拒绝与失望里穿行，是心颤动的声音。

恍如多年后，你无意打开情人、亲人的旧信、旧照，你打开一场纸上旧雨——格地地的——什么涌来了？①

冯杰的语言长于抒情，更善于描写。他的文字既充满烟火气又空灵，最善于刻画那种神奇玄妙、飘逸空灵之物。比如《贼星——兼写给诗人痖弦》一篇写的便是流星：

① 冯杰. 格地地［M］//冯杰. 非尔雅. 郑州：河南文艺出版社，2020：190-191.

乡村蓝夜空旷里的行吟者。长袖飘飘孤独的屈子。匆忙赶路的驿马。

把美丽的流星赋予这个叫法，贼星，真有一点乡村独有的戏谑成分在内。即使星星再美，也终是一个暗夜行走的小贼。

在诗人眼里，是另一种景象：痖弦四十年前，写过一首诗《流星》："提着琉璃宫灯的娇妃们/幽幽地涉过天河/一个名叫彗的姑娘/呀的一声滑倒了。"美妙意境只有诗人有资格去掀开蓝夜一角，偷偷窥到：神仙也光着脚丫，染着凤仙花。像故乡一位少女。

……

世上的人或庞大的东西，最后都会如流星滑落。跟随在匆匆的小贼星之后，抹去自己的名字。

诗人在不知疲倦地运来意象，如我对待彗星的态度。

我这样轻松说起彗星时，像说一个乡间的盗马贼，后面有人发一声喊，蓝夜上那一颗星星听后忽然心虚，发慌。

它一头栽下了，来不及擦一把额头上冒出的细汗。①

冯杰对于乡村和自然世界里那种空灵神奇之物的喜爱是一种浪漫自由心性的显现。这种心性，让他特别钟情于那些有趣的事物，包括充满着独特想象力、形神兼备、色香味俱全的乡村口语词汇——它们如尘埃里的露水或金子般珍奇宝贵。比如"一把扇"指的是头上顶着如一把小扇子的羽毛的戴胜；"吃杯茶儿"指的是唱着"不如归去"的杜鹃；"光棍背锄"是六月时节在北方季风里召唤丰收的布谷鸟。这些生灵本就安家在天空，但又如此眷爱着人间和五谷，所以冯杰对它们情有独钟。在空灵飘逸方面还有比这些鸟儿次之的另外一些乡村事物，比如躺在地上的鹅

---

① 冯杰. 贼星[M]//冯杰. 非尔雅. 郑州：河南文艺出版社，2020：180-181.

卵石。北中原的人们却让它们飞翔了起来，他们称其为"老鸹枕头"。冯杰还钟爱那些光明摇曳之物，比如摇摇晃晃的月光与灯火："月明地""台灯""汽灯""暮忽灯""起火"（"起火"指可以飞上天的鞭炮，有地方称其为"钻天猴"）。

冯杰也是幽默的。比如写到那些头上沾着干草叶子的"乡村经纪"：

> 村西头牲口市上臊气弥漫。有一个奇特景象，面对一匹平静思考的驴子，两个乡村经纪人会站定，在袖里激烈较量牲口的价格，是在颠簸"袖子里的一匹毛驴"。
>
> 两位经纪人心怀鬼胎，又想促成。表面堆满笑容，风平浪静；里面暗流涌动，春秋战国。①

比如解释"靠槽"一词时写到乡村夜晚马厩里的光棍沙龙：

> 只有经过"马厩文化"的熏陶，才知道它的来历和神韵，是说马驴畜生们在单等着发情。近似人类的一种发嗲之姿。
>
> 乡村马厩是乡村里的"文化沙龙"，天刚黑，我们早早偷偷钻到那里，听几个正"靠槽"的大光棍在围炉夜话。②

冯杰的幽默，时常带着轻微的调侃："喷空是北中原的传统文艺交流方式，里面有世界观。"③有时则近于顽皮：

> 黄河滩上的土地则不论茬，夏天收麦，秋季大豆、玉米就靠不

---

① 冯杰. 捏码[M]//冯杰. 非尔雅. 郑州：河南文艺出版社，2020：192.
② 冯杰. 靠槽[M]//冯杰. 非尔雅. 郑州：河南文艺出版社，2020：254.
③ 冯杰. 二大爷常用语汇释选[M]//冯杰. 鲤鱼拐弯儿. 郑州：河南文艺出版社，2022：23.

住。黄河水泛滥时，昨天还看在眼里，丰收在望，睡一夜到第二天，黄河翻一下身子，也许冲刷到对岸了，大豆、玉米成了山东户口。①

北中原有些奇异风景的形状小而窄，只能在草垛里看到。夜空有流星划过，偷情者相约而至，皆从干草缝隙一睹风采。一声惊叹，星星听到消息会飞奔而来，偷情者听到消息会飞奔而去。②

幽默是活泼和趣味的体现。它其实并不仅仅是一种语言表现，更是一种生活经验和性情的融合。在这方面有一点还需要提及，那就是冯杰不仅仅是个抒情写意的高手，也是一个会讲故事的人——不比任何出色的小说家要差。在《非尔雅》中他解释"色"一词："一个地方闹鬼，有邪气，就称为'色'。还有个类似称呼叫'不净'。'色'和'不净'的地方，村里人心领神会，都避而远之。"接着他讲了下面这个姥姥讲给他的有点"色"故事：

从前，道口镇有个种瓜老头，种了几亩甜瓜，甜瓜都是好名字，有牛角蜜，有花老包。瓜地临着河边，这个地方每年都要淹死人，故很"色"。

这一天看瓜老头在瓜地午睡，蒙胧中听到两个光屁股小孩子在河边玩耍。玩得高兴，一个小孩对另一个说："阎王对我说了，明天中午时辰，有个戴铁帽的人要过河，他就是我的替死鬼。"另一个光屁股孩子怏怏地说："不知我啥时候能超生。"俩孩子说着就钻在水里不见了。

看瓜老头心里记着，明天会有一个戴铁帽的人过河当替死鬼。

---

① 冯杰. 二大爷常用语汇释选[M]//冯杰. 鲤鱼拐弯儿. 郑州：河南文艺出版社，2022：25.
② 冯杰. 二大爷常用语汇释选[M]//冯杰. 鲤鱼拐弯儿. 郑州：河南文艺出版社，2022：26.

第二天，看瓜老头就在河边看路口过人。日头快到当午，一个赶集回来的人，刚买一口大铁锅，天气闷热，他就把铁锅顶在头上，要下水到对岸。看瓜者心里一惊，知道这就是昨天水鬼说的戴铁帽者。他就急忙喊住，邀请这赶集归来者到瓜棚里吃瓜。

吃了两个西瓜，老头看时辰已过，这才让买锅者蹚河回家了。

到夜里，看瓜老头做了一个梦，两个小水鬼找到他，对他说："你这个糊涂老头，坏了俺的好事。等你以后过河再说。"

后来甜瓜熟了。老头要到集上去卖。这天他担着两筐甜瓜要过河去卖。走到河中，带的秤锤不小心掉到河里。秤锤却不下沉，而是漂浮在水上，似乎等待着老头去捡。老头心里明白，就机智地说："等我把瓜挑到对岸就来拾。"到了对岸，老头回头，看到秤锤还在漂着，他就说："少来这一套吧。"那个漂浮的秤锤就不见了。①

(五)读书人或知识分子

冯杰是个有趣的人。这种"趣"还体现于他散文的另一个非常突出的特征：知识性。

冯杰散文中的"知识"可以分为两大类：一是生活知识，二是书本知识。前面谈到了他散文中的那些生活知识，它们涉及马蹄、驴腿、草木、方言、饮食、农具、职业，等等。这些知识有时候会让我们忘记冯杰的"读书人"身份，他虽生于乡土长于乡土，但却早已脱离了乡土——是文字和书本帮助他脱离的乡土。那些他接触过的书本知识，是农民之子冯杰之成为作家冯杰所必不可少的。他的文字里，自然也便不由自主——有时也是刻意罢？——会显现着他的读书人身份。在《鲤鱼拐弯儿》《非尔雅》中，他往往从自然事物或生活事物出发，将生活知识和典籍知识相结合，对描写对象做历史、文化等知识性的引申和发挥，从而

---

① 冯杰. 色[M]//冯杰. 非尔雅. 郑州：河南文艺出版社，2020：96-97.

让其散文表现出一种文人雅趣。

在《鲤鱼拐弯儿》中他探讨过黄鼬的食性，探讨过绵羊肉和山羊肉的膻与不膻，而在《它们说》一篇中，他引用萨福的诗、《圣经》，谈到殷墟甲骨文，接着谈到驴子这个乡村最有个性的牲灵时，"知识"便开始滔滔不绝了：《聊斋志异》中把驴子称为"卫"（《婴宁》中有"家中人捉双卫来寻生"的句子），大象出版社版《全宋笔记》中孙奕《吕斋示儿编》交代，"驴是因为在卫地所产，故名卫。或卫灵公好乘驴车，故名卫。或魏晋名士卫玠好驴，故名卫。"古文也有"策双卫来迎"之句。《诗经》之"十五国风"的"卫风"即在中原。冯杰说，长垣出产名驴"三粉驴"，它起于宋，盛于明，和"南阳牛"同誉，近似现代画坛的"南张北齐"。驴子既然古称为"卫"，那前卫艺术家中所谓"前卫"一词也便不难理解了，冯杰说：那就是"走在前面的一匹驴子，犟驴子"①。《黄河鲤鱼经验谈》有诸多关于鲤鱼的"知识"和典故。比如钓鱼要用"鲜玉米粒"，现代人则推崇"阿魏"。接着他谈到鲤鱼在传统文化中的崇高地位："《尔雅》以鲤冠篇，开启鱼类注解先例。"《埤雅》（宋代陆佃之训诂书《埤雅·释鱼》）说："俗说鱼跃龙门，过而为龙，唯鲤或然。"《史记》载"周王朝有鸟、鱼有瑞"。孔子给儿子取名孔鲤；唐朝则讳国姓，禁食，称"赤鲡公""卖者杖六十"——鲤鱼们在唐朝最幸福。宋代理学家推崇的"二十四孝"有卧冰求鲤②的故事。赵匡胤登基大典钦点黄河鲤鱼为国宴头菜，1949 年开国大典也有红烧黄河鲤鱼。《诗经》记载娶宋国（大约今天商丘地区）媳妇，吃黄河鲤鱼，乃当时人的理想生活："岂其食鱼，必河之鲂？岂其取妻，必宋之子？"说到黄河鲤鱼，这自然是冯杰的强项：他曾经生活多年的长垣是举世闻名的厨师之乡，"鲤鱼焙面"是长垣厨师的拿手菜。在厨师眼

---

① 冯杰. 它们说［M］//冯杰. 鲤鱼拐弯儿. 郑州：河南文艺出版社，2022：96-100.

② （晋）干宝《搜神记》第 11 卷："母常欲生鱼，时天寒冰冻，祥解衣，将剖冰求之，冰忽自解，双鲤跃出。"讲的是晋朝大臣王祥（琅琊王氏），以德报怨照顾继母三十年，六十岁出仕的故事。

里，鲤鱼和黄河一样有"铜头铁尾豆腐腰"，而鲤鱼的外观、颜色、体型也决定着它的珍贵程度和价格，其中最贵重者——红尾鲤鱼——有四根胡须两长两短，普通鲤鱼只有两根胡须，且不漂亮。关于鲤鱼的知识和典故，还曾经让冯杰在朋友面前卖弄：世人只知黄河鲤鱼、鲤鱼焙面、鲤鱼跳龙门，却不知道它还有个藏在书页中的雅名："三十六鳞"。冯杰知道鲤鱼的这个雅号，是因为他喜欢看的一本书，唐代段成式所作笔记小说集《酉阳杂俎》。其中有段话形容鲤鱼："鲤，脊中鳞一道，每鳞有小黑点，大小皆三十六鳞。"

《十二匹老虎在耳语》一篇写的是老虎。第一小节"北中原的老虎"写到"老虎报恩"的民间故事（银簪、一扇猪肉）；姥爷写的对联："虎行雪地梅花五，鹤立霜田竹叶三"，以及姥爷对虎的道德评价："虎义狼贪豹廉"。也写到民间禁忌里的老虎：属虎者家里一定要挂上山虎，辟邪，不要挂下山虎，吃人（下山都是肚子饿）。还联想到老家的"乡村画家"孙九皋喜欢见壁题字，就像五代时杨凝式一般，"都属艺术家的一种毛病"。再联想到张大千的哥哥张善孖，善画虎，有"虎痴"之誉。最后忆到早年时有人给自己介绍一个属虎的女孩，但"村中宰相"孙半仙说龙虎斗、八字不合（属相禁忌方面还有"老虎一声吼，兔子抖三抖""自古白马犯青牛""猪猴不到头"），终成遗憾。第二小节"虎史档案抄"，从"中国古猫"讲起，讲到现代老虎，起源流、辨知识；其中又提到段成式《酉阳杂俎》中的句子"猬见虎，则跳入虎耳"，引出老虎怕刺猬的冷知识。第三小节"施耐庵的本土虎知识"，谈到施耐庵的虎癖，说《水浒》里有许多"虎"——"插翅虎""矮脚虎""母大虫"等。其间又提到《癸辛杂识》中有语"虎生三子，必有一彪""九狗一獒，三虎一彪"。"一般人看不到彪。清朝六品武官服上有一'彪'形动物，可推测到彪不生活在山野，多游走仕途官场。"这里便开始将"虎"知识引申至当下，具有批判意味了。第四小节还有"博尔赫斯在建筑一匹空虚的老虎"，第五小节是"高丽老虎的肉醉"（老虎不适合吃狗肉，吃则必醉。猪肉也是太腻，虎吃则瘫），第六小节是"岭南老虎。古典的警世"（冯杰谈到去佛山吃清远鸡，闻听佛山人吴趼人《趼廛笔记》中关于虎伥的讽喻故事），分别涉及文学、历史、绘画，以及民间传说，知识性显著。第七小节是"当代打虎者"，表面写的是当代打虎奇人何广位的故事，实际上已经将"打虎"的含义延伸到当下，将"打虎"的意涵从民间传说引向了当代官场和政治。作者似乎觉得意犹未尽，接着又作《附：老虎十二图说》一文，以虎为名、为主角，从一月写到十二月。知识含量方面，所提及的古代典籍便有：《夜航船》《太平广记》《广异记》《剑南诗稿》等。其中，择重所记者有《夜航船》中关于"伥"的故事："为虎作伥"的"伥"或"伥鬼"乃是一种专门为老虎吃掉后变做鬼的人，"无衣轻行，通身碧色"；老虎吃人，帮着剥衣服，以免簪子、银行卡之类卡老虎喉咙；《夜航船》中说凡是死于老虎的人，衣服帽子等皆卸于地，乃伥所为。陆游《剑南诗稿》中则有世人皆知的老虎学艺的寓言故事："猫为虎舅，教虎百为，惟不教上树。"①

　　细味冯杰的散文，趣味性、知识性是显而易见的，但在这背后也透露着并不隐晦的批判意识。传统知识分子也有讽喻的传统，但冯杰在知识、趣味的背后所透露出来的却不仅有传统文化意识的讽喻，还有一种现代知识分子的忧患和焦虑。他的散文可以说是知识、趣味、忧患意识的融汇与结合，《荤食》一篇可谓这方面的典范：首先，不管在民间文化还是知识分子趣味里面，饮食都占据着举足轻重甚至不可替代的地位。古代文人也好，现代文人或知识分子也好，在"吃"的文化生产方面可谓广茂发达。冯杰选取了"荤食"这个具有天然诱惑力的切入点，可以说首先在"趣味"方面便吊足了读者胃口。其次，看他的发挥和描写，更是能让人感受到"知识"的"熏陶"：他说猪肉最宝贵者莫过"黄金六两"——猪后颈的一块肉，又名"血脖子肉"，那是古代只有皇帝才配享用的"禁脔"。说到"禁脔"，自然又牵出一段不少人熟知的典故：东晋初物资贫乏，达官贵人也难吃到肉，其中猪乃珍品，每杀一头都会将颈上那块送

① 冯杰. 附：老虎十二图说[M]//冯杰. 鲤鱼拐弯儿. 郑州：河南文艺出版社，2022：147-152.

给晋元帝，它肥美珍贵只配皇帝享用，故称"禁脔"。于是也便有了下面这则掌故：孝武帝给女儿晋陵公主求婿，王珣推荐谢混，还未出嫁，武帝死。袁松山当时也想把女儿嫁给谢混，王珣跟他说："卿莫近禁脔。"故事的结尾是，公主守丧结束之后，嫁给了谢混。这个掌故来自《晋书·谢混传》。冯杰说，猪又号称"乌将军""黑面郎君"。清朝野史中流传着年羹尧奢侈用白菜的故事（一大车白菜最后只剥到剩下一碗菜心）；苏东坡有"尝项上之一脔，如嚼霜前之两螯"的句子——它们均能扯出一段民间故事和逸闻传说。而从成语"尝鼎一脔"，转到"鸡吃三尖"（鸡头、鸡翅、鸡屁股）的民间谚语和儿时记忆，则又是冯杰博闻有趣的明证了。

但是，饮食的历史掌故和传说里，总是抹不去乡村生活的一种本相：贫寒与艰辛。尤其是在叙述完活色生香的荤食历史之后，笔触一转向童年记忆，便无形中暴露出乡村生活的暗色。比如吃鸡，冯杰说，虽然掌握了"鸡吃三尖"的秘诀，但可惜的是他小时候吃到鸡的机会却不多，因为"道口的亲戚们都是清廉世家，不常送鸡。荤礼多为油馍"①。

如果给冯杰一个定性式的形容，那么称他为"知识分子"总觉得有点不太合适，"读书人"似乎更恰当一些。他的书里"知识"之丰富，之有趣，甚至之冷僻，让我们很难用具有现代意味的"知识分子"这个严肃的称谓来称呼他。他更传统、更民间、更古雅、更有趣。他虽有忧患，藏在墨痕边缘和笔尖处甚至也有皱着眉头的讽刺，但趣味、幽默、活泼仍然是他文章的主导。说得更直接一点，他文风距离鲁迅很远，距离沈从文和赵树理倒是更近，但整个个性气质却最像汪曾祺。不过，和汪曾祺相比，他似乎又多了一份顽皮和活泼。当年赤脚医生哄骗他说打的是"甜针儿"；他看不惯谁面善心黑就说他长了一张"白糖脸"；他说猪肉乃肉中至上，香得油腻，吃多了会让人有"肉醉"之感……这些回忆和叙说里，冯杰的面孔总是那么鲜活生动。

① 冯杰. 荤食[M]//冯杰. 鲤鱼拐弯儿. 郑州：河南文艺出版社，2022：128.

（六）找回那丢失了的

读《非尔雅》时感到非常惊讶，因为我发现北中原的那么多口语竟然和我老家是一模一样的。虽然相隔千里，但是像"口""出""檐边虎""月明地""扒查""灰脚""头夫(牯)""光棍背锄""徐顾""突碌""叫驴""后晌""村经纪""卖秋秸""卷""起火"，这些词汇不仅发音几乎完全一致（冯杰取的发音对应于他所取的这些汉字的发音），意义也相差无几。北方虽平坦辽阔，但语言如此相通，还是让人惊讶。这惊讶，也伴随着惊喜——就像遇到了久违的乡亲；却也伴随着愧疚——这些方言母语已经被我遗忘了很久。它们上一次在我口中出现是什么时候？

这种遗忘，其实也正凸显了冯杰这散文的价值。它是对抗遗忘的。然而，我们也都无比清楚，随着现代化的无远弗届，这种遗忘正在这块大地上无数的角落发生——市镇、乡村、东西南北。一种方言口语的被遗忘到底是从什么时候开始的？是在我们人类文明进化发展的某个阶段？还是我们生命成长的某个时期？我在读大学那年才开始张口说普通话，在此之前，包括我在课堂上朗读课文，都是用的原汁原味的鲁北方音。在20世纪末的高中课堂，我的老师和同学绝大多数也都是如此，偶有例外反而成了大家窃笑的异类。不过，我也承认，像我这种从乡下来的孩子，还是暗暗地会羡慕那些会说普通话的城里同学。时至今日，我当然也早已明白，这种羡慕是内在于一种固化的结构中的。城市与乡村、普通话与方言，都是这岁月和历史所板结形成的"结构"的一部分。而随着方言向普通话的这种自觉或不自觉的转换，很多东西也就随之发生着转变。很多年里，我回故乡还是能迅速地实现普通话向方言的无障碍切换的，有的同学和朋友却很困难（他们也常会受到乡人的嘲笑）。我不知道这困难是语言能力有限还是主观意愿的选择所造成，总之，我看到身边有很多这种失去了方言母语的人——有的是主动失去，有的是无形中、不自觉失去；有的是间歇性失去，有的则是永久性失去。而直到二十多年之后，我再次回到家乡，我发现这种失去，竟也开始发生在了我自己身上。

不过，说实话，在读冯杰这两部作品——尤其是《非尔雅》——之前，我其实并不以为意。忘记那些方言土语，并没有让我感觉到什么不适，就像脱掉一件破了或旧了的衣服，扔了也就扔了，并没有什么可惜。直到读到冯杰笔下这样的句子：

> "头夫们"站立着，一排湿润的眼睛映着星光。油灯里布满密密麻麻的嚼草声。马牙嚼着灯光和马厩主人的叹息。①

这是多么亲切和熟悉的生活啊！我自己包括很多人就曾经被这样的生活包围，在那样的生活里长大，而今它却已无影无踪。更让人惊讶的是，如果不是读到冯杰这样的文字，我们似乎并不为这种失去而疼痛，甚至也已经忘记了自己曾拥有过这样的生活：

> 灰脚，是埋在土里的记忆和一种历史手迹。洁白的颜色在记忆里属于稳定色，是乡村时间里的一种亮色。
>
> 相邻两家的田地边界处、房屋边界处，仅仅以树、以篱、以墙为界，那是表面明处的，还有一种地下的证据，像暗处的力量。如果双方有争议，随时会出示有分量的证据。
>
> 双方商议后，找一两位当事人，在规定处用铁棍探下一个两三米深的眼孔，续进眼孔里足量的白石灰粉，就叫灰脚。是一种乡村记忆符号。②

这些已经失去的事物和生活，还包括那些只有在我们的故乡才能听见，才能被人理解的语言：

---

① 冯杰. 头夫[M]//冯杰. 非尔雅. 郑州：河南文艺出版社，2020：71.
② 冯杰. 灰脚[M]//冯杰. 非尔雅. 郑州：河南文艺出版社，2020：92.

不是指娶不上媳妇的单身汉的"光棍儿"，是另一种的"光棍儿"。

在留香寨的语系里，只有能享受到特殊待遇、能沾光、有特权的那些人，才配称"光棍儿"，发音上更接近"光滚儿"。这一条"光棍儿"象征乡村红人，有势力者，是乡村里最能混的人物。还带点穷硬不讲理的意思。

在北中原能称得上光棍儿的人，一般多为村长、支书，延伸到他们家的亲戚。都是一方之霸或头面人物，有点无赖。像枣木棍一样硬。近似我姥姥说《水浒传》里的镇关西、蒋门神。①

还有年轻一代从没有听过的童谣：

> 小蚂蚱，一身黄，
> 蹦蹦跳跳过时光。
> 饥了吃口嘎嘣草，
> 渴了喝口露水汤。
> 刮风下雨都不怕，
> 就怕秋后一场霜。②

而当这一切都渐行渐远，伤感和怀念也便油然而生。在冯杰的文字里，这种失去的、回不去的感伤和怀念最让人动容：

> 一天，我听到墙壁上那只闲置的风箱无风而响，吓一跳。几天

---

① 冯杰. 光棍儿[M]//冯杰. 非尔雅. 郑州：河南文艺出版社，2020：80.
② 冯杰. 黄河琐碎录[M]//冯杰. 鲤鱼拐弯儿. 郑州：河南文艺出版社，2022：219.

来，里面常常自动发出声音。……①

终于有一天木屐粉墨登场了。木屐溅起雨水，水珠子高高地扬起，然后，落下。至今还落在脸上。②

小时候在北中原沙地，大家一块儿逃学，课本一时都让狗衔走了。玩着从高高的沙岗上往下滑的突碌游戏。那些桃花，童真与时间，一起从沙漏里悄然消失。恍惚之间，从童年一下子突碌到少年，再突碌到青年。突碌，然后人到中年。③

三十多年前，一个乡间的孩子披着外祖母的一衫薄薄单衣，穿行在一九六八年北中原那一场魂牵梦萦的"梦僧雨"中。在时空里，我能认出来，那个孩子就是我。④

怀念却也终无法再回去。而家乡话，或许竟是他回去的一条路吧？忽然想起来，冯杰一直是说河南话的——或者长垣话？不知道他去北京、广东、台北或世界的什么地方，是否也如此。至少在河南见到他，他都是操着乡音，慢条斯理、泰然自若，有点像呱哒板兀自行走在梦僧雨里，一板一眼、余韵悠长。

在《非尔雅·跋》中，冯杰这样说道：

我生活在北中原乡村词汇的密林里，从童年到少年，从青年到中年、到将来，那些词汇都不会消逝。自土语里，我穿行而来，乡村土语像水让鱼呼吸一样无法舍离。逝去的时间因土语的打磨，有了自己的光。

再琐碎的词汇，自有它的出处渊源、空间走向。口语是一座乡村晴雨表，大处测量唐宋明清的厚度，小处测量一年二十四节气深

---

① 冯杰. 风掀[M]//冯杰. 非尔雅. 郑州：河南文艺出版社，2020：39.

② 冯杰. 呱哒板[M]//冯杰. 非尔雅. 郑州：河南文艺出版社，2020：152.

③ 冯杰. 突碌[M]//冯杰. 非尔雅. 郑州：河南文艺出版社，2020：173.

④ 冯杰. 梦僧雨[M]//冯杰. 非尔雅. 郑州：河南文艺出版社，2020：201.

度。更小的测量一棵荆芥和一个人的咳嗽。

……

从空间上说，乡村语言有长度，或长或短。从体积上说，乡村语言有重量，上浮或下沉。我和姥姥、姥爷们在北中原讲的方言现在仍在使用，终有土语退场那一天，像一场绝版爱情，情人或亲人彼此再相爱也有最后谢幕告别的一刻。

收留方言碎片是收留大地的记忆，是对母语的一种自救。正是这种心态，我做一些土语记录。①

失去这些土语，当然也就意味着失去故乡。在《扁嘴》一篇中，冯杰说小时候扒着卖鸭子的人的筐子，看着人家走南闯北，还去到城市，心里好生羡慕。多年后自己也落脚城市才知道那羡慕的可笑："那些流落到城市里的乡下扁嘴，一只一只强迫自己，要去艰难地改变自己的乡音。"那些城市的"扁嘴"（鸭子）在冯杰看来"声音粗哑，像掺着沙子，惊恐紧张，那是为更好接近城市环境，在那里艰难生存"②。

当然，那逝去的和失去的一切，如果仅仅是从情感的角度去认定其价值，显然不能说服人。更何况在冯杰所书写的那美好的背后，还掩藏着他未曾言明的乡村生活和乡土文化的另一面。同样是生活在河南这块土地，刘震云、李佩甫等便揭露过那"另一面"——有过乡村生活的人都不陌生的"另一面"。但冯杰这样一种浪漫主义的乡村书写，仍然因为他独特的文体创造、对乡土社会和乡村生活的复原而具有一种文化学和历史学甚至还有语言学的价值。因为沉落在历史烟尘中的那些事物，比如风箱、灰脚、呱哒板、石碌、方言土语等，不仅仅是一种生活方式，还内含着文化、道德、伦理，它们旧则旧矣，却寄托过希望，蕴积过梦

---

① 冯杰. 看那方言的羽毛都沉落了[M]//冯杰. 非尔雅·跋. 郑州：河南文艺出版社，2020：266-267.

② 冯杰. 扁嘴[M]//冯杰. 非尔雅. 郑州：河南文艺出版社，2020：163.

想，并像那把刻满记号的铁锨（《出》）一样，成为那段历史和理想的铭刻。更重要的是，不管乡音土语也好，还是它背后的心意也好，它们都是和曾经那样一种虽不丰裕但也忙碌质朴的生活，和那样一块丰饶而苦难的土地，和那土地上滚滚不息的大河，大河边的草木、虫鱼、鸟兽，相融一体的。那里有鄙陋、有贫瘠，但也有尊严和骄傲。而当我们义无反顾地走向一种自以为是的现代和新生的时候，我们其实并不知道那现代是否是我们想要的现代，那新生又是否是真正的新生。而当我们感到惶惑，受到打击和遭遇挫折的时候，我们很自然会回首来路……这并不是怯懦和保守，而是因为那"来路"里确实包含着让我们感到温暖、平静和自足的事物。

冯杰的笔下总是出现他的姥姥、姥爷，还有那些脾气古怪、举止粗俗但可亲可笑可爱的乡村人物，他们悲苦也乐天知命，卑微又坚忍不拔，自有一种生存哲学和生活智慧。他们在黄河边肥沃的土地上过着贫寒的生活，承受着无妄的生命的赐予，在忙忙碌碌的艰辛和苦乐中，在爱恨别离中，度过一生。

在冯杰的两本书里，每一篇都附有他的画作一幅。那些画的落款处总有"客于郑"三个字——在省会生活了二三十年的冯杰，家始终在他的北中原。那里有时间深处姥姥为他点亮的一盏灯：

> 当我每次外出不归，姥姥总是点亮一盏灯，默默等待。在偌大的北中原，那是一个村里最后一盏熄灭的灯。如一盏黑暗里的灿烂荷花。①

---

① 冯杰. 结记[M]//冯杰. 非尔雅. 郑州：河南文艺出版社，2020：166.

第三章

作品散论：在故事和语言的缝隙处

一、追述历史的方式

——评田中禾《库尔喀拉之恋》

20世纪七八十年代，"反思文学"风行一时，但当时所谓的"反思"在观照历史的视角方面还是比较单一的——作家多从社会政治角度切入，偶有文化、哲学方面的涉及，也不普遍。到了思想比较活跃的80年代中后期，"反思"在更广的视域内展开，但随着90年代之后社会转型成了整个国家的核心"议题"，文学对现实的热情似乎逐渐超过了历史。当然，严肃而审慎的历史反思不独在文学领域无法充分展开，在社会层面也是如此，但不管怎样，文学作为"虚构"的艺术，它在趋近历史和研究历史方面始终是有自己独特的优势的。正如作家当中那些历史的亲历者，历史对他们来说其实从未真正地远去，而当他们进入暮年，追述的渴望会愈加迫切，这也使他们在保存历史、反抗遗忘方面具有了一种天然的优势。然而，是否所有的亲历者都能以恰当的方式追述历史？显然不是。这里自然首先涉及立场、价值观等问题，何为"恰当的方式"便有了争议。而且除了这些内在的问题之外，对文学来说，"恰当的方式"似乎还包含了技术性层面的问题，比如历史叙事中最突出的"历史真实"与"文学真实"的问题。如何恰当地处理好二者的关系，似乎不再是或不仅仅是作家的思想能力问题，更是其才华和艺术创造力的问题。

在《库尔喀拉之恋》(刊于《大观（东京文学）》2015年第1期)中，作家没有使用任何玄奥的叙事技巧，他只是用一种最朴实的现实主义笔法，娓娓向我们讲述了一个"爱情"故事：男主人公章明因政治问题流落边城库尔喀拉，路上他遇到了动人的女孩陈招娣，而到了库尔喀拉的新单位，高大儒雅的章明又吸引了负责监视他的宋丽英……如果没有某种异常力量的干预，这个本来再寻常不过的三角恋爱故事很可能会寻常无奇地发展下去，但是"异常的力量"终究还是出现了，或者说它从一开始就存在着，虎视眈眈地注视着。终于，破绽出现了，或者说是一个一直被等待的时机出现了，利爪轻弹，擒住了它垂涎已久的猎物。结局也正如我们大家所预料和熟悉的那样，强势的、威权的力量得到了他们想要得到的，只是那个动人的女孩的死还是让我们感到意外——更确切地说是震惊，这"震惊"不是因为故事的结局(它并不出人意料)，而是因为死亡(自杀)本身，或许是陈招娣这个"美好的女孩"的死在某种程度上会加深"死亡"给我们的触动，但在我看来，这里其实还有一个更不易察觉的原因。

这个不易察觉的原因便是作家对于这个故事的讲述方式。我们不妨对此做逐层的推敲。首先，这篇小说的写作不管作家有意还是无意，它都是有着强烈的历史反思和政治批判意味的，而政治批判的方式其实是多种多样的，田中禾在此选择的则是通过爱情的毁灭来表现。写爱情或者说通过写爱情批判政治虽不新鲜，但与那些直接性的政治批判(比如乔治·奥威尔的《动物庄园》)相比，我仍然认为它是更贴近了文学的本性的。当然，写爱情以批判政治不一定都能成为经典，如何表现爱情，如何具体而微地呈现爱情与政治的纠葛在此更为关键。在《库尔喀拉之恋》中，"爱情"似乎是在章明和陈招娣之间才比较确凿地发生了，但实际上，在小说中表现得更充分的"爱情"是发生在宋丽英身上，这个初涉世事的女孩子本是负责监视下放人员章明的，却不承想被他所吸引，于是她的少女心思便在一种极为复杂、极为矛盾的状态下发展开来。在对这一点的表现上，作家的敏感和细腻展现得淋漓尽致：他写她未见他时的好奇，写她初见他时的讶异，写他的"傲慢"让她生气，写他的天真又让她心疼，及至另一个女孩出现，她对他的爱便又开始渗透进了同样分量的嫉妒……

在我看来，这个小说中的人物，数宋丽英最丰满、最立体，因为她集合了不同的身份——监视者、告密者、暗恋者，她也集合了一个处于矛盾状态下的人物的各种矛盾心理——爱、嫉妒、恐惧、担忧、恼恨、伤心。这样的宋丽英在写作过程中其实是更难以塑造的，唯其难以塑造，因而最能体现作家的写作功力：她的一伤一悲、一颦一笑，若非有着深厚的生活积累同时又有着敏感细腻的内心是不可能勾画出的。其他的人物相对来说则稍显单薄，在小说中"露面"不多的陈招娣姑且不提，单说章明，这是当时那个年代里一个典型的知识分子形象——单纯幼稚，有知识有自尊，对生活和世界抱有一点浪漫的想象和期待，却又缺乏实现它的足够的勇气。这样的章明算不得光辉高大但也堂堂正正，但当他和陈招娣不算约会的"约会"被宋丽英举报而受到审查的时候，他的表现便有违我们的期待了——他承认了"组织"希望他承认的事情，而且认为这些事情在自己心中确曾冒头，所以便觉得"承认发生了关系也不算冤枉"。说实话，章明这一带有苟且偷安性质的表现，反而是符合常情常理的，所以对这一细节的描写，其实也成为章明这一形象塑造中的一个亮点。

除了以上这个亮点之外，还有一个亮点出现在小说的结尾，即当章明获悉陈招娣自杀后，他所感到的那种懊悔——"他后悔没把她娇美的身子搂在怀里，好好亲吻一下她那甜润的嘴唇，把她抱上床，脱掉她的衣服，和她做爱"。这种懊悔不是懊悔自己"出卖"陈招娣，而是懊悔自己没有真正地把那"莫须有"的罪名落实，说实在的，这样的"懊悔"真有点"任性"，有点让人意外。然而也正是这样的一种"懊悔"反而让这个原本庸碌的人物开始飞扬了起来，顺着这种"懊悔"章明甚至更进一步地想象着——"他应该带着她，从梭梭草和红柳丛里钻过去，穿过茂密的白桦林，奔向西伯利亚，去寻找另一个世界。"行文至此，观文至此，我想无论对作者而言，还是对读者而言，必定会有一种高昂激越的东西在心底里升起吧。在一个立意批判政治和反思历史因而也就显得沉重压抑的小说中，这一高昂激昂的尾音甚至有了点"天外飞仙"的味道。

如果把这篇作品看作一篇"反思小说"的话，我们会发现，与 20 世纪 80 年代的那些"反思文学"甚至后来更多的同主题的作品相比，《库尔喀拉之恋》叙事的起点和终点都是有点与众不同的。它从一个寻常而简单的爱情故事写起，写到了它（爱情）的萌生、受阻、毁灭。最终在章明那不算懊悔的"懊悔"中，某种源自人性本身的自由和爱的激情的被激起，使得小说最终超越了狭隘的"反思"藩篱，获得了一种可能是更高层次的打动力。同时，如果再仔细观察我们也会发现，小说依循的虽是传统的现实主义写法，但它的叙事始终是紧紧围绕着人物的内心展开的。"爱情"激发的种种心理，如爱恋、狐疑、嫉妒、心疼、恼恨、愧疚等，是展现政治暴力的核心线索，这也就避免了较低级的政治批判小说在主题演绎时的那种虚张声势和大张旗鼓，它不是生硬的，而是温和的；不是张扬的，而是内敛的。它的惊心动魄是来自它叙述的故事本身，来自历史本身，由此它所带来的艺术效果和所焕发出的批判力自然也就更强——小说中描写陈招娣的死尤其令人印象深刻，它不是正面描写，而是让消息从宋丽英的口中传出，传递给章明，于是原本宁静祥和的一切在那一瞬间便惊涛骇浪起来。那样的历史令人心痛，那样的故事令人心惊！

《库尔喀拉之恋》这样的作品出自田中禾这样的老作家之手并不令人意外，这篇小说对历史的关注，它反思历史的态度，是作家田中禾一贯坚持的启蒙立场使然；它讲述历史的方式，渗透着作家深厚的生活积累和艺术创造力；而它于波澜不惊中所突然爆发出的激情则是他一直崇尚自由的心性使然……生于 20 世纪 40 年代的田中禾已年逾古稀，从较宽泛的意义上讲，他所经历的那段人生、历史也许并不独异，但同样是经历过那样的岁月人生的作家却并不一定有意愿、有能力甚至有资格为我们记录和保存那样一段人生和历史，而他是有的。

二、如何写官场，怎样谈理想

——评周大新《曲终人在》

对长篇小说《曲终人在》的兴趣，源于它腰封上的一句话——"披露为省长'写传记'的采访素材"。"省长"是我所不熟悉的，省长的"生活"更不熟悉，但却感兴趣……带着这种多少有些"窥视"的眼光读开去，却发现自己终究还是受骗了。这哪是什么"采访素材"，分明还是一部小说，而且是一部比较纯粹的严肃的小说。

说它"严肃"，是因为它只是借用了"采访素材"这样一种形式，力图表达和最终传达的仍然是一个严肃作家关于社会、人生的严肃的看法。这种看法主要是由主人公欧阳万彤来展现的：这个 66 岁因心梗去世的退休省长，他的生前身后埋藏着怎样的人生故事？作者通过"我"受其家人聘请为其写传记，从而遍访其亲友、同僚等，对此作一一发掘。这些受访者人数众多、身份各异，基本涵盖了官员、知识分子（大学教师）、企业家、农民、医生、演员、司机、保姆、寺庙住持各色人等。通过他们的描述，欧阳万彤，一个有理想、有抱负、有能力、有素质、清正廉洁、勤政爱民的人民公仆形象跃然纸上。

只是，欧阳万彤这个"公仆"却非寻常"公仆"，而是一个省长——这是问题的关键。省长一级的"公仆"有何特殊？作者让欧阳万彤自己描述道："我们这些走上仕途的人，在任乡、县级官员的时候，把为官作为一种谋生的手段，遇事为个人、为家庭考虑得多一点，还勉强可以理解；在任地、厅、司、局、市一级的官员时，把为官作为一种光宗耀祖、个人成功的标志，还多少可以容忍；如果在任省、部一级官员时，仍然脱不开个人和家庭的束缚，仍然在想着为个人和家庭谋名利，想不到国家和民族，那就是一个罪人。"这里划分出了两种不同的政治追求或者说执政理念，即执政为己和执政为民（国），并对后者寄予了无限的希望。但须注意的是，这种"希望"不是寄予所有人的，而是寄予欧阳万彤这样的"省、部一级官员"的。也就是说，当作者塑造欧阳万彤这样一个人物，并借此表达一种政治希望的时候，他事先已经将这种希望打了一个折扣——为什么只是欧阳万彤这种"省、部一级官员"而不是全部？为什么那些"乡、县、地、厅、司、局、市一级官员"为个人和家庭谋名利就是"可以理解的"？

作者在谈为什么写这样一部小说时说过："在他（笔者注：欧阳万彤）的身上，寄托了我对政界的全部理想。我写他的经历，写他的作为，写他的命运的目的是呈现目前官场的生态，让读者了解当下管理社会的官员队伍的景况，让人们看到在目前的社会现实下要做一个好官是如何的艰难，从而呼唤更多的高级官员能为我们国家和民族利益着想，成为令人尊敬的政治家，成为合格的社会管理者。"①当读完小说回头再来看这段话的时候，我发现他的话里触动我的不是"理想"，而是"艰难"。这种"艰难"，在小说中表现为两点：首先是欧阳万彤与官场腐败势力的冲突，这是他面临的最直接也是最尖锐的冲突；其次是欧阳万彤所受的一种文化力量的束缚，这就是在中国根深蒂固、无孔不入的"官本位"思想。从他的祖父到他的两任妻子，从他的发小到他的同僚，他们都是在这种"官本位"思想的影响和支配下，塑造和参与了欧阳万彤的一生。前一种束缚如果说更直接而有形的话，后一种束缚则是间接但却坚韧的。也正是在这些束缚之下，有理想、有能力、有勇气如欧阳万彤者，也不免走向了挫折和失败。

欧阳万彤的挫折和失败符合大众对当代官场的判断与想象，这样的结局确保了整个小说的一种现实主义的底色。当然，诸如对高官（如落马将军魏昌山）腐败生活的描写，对官商（如省委副书记秦成康和简谦延）勾结的描写，以及对"官本位"思想如何在人的意识和生活中发生作用的描写，也在强化着这部作品的这种现实主义底色。但实际上，读完整个小说，我们能更清晰地感受到的，却不是（或不仅仅是）现实主义的

---

① 周大新. 窥见当下人们的精神世界[N]. 文艺报，2015-05-06.

压抑和灰败，而是还有一种理想主义的亮色。它主要来自欧阳万彤，虽然这仅仅是一个不具有广泛代表性的"高级官员"，但他的良知、勇气仍然让我们感到某种振奋。说实话，在人物的悲剧命运基本已定的情况下，能传达出这种振奋是很不容易的，更何况，欧阳万彤这种近乎完美的"人格神"本来就带有很强的理想化色彩，让一个理想化的形象能打动人首先得让人觉得他可信——否则别人一望即知你是在唱高调。

欧阳万彤——更确切地说是他的人格——让人觉得可信，主要源于两点：第一是作者借以表达的对官场的认识、对"官本位"文化的批判，这种"认识"和"批判"本身虽不新鲜，但如前所说，它为小说打下了一个现实主义的根基；第二是作者在借以表达批判、进而阐述其政治理想时所出具的丰富的支撑材料，这些"支撑材料"包括了对农业和工商业发展、国防、外交、粮食和食品安全、科技、环境、教育、医疗等问题的态度和看法等，里面有很多详细的数据、相关分析，它们有些是源于网络，可能不够精确，但却详尽丰富，并明显经过了筛选、整合，融入了作者大量的分析和思考，这些材料展现出了一种认真、踏实的现实主义写作态度，最关键的是它让作者借以表达的批判和理想都落在了实处。

在一个人们都怯于谈理想、乐于批判的时代，不惮于谈论理想本身便值得敬佩，尤其是当你谈得不是那么空洞、乏味、令人生厌时，就更是如此。但必须要说的是，理想本身的非现实性仍然注定了谈论"理想"的魅力的有限性，这也正是为什么欧阳万彤最后的失败反而比他的清正廉洁更有打动力的原因。当然，欧阳万彤作为一个艺术形象的不尽完满，还有更为关键的一个原因，那就是作者并没有将这个人物真正地放入广阔的现实生活中去描写和塑造，而是采取了一种比较"取巧"的方式，即讲故事：一则一则的"采访素材"只是一个幌子，每个受访人所讲述的内容其实都有着紧密的勾连，初未显露，但随着故事进行便渐渐清晰起来——每个人物都不是无缘无故地出现，每件事情都不是无缘无故地发生，他（它）们你中有我我中有你，最终勾结连环成一个惊心动魄的故事。只是故事越惊心动魄，情节越曲折离奇，离现实生活的距离也就越远了。

一部好的官场小说，甚至一部好的小说，现实性始终是它最重要的一个方面，不管你谈理想，还是谈失去理想，都应该从真实而广阔的现实生活本身出发，而不是首先考虑你自己的意愿和理想。从生活本身出发，即便写出的是理想受挫，也仍然会以让人信服的艺术感染力传递疼痛、唤起初心、催起改变的力量；而从自己的意愿和理想出发，则难免左右思量、机心构造，这样写出来的故事，终究还是欠缺了一份浑朴、一份说服力。出身中原大地、历经人生无常与苦难的周大新并不缺乏生活，但如何将自己的意念、理想与所拥有的生活更完美地结合仍然是他面临的课题。

三、启蒙叙事的消解与消解背后
——评乔叶《拆楼记》

《拆楼记》讲述的是"我"姐姐所在的张庄即将拆迁，为了获取更多利益，姐姐打算加盖房子以得到更多的政府赔偿，而"我"这个在城市有一定身份和地位的妹妹，自然而然便成了这件事情的参与者，"我"也因此切身经历和亲眼见证了张庄村民和政府的博弈。在这场博弈中，"我"既看到了农民的苦处和刁蛮，也看到了政府的难处和强硬。作者围绕拆迁这一社会热点问题，坚持自己作为"那个凶悍的、立志发现人性和生活之本相的小说家"的态度，书写着人心与人性的幽暗与柔软。小说中的"我"，首先是一个返乡者，但阔别家乡十五年的"我"，对故乡却没有太多亲切感，反而抱持着一种冷漠、疏离的态度——"只要有路，只要有车，只要有盘缠，只要有体力，所有的叛逃者都只想越逃越远"①。在"我"看来，故乡仿佛是可怕的东西，是要用尽全力去逃离的地方。所

---

① 乔叶. 拆楼记[M]. 北京：北京十月文艺出版社，2017：11.

以，这样一个对故乡保持着疏离甚至抵触情绪的返乡者，实际上也就是一个乡村叛逃者。而这也内在性地决定了"我"的返乡并不像传统浪漫主义乡村写作者(如沈从文)笔下的知识者返乡，同时更因为时代的新变，"我"的反传统式的返乡更暗含了某种更复杂的意味。

（一）

在《拆楼记》中，"我"明知姐姐盖楼是违建，既觉得得寸进尺，又无法坐视不理，于是便半被动半主动地卷入了这场利益纠葛之中。"我"深谙人性之幽深和复杂，将张庄人的狡黠与善良、愚昧与单纯尽收眼底，而那种"众人皆醉我独醒"的睿智与焦虑，清晰地标记出了一个启蒙者的形象。"现代意义的知识分子也就是指那些以独立的身份，借助知识和精神力量，对社会表现出强烈的公共关怀，体现出一种公共良知、有社会参与意识的一群文化人。"①自古以来，奉行"学而优则仕"的中国士大夫群体便具有"居庙堂之高则忧其民，处江湖之远则忧其君"的理想和胸怀，五四时期的现代知识分子固然激烈地批判传统文化，但骨子里其实又无形中延续和渗透着传统士大夫的忧患意识，时时表现着对民族、国家和社会的责任感。而与之有所不同的是，现代知识分子更受西方现代启蒙精神的影响，将塑造精神独立的个体("改造国民性")作为启蒙的首要任务，企图推进国民个体对愚昧的摆脱以实现生命个体乃至于整个社会的现代化。恰如鲁迅在《我怎么做起小说来》中所说："谈到'为什么'做小说罢，我仍抱着十多年前的'启蒙主义'，以为必须是'为人生'，而且要改良这人生……所以我的取材，多采自病态社会的不幸的人们，意思是揭出病苦，引起疗救的注意。"②由此，启蒙和改造国民个体之精神，便成为一个多世纪以来大部分中国现代知识分子的自觉。

---

① 许纪霖. 中国知识分子十论[M]. 上海：复旦大学出版社，2003：4.
② 鲁迅. 我怎么做起小说来[M].//鲁迅. 鲁迅全集：第四卷. 北京：人民文学出版社，1981：512.

在五四以来的乡村叙事中，从乡村出走的知识分子再次返乡——恰如鲁迅的《故乡》所写的那样——从而以一种文化批判的姿态和心境直面一种"文明和愚昧的冲突"图景，这成为启蒙叙事最常见的模式之一。在《拆楼记》中，城市知识分子"我"自称是"乡村的叛逃者"，无形中似乎也标识着其自身的启蒙者身份和启蒙意识。然而，与鲁迅笔下那些返乡者不同的是，鲁迅笔下的返乡者总是与故乡保持了一定的距离，而乔叶笔下的"我"则是双脚结实地踏在了故乡的土地上，并厕身其中，把自己揉入了那个幽深的世界。这自然也带来了写作的不同。在鲁迅的《故乡》《祝福》中，"我"所看到的是闰土、祥林嫂的悲剧，是生命的破碎和我的记忆的破碎，是昏黄萧瑟的天空下让人绝望的世界，这个借由"我"的眼睛所呈现出来的故乡，固然让我们看到了它的某种本质性的一面，但却似乎也隐匿和遮蔽了它更丰富、复杂的一面（或多面）。而在乔叶的《拆楼记》中，我们沿着作者更显犹疑——甚而进一步萎缩——的启蒙目光，似乎更能发现那个已然陌生的故乡所具有的丰富性和复杂性。当然，这种丰富性和复杂性的被呈现，更直接地是因"我"而起。

在乔叶所讲述的故事中，"我"并不讳言自己是个"乡村叛逃者"，但再次返乡，当双脚踏在那块土地上，这种叛逃者——如果说某种程度上它和启蒙者是同义的话——的姿态和立场却发生了微妙的变化："'我'最明确的叙述身份就是一个乡村之根还没有死的逃离者，一个农妇的妹妹……我一向从心底儿里厌恶和拒绝那种冷眼旁观和高高在上。我不喜欢那种干净。我干净不了。我无法那么干净。我对自己说：那就和姐姐他们混在一起吧，尽管混在一起让我很不舒服，我也不可能舒服，但我只能把自己投身到姐姐他们中间，投身到他们的泥流里。"①"启蒙者"是相对于"庸众"存在的，他们身上有着"众人皆醉我独醒"的孤独感和压抑感，《拆楼记》中的"我"，虽然也有这种孤独感和压抑感，但是它们并不像我们想象的——或在启蒙叙事者笔下所常见的——那么强烈。正是因

---

① 乔叶. 拆楼记[M]. 北京：北京十月文艺出版社，2017：267.

为没有那么强烈的孤独感和压抑感，或者换句话说，没有那么强烈的抵触感，所以"我"才最终"投身到姐姐他们中间"，投身到那场利益争夺战当中。

在乔叶的笔下，"乡村叛逃者"形象并不少见，她笔下的这类形象大体上可以分为两类：一类是成功的"叛逃者"。这类形象，往往是作为启蒙角色出场的。比如《月牙泉》，这个小说中的"我"同样是一个妹妹，和《拆楼记》一样，"我"和姐姐的关系也是故事的起点，但是和《拆楼记》不同的是，《月牙泉》的重点落在了表现"我"和姐姐之间的关系——尤其是"我"眼中的姐姐的形象。李敬泽在《拆楼记》的序言中提道："《拆楼记》的读者，应该读《月牙泉》。这是一篇让我很不舒服的小说，我克制着羞耻感把它读完。"①可以说，《月牙泉》是通过城市知识分子"我"对农妇姐姐近乎本能的排斥和拒绝，淋漓尽致地展示了李敬泽所谓的"羞耻感"。这种"羞耻感"我们并不陌生，在曹雪芹笔下的刘姥姥进大观园的时候，在高晓声笔下的陈奂生进城的时候，我们都有体验。而《月牙泉》中姐姐在听涛宾馆吃自助餐的那番"表演"，则几乎将我们这种羞耻感推到极致。也就是说，在这个小说中，"我"的启蒙者身份是无比鲜明的。然而《拆楼记》中的"我"却并没有这么地身份鲜明，如前所述，小说的重点不在"我"和姐姐的冲突，反而在于她们在拆迁事件中的通力合作。由此，羞耻感被掩盖了，或者说被消解了。那么，我们当然也会问：是什么使得羞耻感被掩盖或消解的呢？

乔叶笔下的另一类"乡村叛逃者"也许掩藏着答案。这类"叛逃者"和前一类叛逃者并不同类。或者更确切地说，他们并没有实现叛逃，而只是一些精神叛逃者。比如《叶小灵病史》中的叶小灵，那个穿着白衣、白裤、白鞋，打着白底蓝圆点的小太阳伞的乡村姑娘，她始终将进城作为自己最宝贵的人生目标，最终却无法如愿——无论她通过高考，还是婚姻，都无法挣脱她作为一个农民的命运。再比如《拆楼记》中的姐姐，这

① 乔叶. 拆楼记[M]. 北京：北京十月文艺出版社，2017：1.

个姐姐的形象与叶小灵有着高度的重合，在她们同样心高气傲却又让人愈发心疼的青春中，有着让我们不忍直视的一种残酷。这种残酷，让我们在这两个小说和这两个乡村女性之间有所恍惚——或许我们可以说，《拆楼记》某种程度上是《叶小灵病史》的一个姊妹篇？当然，两个小说的相似，还有更关键的一点，即我们看到，在叶小灵和姐姐身上，我们能发现一种深深的悲悯——相对于启蒙批判而言，这是完全不同的一种情绪。而这种悲悯，也恰恰是那种所谓"羞耻感"被掩盖或消解的根本原因。

（二）

也许，将乔叶的创作进行一个系统的梳理，并从中找出一条启蒙叙事的发展演变轨迹，是一件有意思的事情。至少，我们可以试着观察：从她开始创作到《拆楼记》，是否潜隐着一条启蒙激情渐趋衰减的变化脉络？其实，时至今日，已经有了后来更具批判力的《认罪书》这样的作品，那么上面这个假设似乎是站不住脚的——《认罪书》的启蒙批判力应该说是乔叶所有小说中最强的。但是，如果说《拆楼记》在启蒙问题上的暧昧和复杂性确实存在的话，那么这难道不正给我们提出了一些更值得探讨、也更有意思的话题吗？比如乔叶的启蒙立场究竟是怎样的？《拆楼记》中她所展现出的启蒙立场的暧昧，其原因究竟在哪里？这样的暧昧是偶然的，还是必然的？是她个人的，还是有某种普遍性？

或许，这种启蒙立场的暧昧，与"故乡"本身也有关。在《拆楼记》中，"我"再次回到阔别已久的故乡，"还看见了一些老房子。很少，没有几座。整个村子转下来，也不过四五座。有两座被拆得衣衫褴褛，破烂不堪，一些家具无精打采地堆在里面，带着被抛弃的落魄神情"①。现在的这个村景，一方面再也不是"我"记忆中清流汩汩、水草丰茂、薄荷叶青翠欲滴的故乡了；另一方面，这个故乡还带有一种末世意味，因

---

① 乔叶. 拆楼记[M]. 北京：北京十月文艺出版社，2017：38.

为拆迁不单单是改变了一个村庄和生活其中的这一群人的命运，而且它本身还是一个文明形态(农耕文明)被终结的缩影和寓言——这是这场拆迁事件背后更深刻的隐喻。这是否也是乔叶作为新时代的返乡者和鲁迅那一代返乡者的差异性所在？

且看鲁迅笔下的故乡：

> 时候既然是深冬；渐近故乡时，天气又阴晦了，冷风吹进船舱中，呜呜的响，从缝隙向外一望，苍黄的天底下，远近横着几个萧索的荒村，没有一丝活气。我的心禁不住悲凉起来了。阿！这不是我二十年来时时记得的故乡？①

在鲁迅的笔下，故乡阴冷而悲凉，它的陌生，似乎是隔着比时间还久远的距离。但是这个故乡，和他儿时的故乡，会有更本质的差异吗？少年闰土手持一柄钢叉在深蓝的天空和有金黄圆月的夜色下刺猹，现实的闰土则讷讷而恭敬地叫着"老爷"；记忆中的故乡是社戏和三味书屋，现实的故乡则是被吞噬了性灵的祥林嫂和杨二嫂。然而，这一切的失落，更多的是因为"我"的变化——我的成长(尤其是精神的成长)，而不是因为现实本身的根本性变化。而在乔叶和我们的时代，"我"的变化(成长)虽然也是有的，但乡村之变却更具有根本性和彻底性——它是亘古未有、连根拔起式的。这样的两种变化，应该是导致作家叙事态度差异的原因之一吧。

中国已非近一个世纪前的中国，乔叶也已不再是鲁迅——"身处其中和置身其外，这是乔叶和鲁迅两代'返乡者'最根本的不同。这种不同源自时代，源自一个世纪的中国变迁：梦想被拉近，希冀变成现实，当

---

① 鲁迅. 故乡[M]. //鲁迅. 鲁迅全集：第四卷. 北京：人民文学出版社，2005：501.

年的焦虑也好，今天的尴尬也罢，具是'现代性的后果'"①。但是，虽然同是身处现代性的历史过程，乔叶一代却是处在这个过程的另一个时间节点上，而如果说，鲁迅对于故乡的凝望包含有告别的意味，那么乔叶对于故乡的凝望则不仅是告别，而且是永诀。同时，这种永诀又远不止于语言和情感，而是实实在在地关联着自身的生存。

乔叶这一代作家和故乡的关系，也许值得我们更广泛而深入地调查分析，因为相比于大半个世纪前的鲁迅一代，现代性的历史巨变对于当代知识分子的生存处境、心境的改变，必定是有着巨大差异的。虽然知识者的身份和立场是相同的，但是所面对的现实，所身处的生活，都已经有了巨大变更。同时，经过了20世纪80年代知识界的新启蒙，中国作家对于精英式的传统启蒙主义的态度，也发生了很大的变化——谁是启蒙者、谁是愚昧者、启蒙的盲点和局限等，这些知识性和思想性的问题，在那些变化中已经渐渐氤氲成乔叶这一代青年作家挥之不去的知识和文化空气。纵然他们有文化批判和启蒙的激情，这种激情相较于鲁迅一代，想必也会发生很大的改变吧。

也许我们可以这样说，鲁迅眼中的故乡不是一个简单的乡土再现，"而是一个城市知识分子的乡土再造(叙事)"。② 而乔叶一代，却已经失去了这种"再造"的激情，因为现实本身已经足够庞大——它是如此的多义，如此的含混，以至于我们只能竭尽全力去走进它、捕捉它、呈现它。小说中最让人受触动的，是对于拆迁各方力量的悲悯和体恤——村民、政府、媒体……乔叶给了他们充分表达的机会，让这些话语相互之间碰撞、辩驳。不过，我倒并不认为它们是作家刻意追求的一种"复调"效果，而是作家本人无意中在坦承着自己面对一种复杂社会现实时的真实心境：矛盾、困惑、无奈。而且更重要的是，这样一种复杂多义的现

---

① 李勇. 卑微者及其对卑微的坦承[N]. 文艺报，2011-08-17.

② 邱焕星. 再造故乡：鲁迅小说启蒙叙事研究[J]. 中国现代文学研究丛刊，2018(2).

实，并不外在于她自己，相反，她本身便是这现实的一部分。甚至，从她切身投入这现实之后的一系列遭遇和感受来看，她的启蒙激情和启蒙立场的消释与坍塌，从根本上而言，也与她无法摆脱这种身在其中的困境有关。

（三）

身在其中，还是置身事外，这是鲁迅和乔叶最大的不同。当然，这个区别并不包含道德评判，而只是说作家介入现实的姿态和所采用的方式存在差异。乔叶是义无反顾地投入了她面对的现实，鲁迅则是对这现实施以冷峻的逼视；乔叶借由她的投入所窥见的是现实的沟沟坎坎、根根脉脉，鲁迅则以其逼视提取出了现实背后深在的文化性本质。这里当然没有高下优劣之分，只能说，时代的变化造就的是不同的"返乡者"。

当然，启蒙姿态的不同，并不能掩盖乔叶心底和鲁迅相似的绝望。当村民们的心理防线被政府逐一击破，为了微小的利益放弃数额巨大的赔偿款时，"我"也只能竭力帮助姐姐争得她应得或不应得的六万元赔偿款。在这场拆迁事件中，最大的失望莫过于此……所以"我"感到难过，最后的时刻，"我"想和倒戈的王强见个面，想用"我"眼里的针去挑一挑他心里的草，"但我终于还是没有停下。我知道：这种没有实际意义的行为太过抒情，抒情得使我想要嘲笑自己"[1]。这里仍然是那种我们再熟悉不过的绝望。也就是说，启蒙叙事的消解并没有消解作家内心的绝望。或者我们可以换句话说：启蒙叙事的消解，并不代表作家启蒙激情的真正消解。

启蒙激情的存在，也为此后乔叶写作《认罪书》埋下了伏笔。不过在《拆楼记》中，启蒙叙事的消解，却为另一种情绪提供了出口。小说中写到一个名叫小换的人物，她是"猪胆泡黄连——苦上加苦的命"，头发如

---

① 乔叶. 拆楼记[M]. 北京：北京十月文艺出版社，2017：244.

枯草，面上镌刻着岁月的痕迹，皱纹深深，她经受了女儿夭折，丈夫瘫痪的苦痛，独自挑起家庭的负担，却还能自我劝诫"咱的日子也还不错"。在这段描写中，作家的那种悲悯和体恤彰显得更加鲜明。其实，不仅仅是在《拆楼记》中，在乔叶的其他作品中，我们也能发现这种极为强烈的悲悯和体恤。比如在《叶小灵病史》《月牙泉》中，小说写到姐姐和叶小灵的"青春奋斗史"，那种心疼和不忍几乎让人不忍卒读。而更为关键的是，这种让人哀其不幸的悲悯性场景，往往是和那种让人怒其不争的场景并峙的（同时纠缠于同一个人或同一件事），但也就是在这种纠缠和并峙中，前者往往更具有一种根本性。也就是说，我们是否可以这样下结论：在乔叶身上，那种悲悯——相对于启蒙式的激愤——更具有根本性。

也许，对于任何启蒙叙事者而言，我们都可以做这样的推论：他们都是骨子里的悲悯者。但是启蒙式的激愤和那种让人泪下的悲悯，它们就像两种不同的色素一样，谁的体量和比例更大，谁就更决定了作家及其作品的颜色。我们或许无法整体性地定义乔叶小说的颜色，但至少从《拆楼记》来看，我认为，温暖还是它的基色。

在《拆楼记》中，对于故乡，"我"经历了从叛逃到返乡再到无家可归的复杂过程，不同于鲁迅的"离去—归来—再离去"的模式，张庄事件之后的"我"更如一条离家之犬。鲁迅说："故乡本也如此，——虽然没有进步，也未必有如我所感的悲凉，这只是我自己心情的改变罢了。"[1]乔叶（或"我"）却并没有这样的释然，或者说绝望。她有的是更多的不甘，这不甘和那个仍然在时代和历史的洪流中被搅动和翻滚着的故乡有关，也与同样在这时代和历史的洪流中被搅动和翻滚着的自己有关。那么，这片在这时代和历史的洪流中被搅动和翻滚着的乔叶，还会发出怎样的声音？

---

① 鲁迅：故乡 [M]. //鲁迅. 鲁迅全集：第四卷. 北京：人民文学出版社，2005：501.

四、自我批判在社会批判中的重要性

——评乔叶《认罪书》

在社会转型加速的今天，作家应该如何描写我们的时代，这是当代文学面临的巨大挑战。从 21 世纪文学发展来看，对社会问题的批判是此间文学写作的"主流"，但这种社会批判的文学，却多止于现象的罗列和问题的直陈，而鲜有对"问题"和"现象"的深入分析，而且更令人遗憾的是，所谓的"批判"只是指向了外部世界(社会、历史、文化)，而缺少对自我的批判。

《认罪书》却是个例外。小说主人公金金固执地要认罪——属于她自己的、也属于我们这个时代的每一个人的罪。小说的前三分之一都在波澜不惊地讲述一个乍看再普通不过的婚外情故事，但随着金金怀孕后到源城寻找梁知，一个通向幽暗深邃世界的大门缓缓打开，金金发现了罪恶。这罪恶纠缠着整个梁家：梁知、梁新、张小英(梁母)、梁文道(梁父)、已故的梅好(梁父原配)、梅梅(梅好和梁文道之女)……其中，梅好、梅梅是确凿无疑的受害者，然而迫害者是谁？是谁制造了罪恶又在隐匿着罪恶？金金开始追寻。在她的追寻下，张小英、钟潮、梁知，还有隐匿在历史云烟中的王爱国、甲乙丙丁等一一现形。

如果把梅好、梅梅之死(溺亡、自杀)看成一桩"谋杀"，那么在追查过程中，金金最终却发现，"真凶"其实并不是一个人或一群人，而是一种力量，一种孕育着恶的人性力量。梅梅之死肇因于三个人：钟潮、张小英和梁知。市长钟潮凭借手中的权力，占有了梅梅。拨开他不堪的历史和肮脏的现实，我们发现的是"欲望"；而在梅梅受害的过程中，张小英为了儿子梁知的前途而向钟潮献媚；梁知明知梅梅的屈辱和不幸却一再束手旁观，甚至为了自己的前途将她逼入死途。他们的所作所为，让我们见识到了人性中令人恐怖又悲哀的"自私"。正是"欲望"和"自私"的联手，共同杀死了梅梅。同样地，在若干年前的动乱时代，被"欲望"

(及其催生的嫉妒)驱使的王爱国、甲乙丙丁(其中一个是钟潮)对梅梅之母——梅好——施以了非人的凌辱,而在梅好受辱以致疯癫后,是"自私"使梁文道和张小英眼睁睁地、不加阻拦地看着她一步步走进了群英河。

梅好和梅梅之死把"欲望"和"自私"诉为"被告",而这"被告"其实就是"人性"——人只要为人,便无法摆脱欲望,有欲望便会有自私。欲望和自私会导致杀(伤)人,所以说,人之为人其实从一开始便背负了罪恶——罪恶之源在欲望,欲望来自"身体"。"身体"是人之为人的"第一要义",但绝非唯一要义,在某些漫长的人类发展年代,"身体"的被压抑和被残害曾触目惊心,但随着现代(中国则是改革开放)以来,"身体"的被拯救、被解放,一度可怜巴巴的"身体"却显出了它的狂暴与狰狞,并春风化雨不失时机地成长为一种强大的暴力和伤害性力量。如果说小说中梅好、梅梅之死是显而易见的杀(伤)害,那么"瘦肉宝""甲醛超标"、血癌……则牵连着更为弥散也更为广大的杀(伤)害,这些让我们时代蒙羞的物事背后埋藏着同样的罪恶,一桩桩、一件件,是欲望和自私——是欲望和自私操控下的"身体"——在作恶!

所以要阻止这一切。梅好、梅梅、安安的受害已经绵延三代,如果不加阻止,受害还会继续,而且在欲望和自私的作恶面前,受害的将不是某些人,而是所有人——从某种意义上说,连梁知的懊悔、钟潮的自责,甚至王爱国的无耻、张小英的庸俗,都是他们作为精神自戕者的被伤害的证明。所以必须阻止!然而,当"物质"和"身体"成为推动社会发展的"必要动力",当"欲望"和"自私"变得合法合情甚至合理,人们也便习惯了罪恶。在这种情况下,当金金固执地要究罪时,她遇到的困难可想而知:有人拒不认罪(如王爱国、甲乙丙丁),有人理直气壮(如张小英、赵小军、秦红),有人拼命闪躲(如钟潮、梁知)……他们以及他们的态度构成和维护了当下的"太平世界",金金的究罪反而成为了"冒犯"。面对"冒犯",丙的两句话代表了被冒犯者的共同反应:"我当是啥事儿呢""你这孩子,真是吃饱了撑的没事儿干"。

但他人的态度并不是金金究罪的最大的困难，她最大的困难来自她自己。因为，人性使每一个人（包括金金自己）都背负着污点——在意识到这一点后，金金开始怀疑自己，而当她回首，她更看清了自己的罪恶：那因耻辱而欲弑父的童年，那为进城不择手段的青春，那为情欲和世俗驱使下的偷情，那因遭背叛而恼羞成怒的复仇……这样的"犯罪者"有什么资格去究罪？然而金金还是要深究，哪怕让自己也体无完肤，因为她深信这是得救——自己得救，大家也得救——的"起点"。至此我们也发现，在金金体内，在犯罪的、身体的金金体内，有另外一个金金在苏醒、在诞生。

所以，《认罪书》其实是一个关于"复活"的故事。和列夫·托尔斯泰的《复活》相比，它已经展示了让我们足够惊喜的东西：对人类精神生活的关注、尖锐的洞察力和批判力、深刻的自省气质——这是它们共有的；而扎根国土的民族特征和时代感、引人入胜的故事、时时迸发的感性气质——这是《认罪书》所独有的。对"灵与肉""罪与罚"的探讨，对灵魂和信仰的触及，已经使它进入了一个中国文学一直所不太擅长的领域。

乔叶为什么能够进入？她身上的两种东西特别值得我们注意：第一是批判力，这种批判力建基于对人性的深刻洞悉，它将人性批判和自我批判作为一切其他批判（社会批判、历史批判、文化批判）的基础，而众所周知，任何社会之罪、历史之罪、文化之罪归根结底都是人之罪，所以这样一种批判使乔叶的小说显得尤为深刻和彻底。第二是爱和悲悯，因为理解了人性便也理解了自己、理解了他人，这"理解"使作家变得慈悲和怜悯。正如小说中金金对梁知和其他那些与她同样背负着罪恶、同处污泥中的人们的那种难以抑制的亲爱那样，乔叶小说一贯洋溢着对"人"的宽容、理解、怜悯（与一般知识分子惯有的"俯视"性的启蒙态度完全不同），而这种宽容、理解、怜悯汇成了一种深沉博大的爱，成为她坚持批判、力求反省、寻求改变的原动力。

《认罪书》展现了祈求改变的愿望，然而究竟该怎么改变呢？"认罪"

只是第一步，后面的路该怎么走？小说中值守传统的老姑、与世俗伦理为敌的金金母亲身上似乎暗藏了一些具有启示性的文化密码，但是它们经得住推敲么，抑或只是代表了一种朴素的人性和道德愿景？还有，作品对"灵魂""良知（梁知）""罪"的涉及也不可避免地让人想到宗教和信仰，对于不信神的大多数中国人来说，它是否有内生的可能？当然，这样的一种焦虑并不止于情感和思想，它会涉及行动——在《复活》中，列夫·托尔斯泰让聂赫留朵夫冲破了贵族圈子径直走向了遥远的西伯利亚流放地，若干年后作家本人也亲身践行了这种致命的"出走"。而我们的作家呢？和我们的作家共在的我们自己呢？

不过，焦虑也好，困顿也罢，《认罪书》作为一部小说已经值得我们尊敬：它激起了我们对自我的认知与审视，它强调了自我批判和人性批判对改造自我和改造世界的决定作用。无论如何，"罪"在我们的文化中是一个陌生的词汇，"认罪"在我们的精神生活中更是陌生，而且认罪之后还有更长的路要走——比如赎罪，比如拯救。但至少现在，"认罪"已经使我们迈开了脚步，我们都能像小说中的金金一样对自己说——"我毕竟来到了第一级"。

五、知识分子的困局
——评邵丽《刘万福案件》

《刘万福案件》由两部分构成：一是农民刘万福"三死三生"的故事，二是"我"和这个"故事"的联系。

首先看刘万福"三死三生"的"故事"。在这个"故事"里，"苦难"是主角，它紧紧包裹着刘万福这个不幸的人：他生在灾年（1960）、身世凄苦；外出务工，屡遭劫难（挖煤被埋、搞贩运出车祸）；回乡务农，惹上命案（因女儿受辱杀死地痞刘七）。在刘万福的故事里，故事主角当然是刘万福，但我们自然也可以把他看成一个典型，即他背后站着千千万万个"刘万福"。刘万福是一个聚焦点，这也是我们当下社会和文学的聚焦点——农民，或者更广泛的"底层"。

其次，更值得我们关注的是"我"和这个"故事"的联系。这种联系不仅是"讲述"，更是"发掘"。在这个过程中，小说向我们展示了人们对于"刘万福"或"刘万福案件"的"围观"。在"围观"的人群中，虽然也有刘万福的乡亲，但他们不是最引人瞩目的，最引人瞩目的是这些人："我"、周书记、丈夫、女儿、导师。他们是超离于刘万福和"刘万福案件"的力量，而这种"超离"形成了反思的可能。

在可能的反思力量中，周书记是一个实践派，反对空谈，注重实效，他重宏观、长远，有某种历史主义的倾向，在与保守力量的对峙中不出意外地败北（被"双规"）；丈夫是一个理论派，他服膺"自由主义"，但在实践中却是一个中庸主义者，即那种理论和实践、自我和他人、知识和生活可以分开也常常分开的人；"我"是个作家（挂职副县长），一个人道主义者，忧心忡忡的批判者、思考者。

从结局来看，周书记走向了失败，丈夫仍奉持其妥协（中庸），唯有"我"在坚持。"我"之所以能坚持，除了良知之外，更重要的是在思考和探寻——比如对"自由"的思考，更比如对"背书"的寻找。所谓"寻找'背书'"，既是由假象寻找事实，也是由结局寻找过程，正如小说针对"刘万福案件"所说的：

> 作为当时的看客和后来的读者，也许看到的只是他一刀索命的快意恩仇，看到的只是他把刀举起又落下的物理过程，可支撑这个物理过程的心理过程有多长？

这种探寻"过程"的过程，正是一种分析的过程。而借由这种分析，"我"自然会由眼下的现实走向更深层的历史、文化，也会由刘万福走向更多的"刘万福"，乃至走向"我"自己。

从文学的角度而言，对"过程"的探寻，也即对"分析"的重视，让我们看到了一种让人欣慰的写作前景。也就是说，当作家开始意识到"这不是一个简单的复仇故事，它缓慢的生长过程，充满着远远比故事大得多的张力"的时候，文学便开始走向深广、阔大。在这个文学走向历史、文化的过程中，"良知"是基础，但"分析"却是真正的关键。

然而，随着"分析"所带来的由人及己的自然的心理过程，焦虑也便在不断地积聚，这焦虑现在已经不是源于"围观"，而是直接关乎自身。正像小说中的"我"一样，本来在"别人（刘万福）的生命里穿越"，却不想最后迎面而来的竟是自己。这个结果超出了"我"的预期，也超出"我"的承受——"在别人的生命里穿越，其风险自不待言，而我最大的苦恼来自在没有看清楚自己之前，如何能够看清楚别人"。这样的焦虑是致命的！

驱除焦虑的道路只有一条，便是由"认识"走向"实践"，但谁能做到?！于是对于"我"这样的知识分子来说，要么像"丈夫"那样做一个直言不讳的中庸主义者，要么将"分析"转化为"知识"并遁入其中。无论哪一种，都是精神的某种自戮。

六、寻绎历史，追索理想
——评柳岸《公子青鸾·文姜传》

柳岸的历史小说《公子青鸾·文姜传》，写的是春秋早期鲁桓公夫人文姜的故事。文姜生于公元前729年，卒于公元前674年，是春秋早期"三小霸"之一的齐僖公之女。春秋时期，齐鲁关系微妙，文姜生为齐女，嫁为鲁夫人，在齐鲁交洽、鲁国崛起的过程中起到了莫大作用。当然，文姜能走到柳岸笔下，并不只是因为她的历史地位和作用，或是带来这地位和作用的她的才能，更是由于她情感与个人生活的争议性。

柳岸用"尴尬"来形容文姜的情感和个人生活。但载于历史的文字，以及后人的评价，却更辛辣和夺人眼球。刘向《列女传》有言："文姜淫乱，配鲁桓公，与俱归齐，齐襄淫通，俾厥彭生，摧干拉胸，维女为乱，卒成祸凶。"三十二字，道尽文姜一生之耻——与同父异母的哥哥齐襄公私通，并致丈夫鲁桓公被害身死。所以刘向直称文姜"淫乱""祸凶"。骂名一背千年，一千五百年后，冯梦龙在《东周列国志》里仍在补刀："齐僖公二女，长宣姜，次文姜，宣姜淫于舅，文姜淫于兄，人伦天理，至此灭绝矣！有诗叹曰：妖艳春秋首二姜，致令齐卫紊纲常。天生尤物殃人国，不及无盐佐伯王！"

齐僖公长女——文姜的姐姐宣姜——在柳岸笔下着墨不多，但情感和个人生活受诟病程度也不遑多让。柳岸说，这很大程度上可能和春秋时期礼崩乐坏的风习有关，而齐国那时又是一个"因俗简礼"，并不特别重视礼仪的国家。当然，这样的社会风气和外部环境，并不能为文姜乱伦脱罪。只是她毕竟抗住了这一切，并以其身份、才智，为鲁国的发展和齐鲁交好做出了贡献。她死后，后世以"文"这个正面和肯定性的称呼名之（据柳岸考证，《春秋作传》称生前的文姜皆为"姜氏""夫人姜氏"，其死后才有"葬我小君文姜"之语），当与此有关。

正是这样一个位列"春秋四大美女"之首，身世显赫传奇、富有争议性的女子，吸引了柳岸的注意。而文姜，也借由柳岸之笔，款款向我们走来。我们看到：她惊艳绝俗的母亲燕姬难产而死，悲痛欲绝的父亲齐侯禄甫（齐僖公）誓要守护好那失恃的女婴；那女婴在宠爱中渐渐长大，情窦初开时却遭到人生的第一桩尴尬——被郑太子忽拒婚；而情感受挫之际，她竟和哥哥（太子诸儿）暗生情愫，遂远嫁于鲁；恋太子而嫁国君，本是因祸得福，不料十多年后的省亲，却旧情复燃，致夫身死；后自齐归鲁，在不齐不鲁之地，继续着尴尬而又不凡的后半生，直至老之将至，青鸾归天。

青鸾，传说中的神鸟，西王母信使，世间只此一只。这是柳岸在她的小说里给文姜取的名字。这个名字，也明示了作家的态度。柳岸曾介绍自己为写这个小说而寻访齐鲁时的遭遇：淄博齐文化研究中心的人告诉她，如果是写无盐娘娘（即钟离春，又名钟无艳，齐宣王夫人，貌丑但德才兼备，前文冯梦龙《东周列国志》诗中所提"天生尤物殃人国，不及无盐佐伯王"的"无盐"），当地领导会很高兴，但写文姜就不一定了；

而到了曲阜，那里包括一些文化学者在内，竟没有多少人知道文姜！所以柳岸说，文姜是个"地方都不愿提起的历史人物"。但对这个于今仍让人以之为耻的历史人物，柳岸却青睐有加："文姜身上体现出了人性的复杂，性格的多变，文化的多彩，命运的诡异，让我很痴迷。"这也许正是文学家和道德家，文学眼光和世俗眼光的不同。

在柳岸笔下，文姜身上确实也展现了这种复杂性和多彩性。只是，真实的文姜究竟是个怎样的女人？她有违人伦的恋情背后隐藏着怎样的秘密？这些都不为人知。而今天挂一漏万的历史叙述——如《左传》——更不能给我们以满意的回答。于是，现实中所剩下的，便是刘向、冯梦龙等的道德指摘，以及由这些道德指摘所衍生出的街谈巷议和逸闻八卦了。好事不出门，坏事传千里。言之凿凿间，文姜即便确有经天纬地之材，也做出了安国定邦的伟绩，终抵不过"淫于兄""人伦天理灭绝"这些道德帽子更夺人耳目。我甚至臆测，柳岸在茫茫历史长河中追索到文姜，是否也是首先为她身上的这种争议性所吸引？

柳岸在历史中找到了文姜。而在此之前，她还找到了息妫、夏姬、西施——除西施外，其他三位柳岸均已作传（另两部为《公子桃花·息妫传》《公子少孔·夏姬传》）。而在她精心构筑的"春秋名姝"系列中，这四位春秋奇女子，无不是在情感和个人生活方面有着巨大的争议性。作为女作家的柳岸，选择她们作传，自然免不了会让人猜度她这写作背后的女性主义意图。

其实，我想，即便不是柳岸这样的女作家，而是一般的男性，只要稍稍了解那段历史，甚或只是借由柳岸的作品进入那个遥远而特殊的年代，便不会不同情于文姜们的命运。这命运根连着她们无法选择的皇家出身（西施除外）——她们由此也就不可避免地颠簸在彼时诸侯纷争的漩涡中心。加上她们惊人的美貌，更让她们身陷宫廷内斗、国家战争，成为权力争夺、欲望宣泄的对象与牺牲品。在《公子青鸾·文姜传》中，文姜先被郑太子忽拒婚，后嫁于鲁桓公；而其姐姐宣姜，本嫁卫太子伋，却被无耻的卫宣公（卫太子伋之父）截留，宣公死后又被嫁公子顽（卫宣公之子、太子伋之弟）——这令人难以启齿的一生，都是权斗和联姻埋下的孽果。和宣姜的命运相比，文姜的私通，某种程度上倒还彰显着追求自由和解放的进步性。所以，只要人们真诚地面对历史，便不会苛责于女作家写女性时所怀抱的那种天然的同情——这同情不会让她们陷入偏颇。

让人陷入偏颇的，其实是无知。而在《公子青鸾·文姜传》中我们看到，柳岸为了写好文姜，是做了很多功课的。她寻访古地、阅读典籍、钩沉往事，由此向我们展开了一幅遥远而陌生的时代画卷：礼崩乐坏之后，杀伐、争斗、会盟、联姻，是当时的主要政治生活，那时的世界尊崇强权——强权即公理，世界是充分雄性化的，女性只是强权联合与争斗的工具和战利品。而为了生存，她们唯有主动或被动地厕身于这争斗之中。柳岸小说中有个让人印象深刻的人物：连任。和才貌双全有治国理政之能的文姜相比，连任是一个为权欲所异化的女性形象，她是齐国将军之妹，为进宫，色诱太子；为晋身，毒杀太子妃；因嫉妒，施咒文姜……而待晋身无望，又协助哥哥发动宫变，宫变上位不久，即在再一次的宫变中自杀而亡。小说中的连任，贪恋权位，狡诈阴毒，但柳岸在写到她多年煎熬仍不被认可，悲伤绝望赴命一尺白绫时，悲怆恻隐之心昭昭若见。

当然，带着这种同情和悲悯去写历史，会被史家质疑。然而，古往今来又有哪一部历史不包含着态度和观念？——何况文学。文学家写历史，自有文学本身的伦理。郭沫若倡"失事求似"，正是维护文学本身的伦理。历史求真，文学向善，历史崇实，文学尚美。这是文史的根本差异。说得更简单的话，历史描述事实（是什么），文学指向理想（应该是什么）。然而更进一步追问的话，求得事实的目的又是什么？脱离了现实之用的历史，又有何价值和意义？所以克罗齐说："一切历史都是当代史。"

当然，如何让历史叙事发挥出当代价值，并非易事。古往今来的文学写作中，历史题材的写作可能是争议最大的，也许就是因为"虚构"和

"历史"的冲突性关系。如果说文学家想要通过历史故事表达理想，那么他该如何运用这历史，如何让真实融入虚构，便变得至关重要。《公子青鸾·文姜传》里虚构和想象的痕迹应该是明显的，而这虚构和想象，也透露出作家的态度。比如写文姜和哥哥的不伦之恋时，小说安排文姜嫁到鲁国十多年后回齐省亲时才和哥哥发生了私情，这和一般的民间说法似有出入。不过，这样的一个文姜，相对于一个婚前便不守妇道的文姜，可能更符合那个定国安邦的文姜形象吧。

真正的历史，或者说历史的真相，已渺无可寻。蛛丝马迹的寻索，吉光片羽的搜集，小心翼翼的求证，最多只能让我们靠近，却永远无法抵达。我们能抵达的，也许只是自己的内心——心中的理想。所以真实的文姜虽只有一个，但人心中的文姜却千千万万。而柳岸，只是写出了她心中的那个文姜。

七、时代的焦虑与文学的梦想

——评李连渠《灵魂深处》

中国五四以来的新文学发展至今已逾百年，这百年来它的核心主题其实只有一个，即书写中国社会的现代化转型。无论是启蒙文学、左翼文学，还是自由主义文学；无论是鲁迅、沈从文、茅盾，还是赵树理、柳青、孙犁，以及王蒙、陈忠实、路遥、莫言、贾平凹，它(他)们无一不是关注和书写中华民族自乡土文明向现代文明转变这一历史过程在人的生活与心灵世界中所激起的动变。那些希冀、疼痛、彷徨，所映照出的不仅是普通人的渴望与挣扎，更是中国一代乃至数代知识分子的焦虑与梦想。

这"焦虑与梦想"在李连渠的长篇小说《灵魂深处》中，仅从标题便已见出：它关注的是"灵魂"，并且是灵魂的"深处"——灵魂本已在深处，何以是深处的"深处"？在这深处的"深处"，他展示或发掘了什么？

按内容推算，小说人物和故事的年代大致是从 20 世纪六七十年代直到当下，作品描述的是"上山下乡"的知青一代的人生经历。小说中的"我"、宁立本、郭于敏、石光亮、钟梅韵、苏琪，他们青年时代当知青，返城之后考大学，之后又或从政、或经商、或为学，亲身经历了中华人民共和国成立初期最晦暗和最跌宕起伏的一段历史。当然，他们年轻时的知青生活并不是作品描写的重点，作品的描写重点是他们返城之后，也就是说，是改革开放的 80 年代以来，而这段历史时期正是百年中国发生翻天覆地变化的一段历史，它没有前一段历史的战争、大规模灾难，但却在和平、繁荣的时代表面下有着看不见的硝烟与挣扎。

这"硝烟与挣扎"，之于宁立本，是身在官场的格格不入与勉强调适；之于石光亮，是商业化时代物欲膨胀下的人性沦落与艰难复苏；之于郭于敏，则是更惨痛的直接性的沉沦与毁灭。他们或挣扎于理想与现实，或纠缠于情感与理智，或干脆放弃了挣扎，而随波逐流、自我放弃。在他们当中，郭于敏的"毁灭"最惨痛，作为一个出身下层却不甘下层，并通过自己的"聪明"和"努力""奋斗"至厅长的平民子弟，他的勤奋和上进最终却异化为了急功近利和贪赃枉法，着实令人心痛。在这种心痛的背后，我们看到了人性的贪婪、自负，但也看到了时代对人性的煽惑与扭曲。这种"煽惑与扭曲"让我们想到《人生》中的高加林，但 80 年代社会转型初期的高加林，他身上还有某种悲剧英雄色彩，而到了新世纪的郭于敏，这种悲剧英雄色彩已经消失殆尽——他的坠落没有抗争，没有挣扎，似乎只有坠落。在他身上，社会批判的意味更浓。

这种对时代的批判，在钟梅韵身上更明显。这个出身书香门第、学术世家的知识女性，最终却抛弃了自己半生坚持的独立与清高，转而为一个副处级职位而日思夜想、焦虑难眠。我们不禁惊诧于这社会和时代的力量——这究竟是怎样的一种力量，竟让一个人完全转变成了自己曾最不齿的人?! 在钟梅韵身上，我们看到了"知识分子"的堕落——相较于官、商的堕落，这种堕落似乎更沉痛。但谁为这"堕落"

负责呢？在一个异化的、行政独大的体制内，当自己的才华与生命被一次次鄙弃和耗费，为"一顶乌纱帽"折腰只不过是她维护自己自尊的一种本能挣扎罢了。只是，这种挣扎的结局会如何呢？如果她得偿所愿，她会解脱吗？是在异化的体制内越陷越深、身心交瘁；还是在权力、欲望的煽惑下重蹈郭于敏的覆辙？都有可能，但要命的是——似乎只有这两种可能。

那么，到底该怎么办？

在小说中，宁立本和石光亮，前者身在官场却恒守赤子之心，后者曾失足却亡羊补牢悔过自新，他们似乎是寄寓了作者某种理想和愿望的。但这种"理想和愿望"还有更明显的显现，即宁立本的爷爷和"我"的恋人宁线儿。前者喜读四书五经(朱熹的《四书集注》)，并谨守忠诚有义的古训教诫子孙，后者淳朴善良且以金子般的内心化解苦难与不公。他们显然是作者真正的心意所寄：传统文化、人性中本有的良善与美好。为了昭示这种"心意"，作者甚至在结尾还特地安排了一场浪漫忧伤的返乡之旅。

但是，这也正是作品的让人生疑之处——当我们跟随着作者重回故乡，重回古朴的河流与土地，我们却会产生一种致命的困惑：这样的"故乡"真的还存在吗？……百年来，我们走的就是这样一条路，而此刻我们还在义无反顾地往前走着——这是一条无法回头的路。走着走着，便走到了今天——传统早已不在，故园面目全非。在这样一个时代，当我们谈论"回归"，谈论"故乡"，我们究竟是感到了荒诞，还是感到了忧伤？

《灵魂深处》试图传递出一种理想，但这种理想，尤其是它所建立的根基，是令人生疑的。然而，这似乎并不是它一部作品的问题，路遥的《平凡的世界》、陈忠实的《白鹿原》在涉及理想的时候，同样是如此。当然，可能这就是文学，它不负责建设一个新世界，它只是传递对新世界的理想和愿望罢了。

八、这不是终结，而是新的开始

——评李健伟、朱六轩《痴心三部曲》

《痴心三部曲》（以下简称《痴心》）是由李健伟和朱六轩共同创作的工业题材长篇小说，2021 年由河南大学出版社出版。小说展示了从 1979 年到 2009 年三十年间，鲁阳国营炭材厂发展为鲁阳群星炭材集团的艰难历程。小说由作者李健伟的真实经历改编而来，再现了地方企业发展的真实面貌，具有较高的历史和社会价值。1949 年 7 月，周扬在第一次全国文代会上作题为《新的人民的文艺》的报告，首次提出"工业题材"概念，强调文艺创作应与工农兵生产建设相结合。在文艺政策的推动之下，新中国"工业题材"小说经历了三个发展阶段：十七年时期、改革文学时期、20 世纪 90 年代以来"后改革文学"时期。《痴心》与十七年时期以及改革文学时期的工业题材小说联系紧密，更具传统工业题材小说的特征。

《痴心》卷首语写道："谨以此书献给我国痴心于实体经济的人们。"在这部小说中，最"痴心"者便是主人公季健中。作者用大量笔墨刻画了这一现代工业背景下的厂长形象，展现他身上的英雄气质。首先，通过正邪对立展现主人公身上的优秀品质——知恩图报与家国情怀。其次，通过对其所历困境的抒写，展现人物成长的过程，表现主人公身上的改革家气质——在改革初期、金融危机时期、国企改制时期等，季健中都以革新的姿态带领工厂闯过难关。最后，在日常生活层面，通过描写季健中与妻子、同学和下属的交往，展现其作为忠贞的爱人、热情的诗人、体贴的同事的一面。

英雄主题的小说中，往往设置以主要人物为首的正义一方和邪恶或非正义一方，在经过双方长期争斗后，以正义一方胜利为结局。《痴心》中以季健中为代表的工厂的守护者们为正义一方，而以云霄翔为代表的工厂破坏者和利益觊觎者们则是邪恶和非正义一方。两方经过长达二十多年的斗争后，终以非正义一方被检举入狱告终。

正义与非正义力量的对立和斗争，在小说中有很生动的表现，历史变迁的沧桑、政治经济风云的变幻莫测、人际关系和利益争斗的波谲云诡，一方面显现了作家深厚的生活积累，另一方面也展现了作家组织生活素材、驾驭生活素材、经营生活素材的能力。在作家笔下，主人公季健中展现着丰富的文化个性。首先，他心性温厚、知恩图报，季父被打为右派后，一家生活困苦，多亏乡亲们的接济才得以渡过难关。季健中岳母在遭受巨大的精神打击后，也是乡亲们的关怀使她鼓起生活的勇气。怀抱着感恩之心的季健中把振兴工厂作为回馈家乡父老的方式……除此之外，季健中还有着深厚的家国情怀。季健中的炭材厂改革以技术革新为关键，将新技术应用于生产，在国内取得优异成绩后，更积极开拓技术要求更严格的欧洲市场。在炭材厂遭破产清算时，季健中依旧清偿了法律责任以外的集资户欠款。这些，都成就了一个在个人道德/能力/人格方面臻于完善的"改革者"艺术形象。

这样的人物形象塑造，不免有似曾相识之感——十七年时期的工业题材小说，20世纪七八十年代之交的改革文学，都涌现过类似的"英雄"形象。新与旧、正义与非正义、有道德与无道德，判若云泥，势如水火。在《痴心》中，季健中几乎没有性格和人格缺点，而云霄翔则几乎没有任何优点。这种二元对立的人物塑造方式，一定程度上损害了作品真实性的一面。

英雄往往经历多重磨难，展现出惊人的毅力和才能。《痴心》中的季健中在鲁阳国营炭材厂工作几十年，带领一个籍籍无名的小型县办企业从山沟走向世界。受时代和历史环境的影响，炭材厂的经营出现过多重困难，季健中则是带领员工不断走出困境的英雄。英雄在炼成的过程中经历过三次重大历史事件：清除积弊、金融危机、破产改制。清除积弊发生在季健中成为厂长后不久，他借改革开放的东风，处理炭材厂多年遗留的问题，解决了炭材厂人才、技术、市场等难题，实现了发展飞跃。1997年亚洲金融风暴爆发，季健中想尽办法，仍没能使炭材厂免受波及，自己在风暴中亦受冲击，但最终他通过异地办厂等方式曲线救国，终度过危机。而 20 世纪 90 年代末破产改制来临时，季健中审时度势，以变革创新思维应对时变，最终保住了"鲁阳炭材"的品牌。

改革总是充满了艰难险阻。在 20 世纪七八十年代之交的改革文学中，以《乔厂长上任记》《新星》《沉重的翅膀》等作品为代表，蒋子龙、柯云路、张洁等作家塑造过一系列"改革者"形象，他们也无一不是以过人的胆识和魄力，挽狂澜于不倒。《痴心》的不同之处在于，它是在更长的历史时段中展现了更复杂、更波谲云诡的改革历程。这一方面让我们见识到中国社会历史发展的坎坷，另一方面也让我们见识到一代改革者为中国社会历史发展付出的心血、作出的贡献。

《痴心》在塑造季健中这个英雄形象时，也注重其日常生活层面的书写，尽力勾画出一个立体饱满的"人"的形象。小说中有季健中与妻子郑天天的爱情，有季健中与同学、友人的友情，还有他与工厂员工的温暖融洽如兄弟般的感情……借由这些描写，季健中展现了英雄之外作为凡人和普通人的一面：他虽面临诱惑，但始终保持对妻子的忠诚；他在学生时代便创办诗社，自己不仅有诗心，更有诗才；他关心特殊家庭职工，始终以兄弟之心和家人之意对待工厂工人。这种日常生活书写，虽然始终以季健中为绝对中心，多从他的视角出发进行叙述，由此也导致一些更加深入的问题没有被揭示出来，但它们一定程度上确实也帮助克服了英雄形象过于扁平化的弊病。

中国新文学百年发展史中，工业题材小说不管是从数量还是质量而言，都无法与乡村题材等相比，这背后自然有特定的社会历史因素的作用，但其实也与书写者对这一生活领域的陌生有关。专业作家或职业作家，因职业的限制，总是和"工业"这一题材领域有先天的距离。《痴心》却是由工业生活亲历者所作的一部"自传"。相对于职业作家或专业作家对于这一生活领域的书写，这部作品固然存在着艺术上的某些不成熟、不完善之处，但其所展现的生活内容，却是有着一种历史中人方能见证和呈现的鲜活、具体和生动。也正是从这个意义上，我才对《痴心》报以很高的期待，并希望这部作品不是终结，而是新的开始。

九、这个时代的人生故事

《2021年河南文学作品选·短篇小说卷》共选短篇小说十六篇，开篇是南飞雁的《枪王之王》。此作写到主人公小蔺时有这样一段话："小蔺小的时候，耻于父母是唱戏的，唱的还是草台班子粉戏，等大了，又耻于父母是烤肉的。烤的还是羊枪。"小说即从这种无以言表的尴尬写起，向我们呈现了一个青年的困顿：被女友抛弃，北漂失败，和父亲格格不入。此作的情节重心是父子冲突。和世间所有的父子冲突一样，小蔺和老蔺的冲突也症结复杂，但它却有一个确切的"结"点，即小蔺当年随父之戏班下乡演出时的那次遭遇——那是一个青年朴素的正义感的被戏弄，是一个涉世未深的年轻人（大学生）的道德感的被玷污。所以，这个表面上写父子冲突的作品，实质上写的是青年理想湮灭。这湮灭，让人心痛。但更让人心痛的，却是作品结尾所呈现的青年对这破灭的接受与认同，乃至安之若素、甘之如饴。

南飞雁的小说隐含着讽刺，同样具有这种讽刺意味的是丁威的《洗澡》——原本忠厚本分的下岗工人老张，也经历了人生的挫败，只是衰年之败相较于青年之败，显然更有着更加不可承受之重。然而，当他放下一直以来的为人处世之道，放弃犹豫和迟疑，在深夜的马路上摔碎那一个又一个酒瓶的时候，我们仍然不能不感到惶然和悲怆。老张终于信奉了"不能做好人，好人都没有好报"的伦理，作家也展示了一个失败小人物究竟是如何处置自己失败的人生和破碎的道德的。这，其实也是上述这两个作品共同的主题。

如果说关注世道人心，是上述两个作品共同的精神取向的话，那么李知展的《碧色泪》、赵大河的《大立柜》、陈宏伟的《细浪》，同样也突出地具有这种精神取向。这三个作品中，前二者是乡村题材。李知展原名寒郁，他的小说一直有一种让人印象深刻的道德焦虑。时代的发展，社会的转型，带来了乡村的巨变。李知展也好，赵大河也好，陈宏伟也好，他们都似乎在寻找着"变"中的一种"不变"，并以一种执拗的姿态，守护着这"不变"背后的人性理想。这也让他们的创作在现实主义的表面之下，更彰显出一种浪漫主义的气息。不过，这种精神姿态的孤绝和激愤，有时也会带来艺术上的问题，比如如何恰当处理虚构和现实的关系等。相对而言，郑在欢和智阿威的处理方式，则更为狡黠一些，不管《还记得那个故事吗?》，还是《安魂》，它们都一定程度地借鉴和使用了现代主义的技法，将沉重的现实进行了一种语言和技术性的"再处理"，从而使之与我们拉开了一定的距离。

现实本就如此，艺术却有不同的表现这现实的方式，然而万变不离其宗，所有的艺术都源于作家所拥有的生活。维摩的《何小腰》、王文鹏的《狮子座流星雨》、王清海的《石凉粉》，都突出地彰显着作者本人的生活印记。维摩笔下青春成长的伤痛，以及于这成长伤痛中所显现的时代生活的混沌与残忍，都在那个青梅竹马的女子让人心痛的坠落中尽显无遗。与维摩的青春颓唐气息不同，王文鹏的作品勾勒的是老成持重的人生(警察的生活)，但他的叙述却一点都不老成持重，那让人忍俊不禁的对话和叙述，辗转腾挪的情节构思，都显出一种难得的沉稳从容。上述两个作品，语言上有一种快意的轻喜剧风格。相对而言，王清海的语言则更为深情，他在更广阔的时空里向我们呈现了一个比较复杂的故事：父子冲突、家世悬疑、戏与人生……这一切，又以一碗"石凉粉"串联勾结，共同展现出一个家庭两代人由乡入城的迁徙。与上述几个作品都不同的，是吕刚要的《苏明杰汽车的内涵与外延》。它触及的是一个据说近年来有些禁忌的题材——这也是河南作家和河南文学一直最擅长的题材之一。这个题材领域的人生命运、悲欢故事，是除非有对此种生活的深度浸入否则便无法攫取其精华的，而吕刚要的作品显现出他在这方面的实力和潜力。

上面述及的这些作品，大致可以用以下几组相互关联的关键词来概括：父与子、城与乡、理想与现实。而在这几组词语的对峙中，我们看到更多的仍然是挫折、失落、逃离。正如牛红丽的《我的新欢叫子戎》所展示给我们的，那少女成长的病痛和哀伤，初恋的心疼与父亲的病亡，这一切的一切，都和那个魔法变出的月亮有关，只是变出那枚月亮的让"我"一直牵肠挂肚的"魔法师"，却已永逝不见。

毋庸讳言，上述作品最突出的，也是它们共同的精神特征，即是它们的批判性。然而，批判并不是面对社会、历史和现实的唯一方式。在赵文辉的《小菜一碟》中，那对含辛茹苦开餐馆但却一着不慎被坑倒闭的夫妻，他们于失败中更加彰显出的自尊、自爱和自强，让我们看到了面对失败的另外一种生命态度。这种态度，显然是作者所赋予他们的，然而却没有任何斧凿的、强加的痕迹，这不能不说与作者的真诚，尤其是对于特定生活中那些和他一直水乳与共的生命的深切体察有关。吴晓的《住在阁楼里的女人》也是一个于辛酸中包含暖意的作品，出身农家的何晓楠和做保洁的男友在陌生的南方相依为命，但昼夜颠倒和聚少离多的艰辛生活，并没有销蚀和瓦解他们来之不易的爱情和对未来的希望。男友做工时捡来的油画，仍然让这个"住在阁楼里的女人"体味到了甜蜜和幸福。

读上述这些人生故事，心里时常涌起一种难言的酸楚和感动。掩卷之后，也每每为这些新时代的写作者感到欣慰——他们用他们手中的笔，真诚地记录了时代。就像上述作品所写到的，今天的小人物群体，已经不再是当年"底层文学"塑造的形象，在南飞雁、吴晓、维摩等人笔下，这个群体已多有高校毕业的大学生……文学来源于生活，来源于在生活中摸爬滚打着的这些写作者——特别是青年写作者。在纯文学边缘化如斯、黯淡如斯的当下，他们因缘际会结缘文学，并在微薄的回报中坚持着自己的理想和选择，这本身就是时代特有的人生故事之一种。

当代文学已然走过了它的黄金时代。和"50后""60后"甚至"70后"作家相比，"80后""90后""00后"从事纯文学写作的处境显然更为坎坷和艰辛。但纯文学之"纯"，并不只是一种文学创作方式和存在形式，在这一切的背后，更暗蕴着一种真诚的人生态度，一种探索生命固有疑难、抵达灵魂最初眺望的冲动。生命不息，冲动不止，纯文学应该也会不灭。祝福所有努力生活、真诚写作的写作者！

十、在变与不变之中

《2022年河南文学作品选·短篇小说卷》，以墨白的《高原短篇两题》为开篇，可谓别开生面。因为这十八个小说中，它是唯一一个具有超离当下现实气质的作品：从澜沧江畔到雅鲁藏布江河谷，从青冈、红杉、白桦到雪莲、曲玛孜、藏南金钱豹，从格桑、忘久、拉康堪布、活佛到转经、煨桑、沐浴，这些异域生命和生活所标示出的不仅是一个虚构的异域故事，更是一条真实的寻求救赎之路。这救赎，毋庸置疑，不只是小说人物的，更是作家本人的。正如这虚构的边地故事不只来自虚构，更来自真实的边地行走——也正是这行走，赋予了该作那种别开生面的气质。南飞雁的《老蔺的江湖》则完全不同，因为这个"江湖"是虚伪的，没有山野纵横、高山流水，亦无风花雪月、快意恩仇，有的只是在城市巴掌大的广场和家庭空间中展开的一个老父亲庸俗、尴尬的生命晚景：黄昏恋中受骗、父子冲突中神伤。这个小说写广场舞、胡辣汤，写一个老人的滑稽、狡黠，让我们想到我们置身其中的生活以及我们自己，这是实而又实的生活，和异域高原完全不同。但在结尾，父亲听从了儿子无心的建议，担负起本不必担负、原也不想担负的责任，这是凡俗生命倏尔焕发的人性之光。这种人性之光，会幸存于真实的生活，却更来自作家的理想。理想，让《高原短篇两题》《老蔺的江湖》殊途同归。

与前两个作品不同，李清源的《求诸野》写的是历史。这段抗日战争历史是围绕伪县政府知事、日本籍医官、假冒郎中的共产党人展开的，"连环套""计中计"的情节设计自是为了更吸引人，但穿插其中的"中西医之辩""礼失而求诸野"的思想争辩和命题，才寄寓着故事背后真正的深意。其中，伪县政府知事和日籍医官的精神默契与命运抉择，是这个小说超越一般"主旋律"叙事的关键之处。同样写历史的，还有李知展、胡炎、熊西平、维摩。李知展的《青蛇叩水》和胡炎的《失踪在1947》其题材乃至主题都和李清源的作品有些相似，它们都是以"寻找"为线，"打捞"革命英烈的故事。这些英烈及其故事湮没在时间和尘世深处，徒留难以辨认的传说与骸骨。打捞者怀抱执念却遭人哂笑、下场恓惶，作者虽勉力为故事安排一个光明的结尾，却总难掩历史堕入虚无的感伤。

关于历史的感伤，是需要仔细辨认的。尤其是那种与当下相距更远的历史的感伤。因为在一种其来有自的情绪当中，我们往往会辨不清情绪、历史和我们自己的关系。相对而言，距离我们更近的历史和我们之间的关系往往更明晰，也更容易辨认。维摩的《生云寺》便是写距离我们更近的历史，这历史中人并没有走远，就在我们身边，他们是李居士（也可以是张居士），是大和尚（也可以是道士），是老王（也可以是老李）。而小说中那个对于"历史"来说最关键的人物老王，是呈现作家历史批判态度的主要人物。只是，这个人物在川流不息的时间中也已然面目模糊——他是传说中的作家？还是不满小和尚沉迷手机、游客乱扔垃圾的寡言居士？在老和尚也背负着罪责、小和尚靠直播募捐的当下，历史和现实到底哪个更具有根本性，更需要我们为之负责？

历史题材要写好是有难度的，原因之一是我们总是不由自主带着今天的情感和观念回到过去，于是这"过去"便很容易留下斧凿的痕迹。相对而言，现实书写虽也难免情感和观念的"斧凿"，但因为不用去克服更大的时空限制，所以更容易做到浑然天成。赵文辉的《喝汤记》写的是小人物的苦楚，那对默默地一小口一小口喝着羊汤的夫妻，在别人受欺凌、受侮辱时感同身受的惊恐和疼痛，显现着卑微者的良善，也让我们看到：他们实在不是一个人，而是一群人、无数人。这些人或如金光《满手老茧》中的"我"，或如王文鹏《流动的眼》中的大伯，经历高考落榜、务农、做矿工，抑或下岗、入狱、短暂辉煌，终是在时代的颠簸中头破血流或殒命当场。这方面写得更细腻感伤的是安庆的《午夜河流》。在安庆笔下，女人离开了村庄也远离了不幸婚姻，但她仍眷恋着夜半的狗吠和七月的麦香，于是她总是夜半乘船回乡，在那个她曾经度过华年，而今已无人居住的院落，良久默立，怆然不知所之。杨永磊的《垂杨柳》写的不是村庄，而是城市，是城市中居无定所的青年，他们就业、失业，恋爱、失恋……那些鲜活无比的生活细节显现了作家的生活积累，那种"城市异乡者"特有的漂泊感是没有这种生活积累和生活体验的人所难以虚构出来的。

乡村也好，城市也罢，都有一种相对固定的形态，但恰恰是这些相对固定的形态，给我们的却往往是"家"的幻象。当我们离去或归来，奔赴或逃亡，那个固定的所在便会变得恍惚如梦。在这样一个时空变幻如此频繁和剧烈的时代，文学艺术家对生活的表现必然会有同频于当下时代的富有变幻感的语言和形式。智啊威和衣水便有尝试这种语言和形式的兴趣和野心。前者的《牧云》，又是一个关于"寻找父亲"的故事，但这里的父亲不是革命英烈，而是行为乖张的艺术家——从画家到行为艺术家，再到深山里的挥鞭赶云的牧云者，这个从文明人变成野人的父亲显然是城市文化的批判者和抗议者。衣水的《钻进地铁的羊》则是以今天之"我"（郝思奇）和未来之"我"、昨日之"我"相遇的形式，呈现了"我"对于当下自我生命状态的反思。

相对而言，王清海的《诺讷河边的狐狸》不太好归类。这个作品写到一座山、一条河、两个年轻人，还有一群狐狸。学习狐狸养殖技术和发家致富，是主人公"我"来到河边这座矮山的目的，却无关这个小说的宏旨。这个小说似乎压根没有什么"宏旨"。被荷尔蒙笼罩的战友情谊、人与狐的暧昧情感、良家子弟和失足女的私奔故事，哪一个作者似乎都缺乏精雕细琢的耐心和兴趣，他只是在写他的一种百无聊赖的情绪，抑或他的——也可能不是他的——过往经历。

比较来说，茱小雨的《午后沙尘暴》和周亭的《东京铁塔》就真挚和深情多了。前者以母女两代人的情感抉择为线，写出了情感和宿命的关联。而周亭的《东京铁塔》，却是要打破这种关联的。它以两个早年遭受创伤，尔后在命运攸关时刻爆发反抗的女孩，写出了女性的倔强与成长。在现实的映照之下，女性的处境是一个永不过时的话题，文学的探讨总是充满了忧郁和感伤，但那种与生俱来的批判力，却仍然让所有关于"女性"这个话题的书写都充满了力量。不管是苒小雨笔下的沙尘暴，还是周亭作品里的铁塔、荒废古城，它们都在揭露着一种不只与性别有关的可批判的现实。

总体而言，本年度的河南短篇小说选相对于河南文学传统的风貌与风格，虽无大幅度的、革命性的变化与拓展，但仍展现着时代的新风。风吹过处，有来自久远历史深处的枪声，有夜半故乡的潺潺水声，有城市广场之喧嚣，也有高原雪山之宁静。当然，这些其实都算不了什么。文学和它所表现的当今世界相比，已经越来越处于一种被动和尴尬的境地。即便在我们脚下这块古朴和传统相对更多一些的土地，那种时代性的变化之大也是惊人的。在我们的文学当中，这种变化注定会越来越多，但也恰恰因为是"文学"，这变化之中又自会有一种不变和恒常。文学要抓住这种变化，但也应该把握住这种不变与恒常。

第四章

对话：河南作家访谈录

一、"知识分子应该是一个民族的先导"

——李佩甫访谈录

李勇：李老师您好！感谢您抽出时间接受采访。想问的第一个问题是，您不是农村出身，为什么一直写农村、农民，农村经历是一方面，是否还有其他原因？

李佩甫：老实说，我是出身工人家庭，是小城许昌人，虽说是汉魏古都，城市历史渊源很深，但是许昌这个地方是小城市，几乎是半城半乡，而且我出身于工人家庭，在一个大杂院里长大。我父辈是乡下人，上面有四五个姐，我奶奶在父亲很小的时候就去世了，家里孩子也没人管，父亲十二岁的时候被送进许昌市给人当学徒。我后来就是在许昌的一个大杂院里出生的。虽然是在城市长大的，但是许昌这个城市比较小，工人家庭生活在底层，底层是啥概念呢？就是所有的亲戚朋友都是乡下人，都是农民，所以来往的人都是农民，来往的关系也都是农村关系，人是社会关系的总和，而我这个关系呢，父辈母辈的亲戚他们这一代几乎都是农民，我母亲又是个很好客的人，隔三岔五总有乡下的亲戚来。过去，我老举一个例子，大概 1960 年、1961 年左右，大饥饿年代，就是这样年代的一个冬天，天已经很黑了，那两个人来了，进门就说：

"姑(就是称呼我母亲为姑),没啥拿。"带了两串蚂蚱,茅草串的两串蚂蚱,当作礼物。所以说,我虽然城市出身,在城市生活,但是所有的亲朋好友全是农民,接触的人物跟乡村有千丝万缕的联系,这是其一。

其二,就是说,工人家庭出身,生活条件很差,我上学的时候,每到假期,也因为饥饿,大部分时间的暑假和寒假就是在我姥姥家度过,一个人的童年决定他的一生,童年对一个人的影响是巨大的,当年我父母都有工作,要上班,所以一放假就把我送到乡下去。暑期在我姥姥家,就跟乡下孩子一起割草,农村都是赤条条的,穿一个小裤头,那时候小,五六七岁的年纪,跟着乡下孩子一起割草、下河,在乡村我就跟农村的孩子几乎没有什么啥区别,晒得很黑,一个小孩。精神上是很孤独的,你虽然在乡村跑来跑去,但是毕竟不是乡下人,这里边还有点距离,所以就会产生一种较为分立的视角。比如,虽说我父亲当了多少年农民,为什么不能写?因为他在(农民)生活之中。而我是外在的,有一种外来的视角。我的童年,凡是假期就到乡村里去,即便这个居住的城市,所有的亲戚也都是农民,来来往往,逢年过节,经常来往的几乎都是农民。所以,我对乡村对农民还是比较熟悉的,童年记忆的影响还是很大的。这是一个方面。

其三,"文革"中期,下乡当知青,城市孩子当时都要下乡,毛泽东号召,"知识青年到农村去,接受贫下中农再教育",全都到乡下去了。我也是,在农村待了四年半。当知识青年,还当过很长时间的生产队长。知识青年种地,农村的各种农活都干过。一个生产队有几百亩地,都是自吃自种。我下乡的地方,他们原来有十个生产队,我们去了之后,知识青年单列了一个生产队,是十一队,我们叫十一生产队,我就在那里当过几年生产队长。那时候开会也多,经常随着大队干部去公社开会,乡村干部成员经常开会,所以对基层干部比较了解。那一段经历,造就了我对乡村的记忆和了解。这几个因素之中,影响最深的应该还是童年记忆,然后是当知识青年下乡。后来是上技校,才回到城里来。

李勇：后来您又是怎么开始想当一个作家的？

李佩甫：最初从来没想过要当一个作家。我们"50后"受的教育是很纯粹的，在我的记忆里，青少年时期就四个字：牺牲、献身。时刻准备着为国家。究竟将来干什么，并不知道，没有大理想和人生目标。我家里穷，父母不识字，家里唯一有文字的东西就是挂历，那种大本黄历。而我从小对文字的东西特别喜欢，大概从小学三年级开始，到处找书看，四面八方找到的书都喜欢看。那时认字不多，理解不深，父母不识字，我借本书，他们还不知道我干啥哩，要是有一定家学渊源的，他不让你乱看，父母不识字反倒成全了我。当时小，借本书不容易，别人给你限定时间，比如三天看完，我看不完，就乱看，找到什么看什么，可能是《林海雪原》，也可能是《三国演义》，甚至陈望道的《修辞学发凡》都看过。好多字不认识，阅读速度非常快，一知半解，但是喜欢。当然看得大多还是文学类的。对我影响最大的是俄罗斯文学。后来写作，是沾了读书的光。

最早走上作家这条路比较偶然。1975年，驻马店发大水，我当时在技校上学，有很多难民在许昌接待，各家各户都要烙馍给灾民吃。记得是刚开学第一天，学校办墙报，当时让写个东西，就写了一首诗，叫《战洪图》。有个老师看了说，你可以投投稿。当时投寄稿件是不要钱的，就寄到《河南文艺》了，过了一两个月，我问老师稿子寄出去没回音呐，老师问退稿没？没有退。老师说，不退稿就有希望。我的文学创作就是由此开始的。1979年我调入许昌市文化局，开始半专业创作，这时写得很苦。从《红蚂蚱 绿蚂蚱》开始，我才知道可以写我最熟悉的生活，写我姥姥的村庄。1987年之后当专业作家，1990年发了《无边无际的早晨》《画匠王》《黑蜻蜓》。这时期，我经常到省里很多地方，对生活掌握得也多了，开始觉得要有自己的写作领地，才找到平原。1999年《羊的门》发表，坚定了我占有平原的野心。

李勇：您说俄罗斯文学对您影响很大，具体是哪些作家、作品？

李佩甫：俄罗斯文学早期看得不系统，今天找了本《安娜·卡列尼娜》，明儿找了本车尔尼雪夫斯基的《怎么办》，是乱看的，找到什么看什么，但是俄罗斯文学是影响最大的，像《战争与和平》《静静的顿河》等。到青中年时期，就是苏联当代文学了，有好的，也有赖的。有两个作家我极为喜欢，艾特马托夫和拉斯普京。苏联戈尔巴乔夫改革时期，总统委员会十六个委员，其中有两个是作家，就是他俩。艾特马托夫的《一日长于百年》，获得苏联国家奖金；拉斯普京的《活下去，并且要记住》，也获得苏联国家奖金。他俩翻译过来的作品，我几乎都看过，这是青年时期。早期看的多是俄罗斯18世纪文学，果戈里、托尔斯泰、契诃夫等。但是是乱看。

李勇：看《李佩甫评传》，说您父母在您之前有过三个孩子，都因惊风夭折，您出生后也害同样的病，但一支青霉素就救活了。这是否说明前面三个哥哥都是因打不起青霉素而夭折？

李佩甫：情况是这样的，我们家的孩子生活在底层，我的兄弟姐妹都没有去过医院，母亲生孩子都是在自己家生的，生在草木灰上的。包括我妹妹，1966年，母亲一个人在家生，生一堆火，生完之后，自己拿一把剪子剪脐带，剪子在火上燎一下。这样容易感染出风，我前面死掉了两个还是三个，母亲说得不大清楚。到我的时候，据说也出风了，当时已经把拾粪老头找来了，就是拿个篮子拃着死掉的小孩，随便扔到乱葬岗。但我前面死了好几个了，有一个还长到了好几岁，父母亲就觉得我金贵了，就让父亲借了三十块钱，打了一针青霉素，救过来了。当时青霉素是很珍贵的，底层老百姓当时都是死了就死了。当年我还打了一个耳洞，用一个耳坠缀着，怕不成活。上小学的时候，觉得太丢人，自己薅着扔掉了。

李勇：您笔下的人物很多都有一些"畸形"的经历，比如说《金屋》中的杨如意、《城的灯》中冯家昌的父亲、《生命册》中的吴志鹏等，他们或是上门女婿，或是"带肚儿"，或是孤儿。为什么这样去写他们？

李佩甫：许昌是小城市，我住的也是大杂院，底层工人集散地，各种各样的家庭都有。每天晚上我是在骂声中酣然入睡，邻居打架，夫妻吵架，整夜吵，有老太常年骂街……大杂院里生活着各种各样的人，有一个罗锅子，拉架子车养活五六口人，还有蹬三轮的，什么样的家庭都有。我在这样的环境中长大，在骂声中茁壮成长，见识了各种各样的家庭、苦难，各种各样的人物。这对我影响很大。后来我到姥姥家，跟农村孩子割草，有个小孩，我七八岁时他都十七八岁了，但他没我高，他永远长不高。但他割草非常快，五斤草可以挣一个工分，他一个早上挣十个工分，我三四个都挣不到，很惭愧。在乡村，地里庄稼很多人都偷，我一个表姐经常带我去偷一点红薯、玉米什么的。农民都是这样的，民间就是这样的。我写的是生命百态。

李勇：《黑蜻蜓》中的二姐、《麻雀开会》中的表姐等，好像都是以您表姐为原型的，为什么如此执着地记忆着这个人物？

李佩甫：我这个表姐是有生活原型的。20世纪60年代初期，是中国大饥荒时期。我童年的时候非常饿，表姐经常带我偷东西吃。我这个表姐没爹没娘，跟我姥姥长大，她父亲死了，母亲跑了，童年害过一场病，耳朵聋了。我童年跟她接触比较多，农村苦，条件也差，我去时，她领着我去田野里，偷点红薯，偷点玉米，烧一烧。有次我记得很清楚，没啥可偷了，村里留的茄子种，很大，偷了一个，非常老，吃着跟棉花套子一样。她对我影响很大，我童年受她很多照顾。

李勇：从这个表姐身上，也许能看出您对农民的态度。中国作家对农民往往既同情甚至赞美，又批判，很矛盾。

李佩甫：对，很矛盾、很复杂。河南这片土地，宋代以前是最好的一块土地，宋代有《清明上河图》，是宋朝郊外繁华的情景，但金兵打过来后，一次次杀戮。有文化的、有钱的、官员都逃到杭州了。后来我去杭州看，杭州最好的吃食其实是来自中原文化最精华的部分。所以历史上河南是最好的一块土地，一马平川，四季分明。四条大河，三条流经平原，黄河、淮河、济水。这里几乎是插根棍子就可以发芽的土地。但宋之后，衰落了，是被彻底征服过的土地。后来我称其为"绵羊地"。人民像草一样，命很贱，独立意识很差，群体意识极强，但又吃苦耐劳，坚韧不拔。另外还有自然条件的原因，就是黄河，中华人民共和国成立前，黄河对河南人民来说是巨大灾难，是"害河"。你们山东人"闯关东"，一个"闯"字，是非常豪气的，河南人"走西口"，调子都低了一度。为啥"走西口"？背水而逃，西高东低，逃水啊。一直向西。对黄河的记忆是河南人最坏的记忆，我去豫北黄河看过，那边的人没有建设意识，淹一季，收一季，锅都在树上挂着，随时准备逃跑。不过，河南也是受儒家文化浸润最深的一块土地，传统的记忆信号仍然存在，尤其是豫中平原这块，受传统文化影响巨大，糟粕含量大，但也有精华。我认为中原文化最好的、核心的部分就是五个字：仁、义、礼、智、信。支撑这个民族繁衍生息的，尤其是中原腹地最大的优点，就是它的包容性。我去以色列访问时，看以色列大流散博物馆，犹太民族号称世界上最不容易征服的民族，但在开封，当年它第一次被灭国留下来的犹太人，却被中原文化彻底同化了。这是中原文化最大的优点。中原文化有无数个缺点，但有精华的部分。

李勇：您谈到对这片土地的情感，《羊的门》对农民的批判意识是很重的，但您刚才又谈到对传统文化、中原文化的认可，这是一个慢慢认识转变的过程吗？

李佩甫：对，有一个认识的过程。在某一部作品中，可能下手重一些，批判性更强一些，尤其是《羊的门》。《羊的门》当时是想写草的，把人当作这片土地上特定的植物来写，写草的生长状态，最好的草可以长到什么样子。

李勇：您生命中的两个村庄：姥姥家的许昌县苏桥镇蒋马村、插队的苏桥镇侯王村，这两个村庄在您的生命和写作中占据什么位置？我看到写《生命册》时，您还回到侯王村寻找感觉。

李佩甫：也不都是这两个村子，专业创作的时候我跑过很多村子。就是在村子生活的时候，也跑过很多乡村。特别是20世纪80年代之后，比如我去襄县的次数特别多，襄县、禹县、鄢陵县、许昌县，周围五六七八个县跑得特别多。比如在哪个县看到哪个觉得很好的名字就会用一下。比如"画匠王"，当时我去长葛当副市长挂了两年，特别喜欢那边的一个叫"画匠王"的村，借来用了。也用过"扁担杨"，禹县的很多村庄我也用过。

李勇：《羊的门》里呼天成的形象源头又在哪里？

李佩甫：《羊的门》我准备了很长时间，了解过很多支部书记的生活。写得很快很顺，写了一年多吧，把中原的很多支部书记的形象集中浓缩在一个人身上，那个时候也是憋着一口气，之前老写不好，写完《羊的门》之后，我给自己松了一口气。可以毫不客气地说，自己是个中国作家了，过去是不敢说的。当然后来《羊的门》出事了，写的时候并没有考虑这些问题。由于集中浓缩了很多支部书记，有好几个地方告状，他说写他的，他也说写他的。其实这是一个集中浓缩体。我见过很多大队支书，一个村几千个人，没有智慧领不住。农民是不好管理的，能管理住的，不是一般人。

李勇：作品就像自己的孩子，在您的"孩子"中，您最中意哪一个？笔下的人物哪个塑造得最满意？

李佩甫：我觉得下功夫最大的还是《生命册》。《羊的门》，准备期限比较长，对支部书记的了解是足够的，选取最好的情节和细节，下了极大功夫。但当时批判意识强，写得不是很放松。到《生命册》的时候，也是准备了很长时间，把我五十年对平原的了解全砸上去了。另外，个人认识也不是那么极端了。写《羊的门》我没太在结构上下功夫，写得比较自由、自主。《生命册》在结构上我是下了功夫的，以第一人称开始，写一个当代从农村走出来的知识分子五十年的心灵史，结构上很吃力。心灵史嘛，第一人称是作品的主干脉，它是"以气做骨"的，写一个人对自我的认识。其次，结构上有很多分叉，像树枝一样，但枝干还是有紧密联系的，所以我认为"树状结构"是这部作品的独特设计。但写的时候，三四十万字的长篇，不能散了，写得很吃力。《羊的门》便没有太讲究结构，仅仅前面有一个写草的序言，是双线结构，精神上也是绷着的。现在依然有很多人说《羊的门》写得好，那可能情节上更紧凑一点。写《生命册》整个精神相对更从容，过了这么多年，一个五十四岁的人对他的生命过程的重新认识，要更沉一些。

李勇：写《羊的门》时生命状态究竟是怎样的？

李佩甫：《羊的门》是憋着一口气的。那时总是觉得写得不好，《羊的门》之前，1990年我写《无边无际的早晨》，作品也被《小说选刊》《中篇选刊》《短篇选刊》等选过，有几次全国中短篇小说评奖的时候，我经常是差一票，投票的时候他们告诉你差一票，《无边无际的早晨》所有的选刊都是头条，《小说月报》《小说选刊》《中篇小说选刊》都是头条，那一年又不评奖了……《羊的门》是长篇，后来有人告状，没让评奖，中国作协一个领导打电话说要来看看我，我说不用看，不评就不评，算了吧。我也没有觉得特别委屈，那时候觉得不找我事都很好了，没有觉得非要评奖。《羊的门》是下大力写的，去挂职两年，去了几个月之后就回来了，在家写《羊的门》。

李勇：您写小说时很强调感觉，写《生命册》时，据说在书房台式电脑写不下去，后来到卧室用笔记本电脑才写成？

李佩甫：我写作有个习惯，开笔之始，要定下整个作品语言的行走方向与整体的语言情绪，找不到就觉得不行，老不对，有时候坐一个月两个月都不行。想好了，就是没情绪，就是找不到语言感觉，就没法写，一直坐着，这个阶段是很苦的。找到语言的行进方向对我来说很重要。但每个人的写作习惯都不大一样。

李勇：据说您小时候喜欢看戏，后来不喜欢了？

李佩甫：早年我家住许昌市现在的人民路，大概不到二百米长，那时应该是市中心，东边是许昌戏院，西边是个电影院，我们家就在中间。小时候家里穷，晚上有钱人都去看戏了，我经常在戏院门口，看男男女女进进出出，人家是有钱有票的，我没钱没票，又比较内向，经常是中场休息阶段，有些人因为某种原因不看了，出来后那票的副券，有小孩谁看了就给他进去看，我经常在那等这种情况。看一半戏，特别喜欢。大了之后，可能有些逆反，不再看了。后来我在许昌市文化局，拿着工作证就可以去看，却不大看了。直到现在。童年时，站在门口，看男男女女进出，让我有一种说不清楚的烙印。

李勇：戏剧讲究冲突，您的作品故事性都非常强，是不是跟那时看半场戏有关？

李佩甫：还是有关系的，经常看后半场，就不知道前半场是啥。

李勇：看您早年经历，童年时还读《古丽雅的道路》。这好像是 20 世纪 50 年代翻译过来的很主旋律的苏联作品。

李佩甫：我是拿《古丽雅的道路》做比喻，其实未必是这本书，当年看各种各样的苏联文学，比较多，可能其中有这么一本书，能记下名字的就是这本书。俄罗斯文学对我的影响是一种生活方式的影响，吃饭要铺上桌布，还要挂上窗帘，工人家庭生活条件很差，从来没想过。我是很早在文字里吃到面包的，但真正吃上面包是很多年后的事。最早在文字里吃到很多国外的东西，就是洋餐。文字对人的滋养是很厉害的。它影响一个人的格局和见识。

李勇：您小说里常有些神秘主义的东西，比如"汗血石榴"、"人面橘"、呼天成的草床等。它们的源头在哪儿？

李佩甫：早年本民族的神话对我影响很大，小时候我姥姥给我讲了很多中原本土的神话，民间叫"瞎话儿"，每天晚上经常在姥姥的"瞎话儿"中睡着。六七岁时，我经常一个人从许昌出发到姥姥家，离许昌八里地，有个八柏冢，八棵柏树底下嵌着一个大坟，我都是闭着眼走过去的。所以我对平原的神话故事记忆比较多。其实"人面橘"没有写好，当年好好写，应该可以写个中篇的。

李勇：《羊的门》这样的作品，国民性批判是很强烈的。鲁迅先生对您影响大么？

李佩甫：我们这个民族灾难深重，我一直期望、呼唤一种"骨气"，把"羊气"换成"骨气"。以气作骨，毕竟还不是骨，骨头被打断了，才勉强用气作骨的，这个民族还是应该长出骨头来。鲁迅看得早，而且都是在课本里看的，后来又看过很多，他的文字我未必欣赏，鲁迅的文字过于阴冷和刻薄，但是鲁迅还是很不得了的，是中国作家中最早对民族糟粕部分有强烈批判意识的。我觉得"50后"作家受影响最大的，还是80年代国门打开之后，西方各种流派大批进入，看马尔克斯《百年孤独》，发现小说可以这样写："许多年之后，面对行刑队，奥雷良诺·布恩迪亚上校会想起他父亲带他去见识冰块的那个下午。"现在很多书，还在用"多年之后"，要避开它是很困难的。这是开拓性的，形成了思维定式。

李勇：对20世纪80年代西方现代派文学的影响，现在也有很多反思。您自己是否也是一个受影响，然后逐渐摆脱的过程？

李佩甫：对，先是张开所有毛孔吸收，后来摆脱这种影响非常困难。受了滋养之后，血管里长着这种东西，到了一定的时间，自己成长到某种状态的时候，你要清洗掉，很困难。要化成自己的，尤其是在文本建设上，中国作家的难度极大。就是说，完全拿出自己的、纯东方式的文本，仍然很困难。但是中国作家走到今天还是很不容易的，像莫言的《生死疲劳》，他是试图穿越，但仍然不是全部，六道轮回是中国的，但意识上仍有一点魔幻现实主义的影子。站在更高的角度上建设我们本民族的文本，不容易。

李勇：困难到底在哪里呢？是思想观念，还是技巧问题？

李佩甫：仍然是认识问题，不是技巧问题。认识是可以照亮生活的。比如想象力飞跃到一定程度，那不是说你抓住头发就可以上天的。飞机、宇宙飞船，都是从想象力开始的；原子弹是从相对论开始的，是先有理念，后有建设。想象力极为重要，代表着一个民族的高度。中国作家按说是借了力的，我不觉得这是坏事，1949 年以来的当代文学是中华人民共和国成立后的高度，我觉得目前是最好的阶段。但在文本建设上，我们仍然有缺憾。像韩少功的《马桥词典》，那是写得很极致的，正因为前面有了《哈扎尔词典》，在文体上就受争议。所以，超越确实是有难度的，它和民族想象力有关。

李勇：您的写作，生活积累特别重要，但积累总会耗尽，这种危机怎么解决？

李佩甫：我每次写完后，都有抽空的感觉。写完一个作品，也就轻松那么一年。马上就觉得要补充新的生活，就下去走一走，重新认识生活。我一直觉得，认识是大于生活的，关键是认识问题，怎么认识，怎么重新认识，从哪个角度认识。这是一个人认识水平的问题，跟站的高度很有关系。

李勇：《羊的门》有个细节我一直很好奇，在结尾，您写谢丽娟勾下头去对呼国庆说了一段话，她究竟说了什么？

李佩甫：《羊的门》写完后，我对结尾不满意，就停住了，大概有一月的时间，我设计了九个结尾，仍不满意，编筐编到最后重在收口啊，必须得甩上去，甩不上去，这个小说就松下来了。想得很苦。后来这个结尾，我还是很满意的。至少对得起这部长篇了。有人说写得太灰暗了，不管灰不灰，整体上是对得起这个小说了。如果再放十年写《羊的门》，情绪上就会缓一些，没有这么强的批判意识。老实说，谢丽娟这句话，我自己也设计了很多，潜台词是有的，但我现在忘记了，毕竟过了二十年，当时写下来没写下来，我都忘了。草稿本也忘了放哪去了。当时是留了悬念的，心里也设计了词，我还准备好，将来如果被问到，我怎么回答，但二十年后忘掉了。

李勇：《羊的门》事件对您后来的写作有影响吗？

李佩甫：我之前并没有感受到过制约，《羊的门》出现问题才感觉到。之前以为只有你写不好，不存在不能写的问题。当然，现在我意识里也没有禁区，我觉得我是写平原的，写这块地域的特定生活，写这块土壤和植物的关系、生命的状态。我没有意识上的反叛力和破坏力，我认为我是建设者，我在建设的时候，不认为我什么不能写。我的精神是无禁区的，这是实话。

李勇：《羊的门》和《生命册》相比，您觉得哪个写得更好？

李佩甫：可能对一部分人来说，还是认为《羊的门》写得好，但是我个人觉得《生命册》耗时更长一些，对社会生活，对这块土地的认识更宽阔一些。《羊的门》是往下走的，《生命册》是往上走的，是不一样的。

李勇：您笔下有寻求拯救的倾向，比如写刘汉香和吴志鹏，能比较一下这两个人物吗？

李佩甫：我一直期望平原这块土地能长出很健康的东西，长出"骨气"。我写《城的灯》的时候，最早不是这样设计，最初写到一半时停下来了，我发现出了问题。原来计划写刘汉香也进城了，《城的灯》么，进城后经商成功，把三弟兄都干掉了。写到一半时觉得不对，生活当中还是有善的、美的、健康的东西的，我期望那种善的力量能够发扬光大，就把它扩而大之了。虽然后来有些人认为虚了一点，但我写作中发生了一些变化，我觉得原来那样写可能过于恶了，就又回过来了。

李勇：《生命册》中的骆驼是让我无法忘怀的一个人物。他身上有呼天成的影子，但您对他的态度要更柔和，所以他的悲剧性更强。他的悲剧是时代性的，您觉得拯救的力量在哪里？吴志鹏的"回归"是拯救吗？

李佩甫：这个人物的最初来源我给你讲一下，有一年，我和孙荪去北京开会，有个大商人，看过我的《羊的门》，就请我们吃饭。四五个年轻人，可能三十多岁，都很优秀，全是亿万富翁。一人开一辆奔驰，饭店很精致，但不奢侈，人都很低调，不张扬，给我印象还是很好的。那个大商人据说后来有资产二百亿，当时还不是。那之后，我专门在网上注意他的情况，后来他跳楼自杀了。骆驼最早的起点是从这开始的，写的时候我又加了很多东西。那时候我没想过写《生命册》，那时候这个事情跟《生命册》毫无关系。那个商人是很精神的一个小个子，不是骆驼那样。为了写这个长篇，我还炒过近一两年的股，就是小炒，也没挣到钱，熟悉一下这些领域。

李勇：陈忠实说《白鹿原》是他"垫棺做枕"的书，《生命册》是您的这样一部书么？或者还没写出来？

李佩甫：我倒是想再试一试，将来也可能会再写一部，不过不敢保证。现在没有咬牙发狠的劲头了，《羊的门》有点咬牙发狠，《生命册》就从容一些了。以后可能更从容一些，写还是要写的，但这个年龄了，可能会更慢一些，而且难度更大一些，要走出之前写过的东西，很害怕重复，有时候笔打滑，情绪打滑，意识打滑，语言表现形态打滑，那是很可怕的。

李勇："知识分子"形象在您作品中多是尴尬和不光彩的角色。您觉得当代知识分子的困境在哪里？

李佩甫：中国知识分子首先在意识上没有彻底独立，这是很重要的一个问题，精神意识是附着的，必须附着在一个集体上，这精神就不可能强大。再一个是背景，每个人背后都是一串子，人是社会关系的总和，他不是个人，受到各种各样的关系制约，限制了中国知识分子应有的更大的创造力。创造力是知识分子最大的能力，无论精神还是物质上，知识分子应该是民族的先导。中国知识分子真正高贵或高尚起来，需要时间，不是一代能完成的。

李勇：您曾身在体制，担任过作协主席，您是如何屏蔽干扰的？退休后状态怎样？

李佩甫：在任时，干扰是难免的，只能自己调节。我不喜欢争抢，像作协分工，我是越少越好。另外，除了开会，其他尽量不参与。但人在位置上，手机必须要开机啊。我还分管过文联，文联的一个半楼都是我盖的。那年五一，正在家坐哩，突然说煤气管道挖断了，我站起来就走，出事是要负责任的，责任咱不能逃避。盖文联大楼时，在我办公室，几十个包工头围着谈判，四个小时，我当过知青队长，不怵他们（笑）……退休后，全部或百分之九十的社会活动都可以推掉了。退休的状态真好。

李勇：那在写作方面，还有什么是您一直想写还没有写的吗？

李佩甫：我还是想写一部重新认识平原的作品，不同于以前的，从另外一个角度重新认识这块特定的地域。怎么写还没有想好，要慢慢来。

李勇：随着年龄增长，"50后"一代可能渐渐退隐历史舞台，您怎么评价你们这一代？

李佩甫：莫言等于给"50后"作家画了句号，不错了。国际上常说中国当代文学和世界差距大，实际上，我觉得中国文学至少跟亚洲比，像帕慕克、大江健三郎、泰戈尔等，差距并不大。我认为，改革开放后这四十年是中国文学的一个高潮。但从世界文学来看，我们还是有差距的，得慢慢来。

李勇：谢谢您接受采访！

【李佩甫简介】

1953年10月生，河南许昌人。1979年参加工作，1984年毕业于河南电视大学汉语言文学系，中共党员，历任许昌市文化局创作员，《莽原》杂志编辑、第二编辑室主任，河南省文联、作家协会专业作家，《莽原》杂志副主编，河南省作家协会第二届理事、河南省文联副主席，河南省作协主席，中国作家协会会员，中国作协全委会委员，国家一级作家，享受国务院政府特殊津贴。中国作家协会第九届全国委员会委员。著有长篇小说《李氏家族第十七代玄孙》《金屋》《城市白皮书》《羊的门》《城的灯》《李氏家族》《生命册》《平原客》《河洛图》等。2015年《生命册》获第九届茅盾文学奖。

二、"我的写作状态近似野狐禅"

——冯杰访谈录

李勇：做这个访谈前翻了些资料，本以为关于您的研究不多，但其实比我想象的还是要多。我看到几份访谈，媒体和学院的都有，评论更多些，所以不能说冯杰是被忽视的，但至少可以说是重视不够，甚至很不够，这是从你的文字质量来说的。关注和研究还是很不匹配。关于这一点先不提问什么问题了，因为问了，你作为当事人也不好作答。只是在访谈之初我还是想鸣不平一下，虽然可能你并不需要，对于现实也不会有多大改变。但我还是想能有一些改变，倒不是为你争取公道，我也没这个能力，现在大家对搞评论的人的话也不大相信，我只是想跟大家强烈地推荐冯杰的书，冯杰的文章。字、画我不懂，但也想推荐。因为不管文章还是书画，它们都非常有趣，都非常非常好，读了会让人笑，让人感动，让人难忘。现在大家都养生，读冯杰的东西也养生。对谈还没开始就下判断、表观点，似乎不太应该，但还是没忍住，权当是发个感慨吧。

冯杰：我文学出身属于是"在野的"，从文的缘由近似偶然，写作状态近似野狐禅——这是我过去出过的一本书（《野狐禅》）的名字。

一位作家最好嘴上没有被评论家拴上的那一条缰绳，可以不看眼色照自己兴趣去随意文字逛荡，可以吃杂草，可以不计文字是否"三高"，像《水浒》里李逵喜欢说的那种"胡乱吃酒"状态。我觉得如果没有某种"明确指向"的话，作家和评论家关系也不太大，也并非唇亡齿寒，或珠联璧合。写不写是作家自己的事，评论不评论是评论家的事，各有其中因缘；好评论家是对作家的误解，理解了就不再关注了。

我没有把两件事连成为有因果关系的一件事。

李勇：读您的文字，对本尊非常好奇。所以还是先从您的个人经历谈起吧。您的村子叫留香寨，怎么叫这样一个很不寻常的名字，北方这样的名字似乎很少见，有什么典故和历史？另外是否能再详细谈谈您的故乡和童年成长，文字里感觉那是一个很无忧无虑甚至温馨自足的成长环境，事实是否如此？

冯杰：我从小跟随外祖父母生活的小村就是叫这个名字，豫北滑县高平镇留香寨。我们那里叫"寨"的、叫"堤"的村名很多、也很常见。我推测是中原逐鹿兵家争战之地，最早应该和古代驻军有关，譬如"安营扎寨""攻城拔寨""占山寨"。后来"寨"也有用以防黄河水。叫"堤"的地名多说明和黄河有关。如果更细分，我们那里有东留香寨、西留香寨、前留香寨、后留香寨。我生活的那个"留香寨"在"世界地图"上的详细地理全称应该是"西留香寨之后留香寨"，但人们喜欢简略，日常里没这样称呼，习惯上叫成"留香寨"，专业发音叫"luozhai"。

我的童年决定了我的文学视野，我童年范围多是在这些"寨"里，从"寨"到"堤"里穿梭，走亲戚。大概后来我所写所言的范围都没走出来这个最初的区域。也算文学"不忘初心"。

李勇：您是跟姥姥姥爷在滑县乡下长大，后来随父母到长垣的吧？父母都是公职人员吗，父亲好像是会计？从文字里看，您的姥爷不是一般老汉，讲三国、给村里写春联，能识文断字那种，在一般的村子里也少见吧？而且留香寨有文化或文化爱好的好像也不少，您的书画启蒙似乎也是在那里。

冯杰：我父亲青年时代为了生计，当年跟随本家一位二大爷从滑县乡下出走到长垣谋生，他因为会打算盘，后来成为小镇营业所的一名会计。母亲无业，应该也是农民，但会一手裁缝，我们那里叫"砸衣裳"，应该属于民间手艺人。我姥爷姥姥一辈子种地，属于世代农民，我姥爷一年四季肩背一面箩头在乡村游走。姥爷说他在留香寨村里读了几年私塾，大概到了小学水平，照我姥爷说，读的都是初级的"三字经""弟子规"，该要读到"四书""五经"了，家里条件不允许，需要干农活便停止了读书。即使这样在村里也被认为是最有学问的。他能用几斗粮食换书，生活历经艰难，经过逃荒战乱，过晴耕雨读的乡村生活，我至今还藏有姥爷编抄的一本《新增应世全集》，里面乡村婚丧嫁娶，日常应用，全书都由姥爷用蝇头小楷抄写。他在村里十字街头每夜为大伙讲"三国"。我记得每年春节前，几条胡同人家的门对、门心、春条、斗方、寿星图案等，都是我姥爷书写，在院中寒风里立一张八仙桌，我还在一边割纸调墨。家家户户派代表拿来红纸，排着队，我姥爷一一写好后，他们会很恭敬地用高粱秆夹着春联回家，现在想起来这种行为，我理解的是在乡村里体现出对文字的尊重。

后来，我十多岁时开始写春联，写好后由我姥爷春节前赶集，带到集上卖，两毛一对，供不应求。

李勇：您读书求学过程是怎样的？有简介上说是"大专毕业"，但当信贷员好像又是"高中毕业之后"。到底是怎样的情形？

冯杰：我是跟随父亲在长垣孟岗小镇第四中学上学，刚上了高中，当时县农业银行新成立面向社会招工，可以"以工代干"。父亲觉得家里负担重，从战略上衡量之后，觉得我在学校学习成绩不理想，学习偏科，考大学没希望，还是先端上一个"铁饭碗"比较务实。我就参加全县农行招工考试，第一年因年限不够被刷下来了，第二年继续考，开始任长垣县芦岗乡营业所信贷员，负责在黄河滩乡村收贷款。纵观学历，初中毕业证算是正式发的，后来一位收藏家看到我的初中毕业证，说现在已经没有"初中证"一说了，你这个证现实里没参考价值，但证很稀少，只能是文物价值大于使用价值。因留级让我能拥有两张初中毕业证。我父亲后来通过和高中一位老师的关系，最后给我补发一张高中毕业证，属于"非全天候"的高中毕业，学历上准确说应是"高中肄业"。几十年后有次在宴会诸人交流毕业大学，别人怕冷场问我，我说初中毕业，都不信说我卖乖，后来再问我就说是"晚稻田大学"，大家相信我专业研究日本文学，怪不得写的东西还有点唯美。

"大专学历"是参加工作后的"进取"，单位流行文凭，没文凭报不上职称，有好友鼓励我上了一个成人大专教育班，定期培训，其间请老师喝酒成为朋友，期终考试大都是抄的，交够钱都能毕业发证。我走的专业职称最早是"助理经济师"、后来是"经济师"，这些职称听起来都和文学离得很远。

李勇：您第一次发表作品是在哪一年？1980还是1981？我看这两个时间点，在您的资料里都有。那个作品，处女作，叫什么名字？另外，在《北中原纪事》一文里你说自己是二十二岁（1986）才做作家梦，是发了几年作品之后才开始做作家梦吗，难道不是从一开始就做？

冯杰：上学时偏文科，私下写新诗填歌词，那时投稿不用付资，剪个角就可全国报刊乱寄。评论界把我刊登在 1981 年新疆石河子《绿洲》杂志上的诗歌《牧鹅归来》作为发表的第一首作品，因为这是一本公开发行杂志，实际上我处女作是 1980 年在长垣县文化馆《蒲公英》创刊号上的诗歌《故乡的小河》。得稿酬 2 块，面对书籍和物质、诗集和牛肉时，我很现实，后来毅然选择烧饼夹牛肉。

参加工作后逐渐有工资，可以酌情买书不犹豫了。当时是一个诗歌年代，改革开放的大门刚刚打开，每一个年青人都做诗人梦，现在不再会有那个"理想年代"了。自己也深受感召，因为有了过去的"基础"，于是在小县里可以继续放手写诗、投诗、发诗、成诗社、办诗报，和外地诗人交流，介入所谓的"诗歌大潮"之中，花钱自费参加过《诗刊》函授班、《鸭绿江》诗歌函授班。在濮阳还和刘小江、丛小桦、瘦谷等诗人创办《中原诗报》，发别人的诗，登自己的诗，开自家诗歌领地；后来因为筹措不到款，初刊即终刊。在安阳，参加业务金融培训班，缺课请假去找同乡诗人范源交流学习。在新乡，和诗人刘德亮、王斯平、吴芜等人多次合印诗集。在郑州，参加诗歌学会，到兰考自费印诗集，现在看以上都属于非法出版物。我在一个小地方，有了一碗饭吃，就开始做诗歌梦，力所能及地把业余空间用于参加诗歌活动，属于一边收贷款一边写诗，是一个"在账表后面写诗者"。

李勇：您在基层很多年，做过各种工作。那时应该算是业余作家。那时候文学其实还很热，像 80 年代，发表文章诗歌、搞写作，虽有不易，但也有高光时刻吧？我的意思是爱好文学，乃至于后来一步步竟然开始写作，并欲罢不能，总是有个激发性的原点，像写作文受到表扬等等之类。您有没有这样一个"原点"？又大概是什么时候开始决意吃文学这碗饭的？

冯杰：在基层农行我工作了 27 年，这也需要一点耐心。我累计从事的业务有信贷员、会计员、通讯报道员、档案员、办事员、编辑，写通讯报道、调查研究、领导讲话、工作总结、标语口号等，后来在单位还一人办过县农行一张四版《金穗报》，报纸办得从国家金融方针到我县行长出席储蓄所讲话，到最后的文艺副刊，模式也是照国家报纸标准来的。写诗一直是业余，当时也没条件没机会去吃专业文学这碗饭，业余写作状态定型了，也没想到那么多。父亲觉得在小地方起点太低，从事创作折腾不出啥名堂，还是好好过日子，我知道文学这碗饭不好吃。我属于一个一直在长征路上行走的马夫，能坚持走下去已经不错了，没有攀比心也没有觉得有啥"高光时刻"。

李勇：您是哪一年调到郑州当专业作家的？当时是怎样的情况，千里马是遇到了伯乐吗？调的过程顺利吗？

冯杰：2008 年正式调到郑州当专业作家，那时不用考试，不全靠文凭，更多凭"文学成就"，评委会有孙荪、南丁、李佩甫、张宇、郑彦英等老师们，他们只要认可就算有了当专业作家的条件，后来听说我算是满票，大家都觉得我不当专业诗人河南那面诗墙上就少了一位当代"杜甫"。他们都是我的伯乐。那次按照创作成绩原要招收四名专业作家。孙荪先生推荐新人不遗余力，亲自出马到新乡、长垣考察我和小说家戴来，我是作为诗人身份来了。后来戴来没来成回江苏当专业作家了，让孙老师他们为文学人才流失很觉可惜，作家是培养不出来的，说一只老母鸡喂大本该孵蛋却飞走了。那一次考察四人里最后只有我和小说家傅爱毛调到文学院，我到省委组织部报到时，门岗看盖满公章的介绍信，怀疑问你从县里咋能直接调到省里？门岗不让进，说要先核实，怕是变相上访。

2008 那年属鼠，是一轮生肖的开始，我当上了专业作家，那年我45 岁，和其他青年作家相比属于人到中年了，才当上专业作家，要吃专业作家这碗饭了。后来知道专业作家原来可以不用天天坐班打卡，和农行信贷员不同，我可以不用收贷款在家坐着也不会饿死了。现在看，没有当年那样的文学环境，像我这种人放到现在肯定来不了省会、当不上专业作家，依然是小县城里靠收贷款、业余在账表后面写诗的那一个信贷员。

李勇： 李佩甫老师的文章甚至小说里经常写到他第一次进省城的记忆，您对自己进城那一刻还有记忆吗？

冯杰： 有记忆。我们那里说一个人外出见过世面，标准是"往南赶过王堤会，往北赶过南岳集"，这两者属于到达县城的南北边境极限了。我第一次来郑州是上初中时一个夏天，十三四岁吧，现在想想，我首次进郑州就达到某种见世面的高度。

那一年，父亲的一位朋友我该喊叔的，要带着他俩孩子到郑州，我凑合上了，清晨搭班车走了"一晌"来到郑州。下榻住在火车站对过的郑州最高饭店"中原大厦"，还登上二七塔，远眺十多里开外的黄河，从塔上下来照了一张合影，又吃了一大碗羊肉烩面，后来还说要从郑州到少林寺，好像因天气原因没去成，这位叔只好每人发 50 元，算是弥补了少林禅宗之旅。每人买一件的确良衬衫穿上。从郑州回到小镇上，我妈特意把在二七塔下照的照片卡在玻璃框里，证明到过郑州。

那一年二七塔还算巍峨耸立，周围没有现代化高楼，还能隐约看到北面缥缈的黄河。

李勇： 从北中原到了南中原，您在《非尔雅》《鲤鱼拐弯儿》里，书画落款经常自题有"客于郑"三个字。在城市生活这么多年，仍是"身在曹营心在汉"，乡村、故乡总是魂梦所系。您怎么看待城市这个生活空间和文化空间？

冯杰： 没有"南中原"，只有我虚构的一个"北中原"，那些年受文学大师流行"私家文学地理"的影响，自己写好写不好先跑马圈地，表明是一个有编制的"文学诸侯"。

有姥姥姥爷在，觉得他们即是具体故乡，他们去世了，觉得父亲母亲是具体的故乡，后来他们也一一去世了，没有精神靠山了，便也随着没有具体的故乡，故乡不再具体而抽象模糊了。其实中国文人所谓的故乡都是"虚指"，白居易说"心安是归处"，苏东坡说"此心安处是吾乡"，表达的是一个道理。对一位作家而言，不应该设有具体故乡，也许文字即故乡，纸上即故乡。齐白石到老落款都是"客于京华"，更多是表明一个文化心理态度。

李勇：您是1992年凭借组诗《逐渐爬上童年的青苔》获得台湾《蓝星》诗刊社主办的"屈原诗奖"的，同是辉县老乡的诗人痖弦是评委之一，他2010还是2011年回河南到省文学院，我当时也在现场，后来还到我们学校演讲……这是您第一次获台湾地区的文学奖吧，当时作品是发表在哪里？台湾的报纸杂志吗？或者没发表过？当时您是不是还在长垣工作，怎么会想起来参评台湾的文学奖呢？怎么知道评奖的消息的？又是用什么方式参评？邮寄、自由投稿吗？获奖是不是也很突然？获奖之后，是否也引起更多的反响和关注，对你的生活有没有改变和影响？不好意思问题有点多，做研究总想多收集点史料。

冯杰：那一组诗先获奖后来发表在台湾《蓝星诗刊》，这本诗刊由余光中、罗门、周梦蝶、向明等诗人主办。我当时是县里信贷员，那时两岸"三通"了，是两岸关系很好的时期。我是从一本《港台文学选刊》上看到的征稿信息。我投稿都是手写稿，照要求邮寄去了。这事投过也就忘了。到后来诗人向明先生忽然来信通知获奖了，大陆三人，首奖是湖南诗人匡国泰的《一天》，他那组诗写得是好，还有甘肃诗人孙谦。后来寄来照片说周梦蝶先生代发奖。后来台湾诗人杨平来省亲路过郑州为我捎带"屈原奖座"，他当时不知道我具体地址，就到河南省文联，据杨平说有关人士拒绝转交"屈原奖座"，说因为上面有"中华民国"字样。你说辉县的应该是柏杨先生，痖弦先生不是辉县人，他是南阳人。痖弦那一年回老家南阳，也约我相见，还特意给我捎来600美元的奖金。痖弦先生是诗坛伯乐，有诗坛"副刊王"之誉，一辈子发掘鼓励年轻诗人，对我一直鼓励提携，有信必复，我后来知道河南和他通信最多的仨人：杨稼生、周同宾、我。后来到2010年痖弦先生到河南文学院，河南诗歌学会专门给他举办一场交流欢迎会，记得他对我说，专业作家世界上只有苏俄和中国有，中国是照苏联模式，作家由国家养着，衣食无忧。

李勇：您的散文在台湾受欢迎，您觉得是何缘故？我没有做过专门的调查，那年碰到宜兰大学的陈雀倩教授，她做您的研究，除了她之外，台湾做冯杰研究的还有哪些？跟他们有过接触吗？对台湾学者有何印象？

冯杰：更多一个原因是相通的中华传统文化文脉吧。还有中国人对乡土故土的情感，或者是人和大地天人合一的关系。台湾研究我的具体情况我不了解，我在两岸都不属于畅销作家，没有专门研究我的。后来只看到台湾陆续评论我诗文的，记得有陈芳明、洛夫、向阳、罗青、张默、陈义芝、张辉诚、叶国居、管管、方梓、张瑞芬、王鼎钧、陈素芳、林清玄等先生女士。有人后来开玩笑说，这里面蓝营绿营的都有，在评论你时都没有颜色啦。

和大陆所谓学者相比，台湾学者更像学者，有学者的精神风貌。

李勇：台湾文坛在20世纪70年代有过一场很有名的"乡土文学论战"，之前有乡土文学运动，主要是反对西方现代派（现代主义和后现代主义），呼吁复归乡土和民族传统的，余光中当时是站在乡土派对立面的，痖弦其实也是现代派的，管管也是。你的文字跟现代派还是离得远，受到他们共同赞誉也不容易。当然，他们早期是现代派，后来大多转向传统了。我的问题是，您跟台湾文坛接触，有什么有趣的经历和感受？

冯杰：我写诗时也不懂"现代主义"和"后现代主义"。我最早接触台湾诗歌是陆续看流沙河发表在《星星诗刊》上的《台湾诗人十二家》，记得他每月写一家。后来听台湾诗人评价说流沙河都是误读他们的，我那时觉得很新鲜，佩服流沙河先生的侃侃而谈，尤其选的诗，他们的诗有别于我从课文读到的郭小川、贺敬之、李季、柯岩、郭沫若、陈毅的诗。后来《台湾诗人十二家》里评论到的诗人我大部分都见到，并向他们有过求教。当时台湾诗坛重镇是《创世纪》《蓝星》《现代诗》三家，多年的诗歌学习道路上，几乎台湾重要的诗人后来我和他们多多少少都有交际。痖弦先生是我最早的诗歌贵人，他的温文尔雅、乐于助人的长者风范让我受益颇多。还有洛夫先生。我到过台湾两次，都留下深刻的记忆，和台湾诗人们之间的往事很多，我有机会会慢慢写出来。我从中感受到老一代诗人对年轻诗人的关爱相惜，还有鼓励和提携。外人看到诗人狂狷异样，我看到了人文情怀。

李勇：问个题外话，你为什么一直说方言？是真的不会说普通话？另外，我主观臆断一下，一直说方言是不是一换成普通话，话一出口，感觉跟整个世界的关系都不正常了？

冯杰：只要对方能听懂，我一直觉得自己说的就是普通话。我从乡村到县城，多年在河南区域里生活，活动领域变化不大，说话是为了交流，双方都能听明白就达到目的，没那么多设限。我过去在乡村还和哑巴交流过，双方都能听懂，明白对方的意图就行。

2009年我去台湾，临走前一天我站在台北电话亭前，和住在新店市的周梦蝶先生通话，我俩都是说的河南话，讲完我问身边的台湾摄影家陈文发，他说听得懂啊。我觉得方言和普通话没啥区别，说出来感觉世界还是一个关系。

引申到创作上，让我记住的作家都是"方言写作"。那里隐约看到有"语言的胎记"。

李勇：老家的方言土语长时间不说就会遗忘，先是词汇，再是发音。我觉得你的发音是没问题，但词汇和表达方式肯定还是有调整吧，入乡随俗、随物赋形，所以天长日久很多土语是不是自己也忘记了？所以我的感觉，《非尔雅》从个人角度来说也是一部对抗遗忘的书吧？怎么会想起来写那样一本书呢？是受到启发，比如《马桥词典》《哈扎尔辞典》等，还是其他？

冯杰：我写《非尔雅》最早也没有明确目的，属于节外生枝，多年前我挖掘《金瓶梅》里的方言，还把里面方言使用的区域范围定位于"豫北、冀南、鲁西北"这块三角领域语言里，我就想往"北中原"这一方向靠，后来还看到《金瓶梅》几十种作者说里竟有"丁纯父子"说，丁纯从山东巨野县到河南长垣县任过教谕，这让我又找到一方可挖掘的洞穴。

我曾把每一词语古今一一作以对比，写成一篇《金瓶梅方言考》，万字左右，后在新乡文联一本内刊《牧野》杂志上刊登，后来意犹未尽，开始延伸，已经不局限于方言古今对比考证，更多注入文学的成分，有的写得像诗，有的往散文上倾斜，有的写成小小说了，陆续成批出笼，分别在《散文》和台湾《中华日报》《联合报》刊发，集成一本书最早交给河南文艺社社长王幅明先生，后来经过几任社长，和责编李辉是老友，放在河南文艺出版社多年了，又想和设计家刘运来先生合作一把，直到去年（2021年）才算正式出笼。

词典形式成书可谓是中国一个传统创作文体和习惯，中国文人很早就把玩过这种形式，如蒲松龄《日用俗字》、桂馥《札朴》、顾张思《土风录》、屈大均《广东新语》等，都是这种形式，更早的像外国作家福楼拜有一本《庸见词典》。只是先人们更注重学术考究，态度上更庄重一些，没有像我更多往文学上靠。

《马桥词典》是以词典形式出现的小说集，叫"韩少功小小说选"也未尝不可，韩先生弄成了一本自己的"混合体"，文坛上的"马桥词典事件"实际上是和《哈扎尔辞典》风马牛不相及，放大冤枉了韩先生，但是文坛自古喜欢多事，文人不寂寞，喜欢发酵成了一个"诗眼""事眼"，这已经超出文学范畴。开句玩笑话说，两者成为一起事件，倒是多多少少成全促进了这两本书的销量，最高兴的应是发行部。为此我后来专门买来《马桥词典》《哈扎尔辞典》对比，由于对后者异域文化的缺失，我一直没有读出所以然。

李勇：我老家在山东滨州，读你的《非尔雅》非常惊讶，很多词竟然跟我老家是一模一样的。比如"口"，形容嘴巴不饶人；还有"欻""檐边虎""灰脚"等很多。鲁南和河南接壤还可以理解，但是我老家在鲁北，是山东半岛和内陆交界的那个最北端，比齐国首都淄博还靠北，怎么那么多口语竟然都是一样的，不可思议。我不知道这种"巧合"是不是只在我那里发生，像山西、陕西、河北等其他北方省份重合度有多大。这是很有意思的方言现象。您跟河南之外的这本书的读者有过这方面交流吗？

冯杰：这书发行量很小，受众面不大，没有机会和外地读者交流，倒是豫北附近的读者多一些，首发式在新乡书店就签了千把册。有人告诉我他自己就买几本，分别送给几个孩子，尽管不主张让孩子说方言，他说要让孩子知道其中方言的意思。有读者读给他爹听，他爹说，这不就是平时俺说的话吗？这也能写成书卖成钱？

实际这书印数不多，形式太讲究了，现在多是买来收藏或送人，若出个普及本会更好读。

其实，写的时候也没有为读者所想，只为我自己表达出来。里面更注重一种"大地性"，和文意的表达。尽量想把文字玩得有趣，和所写的口语对象拉开一点行距，不然就弄成为一本学术专著了，那是语言学者的事，离作家本意就显得有点远了。

李勇：您前面也提到了《马桥词典》，觉得小说家写的"词典"和散文家写的"词典"，有哪些不一样？

冯杰：前面略说过一些。因为那场官司事件我专门把两本书拿来对比读了一下，看看啥原因值得隔空叫板。一本读了一半，一本一半没读进，看后觉得有点无中生有，觉得两书相差很远，被不甘寂寞的人拱火了。前年鲁枢元先生邀请韩少功夫妇来黄河科技学院交流文化生态活动，还专门邀请我参加，陪韩少功先生喝酒。我敬佩他至今竟没有微信，和我们中原的李佩甫老师一样。

我觉得就不能一样。同样一只鸡，四川厨师、河南厨师和广东厨师做出来的就不是一个味道。这样鸡就会满意了。

李勇：你的文字里，常常会突然出现非常抒情的段落或句子，我看你较早的作品如此，近作也是，那些十分动情的段落，跟你文字里简约含蓄的文风，是不太一样的。我自己读来感觉非常好，但没看其他人的观感和评价。有没有人觉得直露，不够含蓄？或者说，有时文辞华美，跟你一贯的朴拙不谐？

冯杰：有时我写时没考虑那么多，觉得此处应该吆喝一声，就出场敲一声文字的铜锣。一直想学习苏东坡说过的"所行于所当行，止于不可不止"。文章应该像一条河，波浪有高有低。河里的波浪是不能一样的。一篇文章，不能全是好句子，一定得有坏句子出现。

李勇：那些乡村冷知识是真的吗？比如小毛驴前腿内侧的"夜眼"；马蹄片子我知道是能当花肥的，但它们是有气味的吗？

冯杰：这些在有农村经验者眼里，并不是冷知识，而是普通常识。我小时候姥姥都给我讲过，我也见过，也尝试过。只是我姥爷们这些农民不会把它当成文学，只有被作家记录下来。我如果不当作家，也不会展示这些乡村常识。

可以引申说：文学创作是一种非闲心者不能去关注马蹄和夜眼方向的文字行为。

李勇：你跟刘宏志对谈时说，"一个艺术家要会在焦躁里去找一丝宁静，把无聊坚持下去"。艺术和无聊的关系，都可以写一本书了。但你这里的"无聊"指的是什么？艺术在你生命和生活中处于怎样的位置？这么多年过去了，除了世俗层面的之外，艺术创作让你得到了什么？

冯杰：我说的"艺术上的无聊"是相对于所谓的"文学大义的有聊"而言，我认为文学是"应该写无用的那些"（这在过去早已被批得一无是处）。我深知自己的文字功能达不到"有意义"，故多是写芝麻绿豆，吃喝闲喷，属于捡拾琐碎刨花边料，我文学态度上也不是本着"文学长工"，更近似"文学短工"都喜欢"尝一口"。"无聊"指的是笔下所涉：更多是把玩文字中的无中生有，写那些空穴来风的不可能，写那些不着边际的有可能（实际还是"不可能"）。

艺术创作让我得到一个现实里忽略的"文字里也可能出现的有趣的空间"，并让我这个信徒还为此乐此不疲，"井中观字"，自以为是。

李勇：乡土社会正在远去，甚至已经远去，这应该是不可逆的人类社会发展大势。你觉得你的乡村书写，在这样的时代里，前景如何？

冯杰：乡村变化这些年日新月异，已经不是传统意义上的乡村，但乡土一直存在，里面元素不同了，层次更复杂了，过去的兔子依然有，只是多了新变异的兔子，但文字华章依然需要依次排开。对于一直写乡村的作家而言，一座乡村就是这一位作家笔下的一个小国度了，再小的乡村也是属于他自己的文字小宇宙，他要想法运转，这个作家笔下的小宇宙也要不由自主地与时旋转，只是每个作家旋转的速度不一样，快慢不一样。

李勇：感觉艺术风格跟性格还是有根本性的关联。有的人写作是为了救世，有的人是为了度己，有的人则只是为了闲适、玩耍，有的人则很多都为……您的文字内容和风格，表面来看倾向于个人情趣的表达，但我感觉很多时候其实也是别有抱负。像你写老虎，写笆斗，都有着挥之不去的郁积。嬉笑怒骂谈不上，指桑骂槐可能还是有的。写作的时候，这方面会有意识地克制吗？

冯杰：我主题更多还是写闲适，一路走下去，途中打个喷嚏，咳嗽一下、吐口痰也是在所难免。"指桑骂槐"也是为了一路走下去的闲适。

更多只是"叙述噱头"，我文字里没有那么高的严肃性和思想性。

像村妇骂街，骂不是专业，只能捎带，骂完之后最终还得干农活，你不能一个劲骂下去。优秀的村妇骂街只骂半道街，戛然而止，让剩下的那半道街胆战心惊。

李勇：诗书画，您是全能。但看您自己对文学还是最看重。为什么？

冯杰：对于诗人而言，肯定还是写诗重要。书画仅是一大方荷塘里的蜻蜓点水。画画是很轻松的事，主要是它有卖钱买米的功能，里面有养家糊口的因素。当年西南联大的那些教授都治印题匾、刻章卖字，我在一位收藏家那里看到闻一多的印，刻得一点不俗。对我来说文学是"本分"是"初心"，体裁上我更倾向写诗。笔墨在古代文人那里一直算友情游戏，是唱和工具。古代文人也是多把作文当做第一，其他都是搭配，就像当下我会使用手机会抖音会微信也不能称为"手机家"一样。还要落眼于手机使用者这个人的主体身份。

李勇：虽然您也写过小说，但基本是小试牛刀。我看《非尔雅》《鲤鱼拐弯儿》里有几篇，那叙事才华真是没说的。自己有没有过想撸袖子干一票的冲动？毕竟心里有些郁积，散文诗歌可能是表达不了的。

冯杰：很早也写过小说，多是应约或征文。墨白先生给我第一本短篇小说集《驴皮记》写序言时表示吃惊，墨老以为作家错位了。

小说是个要合理地去算计人、铺排事的纸上沙盘活动，太费脑子，不符合我的偷懒性情，我那时不会电脑觉得小说手抄也是一件力气活，不像写诗，一手会打回车键就行了。而我更喜欢简单地用减法活着，甚至不惜偷工减料，想去四两拨千斤。一直写诗多一些，后来出版社不喜欢出诗集，认为出诗集赔钱，喜欢出我的散文集，主要和收益相连。

在散文和小说两者之间我也没有明显界限之分，送你那一本《午夜异语》闲时看看。台湾繁体版最早出时叫《马厩的午夜——异者说》，专写北中原的妖怪。我喜欢做一本"主题书",里面不分体裁,只讲题材,先有个中心靶点再打靶,这样显得主题密度更高。目前我的文学观是认为没有诗歌表达不了的,只是这个外观是明朗或是掩蔽。从文学密度上,诗人更高于小说家。"诗经年代"那些有知识的人民只读诗不看报纸没有小说也一样活着。

李勇:小说和散文,甚至再加上诗歌吧,今天能成一条鄙视链了。小说在今天中国当代文坛被推崇得很高,长篇小说又比中短篇地位更高。其实诺贝尔奖也给诗人,但在中国最高的却就是茅盾文学奖。你觉得正常吗?

冯杰:我的欣赏小说水平还是在我小时候听我姥爷讲三国阶段,是乡村评书阶段。如故事,如传奇,还是在"悲欢离合",没有达到弘一的"悲欣交集"高度。就像大多数中国人和我一样还没达到欣赏轻音乐、交响乐的境界。

好的长篇一定是全面考虑读者的一道满汉全席,里面要吃吃喝喝歇歇玩玩。我因为不写长篇小说,缺少揣摩,不知里面深奥技巧,说多了也怕露出破绽,还是留给小说家讲。有次评论家让我排列过文学体裁,我拿出博尔赫斯那一句话应付——"只有缺乏想象力的作家才去写长篇小说"。一听就是诗人的偷懒语言。

有的小说家的长篇并没有获过茅盾文学奖,但不影响他们的独特性,譬如张承志、王朔、王小波。

李勇:您曾说过:"写散文,你可以手低,但不能不眼高。这是需要首先拿捏出来的一种散文姿势"。什么是"散文的姿势"?

冯杰:这是讲究"格"高。优秀的鉴赏家只要打开半尺纸张就知道里面是鱼目还是珍珠。徐邦达就有"徐半尺"之称。那些伟大的"神"作家是只看不写。孔子、老子都是这样的好榜样,他们都是你后面不拿刀子顶着脖子一般不出口成言。像我等文字若写得越多会越出丑。

"拿捏姿势"这是进入演戏"戏场"的一种立场和态度，写散文可以恣意妄言，无疆无域，一个散文场子里，是一场没有裁判的足球篮球排球乒乓球一块出场的娱乐活动。还得提醒一下，即使这样的乱场，散文也得有散文家心里掌握的自己的一个立场。散文裁判永远是作者自己。

李勇：您的文字极尽简约，写的时候是什么情况？写完了一点一点修剪吗？您所谓"随物赋形"，怎么判断这个"物"，如何"赋形"，创作的时候是否有个尺度的把握？

冯杰：我写得很笨，平时还在修改十几年前的稿子。没有固定尺度把握。

就像那个讲苏东坡的笑话，人问他夜间睡觉胡子如何安置，就左右犹豫不定了。若想到散文如何写就肯定没法安置胡子了。更多时候当时写完觉得是一桌好酒席，事后就后悔，就不断删字删句。

李勇：谈到书画和文章的关系的时候，您说过："我是把一幅画当作一篇文章来写的，或者一篇文章当作一幅画来画的。……文字是养心，书画是养身。但我更喜欢写作，这才是一位作家要坚持的本分"。这里"本分"指的是什么？如果这个问题和第23个问题有重叠也可以不作答。

冯杰："本分"就是爱岗敬业，拔牙的牙医千万不能考虑养兔子的事情。一个研究导弹的专家整天想着炸油馍和调包子馅，就不叫"本分"。作家的本分是款待好自己当下的"这一个句子"。如果我还是30年前的乡村信贷员，我就得考虑如何盘活这一笔贷款、如何让贷户有效益、银行如何安全收回资金、如何才能让他把欠的贷款吐出来。

李勇："获得台湾文学奖项最多的大陆作家"，这个形容是有统计吗，还是出版社的推销语？

冯杰：应该有统计，这最早是台湾九歌出版社出版我的第一本散文集《丈量黑夜的方式》上的广告语，也没大致失真，台湾出版社很谨慎。想当年我在台北九歌出版社，老总蔡文甫先生、陈素芳总编知道我竟没出过散文集，马上拍板决定。出书后都还附我创作资料，涉及具体数字上，我查找了一下，获过2次台北文学奖，2次林语堂文学奖，3次联合报文学奖，3次中国时报文学奖，3次台湾九歌现代儿童文学奖，4次梁实秋文学奖，其他的单项台湾文学奖恐怕也有10来次，从数量上讲，大陆作家在台湾文坛获奖的没第二人，这是由当时的文学环境造成的，放到现在也不会有了。但数量不等于质量。譬如大陆作家王小波获过2次联合报文学奖，但质量上他一次就顶我的全部。

有评论家和我谈到两岸文学奖，笑说梁实秋是被当年鲁迅打倒的"资本家泛走狗""痛打的落水狗"，专家说我获的实际上应该是"落水狗奖"。

获奖这事对作家而言更像"搂草打兔子"，作家专业是埋头一路搂草，专业不是打兔子。忽然跳出一只兔子，只属于意外。

李勇：河南这个地方很独特，很多人也都谈到过。河南文化和人的性格，您觉得最独特的地方在哪里？尤其是和山东、陕西、河北、山西这些北方省份相比。您如何形容自己和河南这块土地的关系？

冯杰：你说的这些北方省份大体一样，都是一群吃苦耐劳容忍的人民，历史上河南人民能有一口饭吃都不会造反，本土作家和人民差不多，喜欢埋头干活，作家就是人民，人民就是作家，都吃苦耐劳、中庸、不走极端，还会"化难"、会苦中作乐、含泪微笑。河南本土作家多是传统写作，坚持现实主义，素材厚实，灵性不足，花样不多，只会种小麦不会做面包。但河南作家一走出本土就不大一样了，会在异省看本省，会在异乡看故乡，世界观和眼界高了一层。一如脱胎换骨，近似鲤鱼跳龙门，人人都会成精成妖。

如果沈从文一直还呆在湘西就不是沈从文了。

我一直生活在中原，那些大哥兄长们远走他乡施展抱负了，我自己没能力和机会，也没有决心或兴趣吧，我就心甘情愿在家乡一方灶台前烧锅燎灶，淘米做饭，像一条老眼昏花的土狗看守家园，当一位力所能及去侍奉双亲的文化孝子吧。

李勇：个人觉得您和汪曾祺最像。书画界我不了解，您肯定很多朋友。您觉得文人画和专业画——这么分类我不知道合适否——最实质上的差异在哪里？

冯杰：你说的像恐怕只是指外形上"写和画"。汪曾祺先生也是我敬佩的作家之一。我和他不一样，学识上跟不上，他有波澜壮阔丰富的大时代背景，见过大世面，他周围交往的都是各领域高人大师，加上他的经历和天分，他出身高邮文化世家，生活环境有文化的深厚滋润和包浆，我没有这种天然机会，一直在一个小地方呆着，螺蛳壳里做道场，从事职业也不一样，没在文化圈耳濡目染，他周围是沈从文、朱德熙、吴宓、朱自清、闻一多、黄永玉。我最早从事文学时周围都是欠款户、赖账户、信贷不良资产户。写作只有凭自己去寻找思考。没见过高人，只好使用像前面说的"旱地拔葱之法"。

所以我对后来能帮助提携我的老师先辈、文朋诗友都很感激。

我书画界朋友不多，学齐白石还是比照邮票上临摹的，绘画你见过真迹和印刷品天壤之别，见到真人又大不一样。我对画研究也不深入。小时候想当画家纯粹是觉得集市上民间画匠画画能卖钱，后来我画画还有个因素为自己文章插图不想求人，画好画坏都是自己的事。我是在颜色盒子里自己往上摸索，像一只掉到木桶里的螃蟹，不管能否出来只管四处往上攀爬。

关于文人画和专业画，历史上文人画指"士大夫画"，书卷气，高雅不俗，历史上那些代表书画家都属此列，如王维、苏东坡、赵孟頫、徐渭、八大、石涛等。

现在所谓的"文人画"范围宽泛一些，我狭隘地理解是：专业画需要正规培训教育，基本功需要全面扎实。"文人画"似乎不需要严格的美术操练，可以省略忽略这一档，可以投机取巧，可以扬长避短，可以用文化来化解画面，可以绞尽脑汁把作品的破绽用另一种方式圆下来。这就让人歪打正着了，让当下作家诗人捡了个漏。似乎持有中国作协会员证的人出场涂鸦，出来的都是"文人画"。

李勇：我很好奇您当年在农村，后来在基层，很漫长的那种生活里，文学对当时的您而言到底意味着什么？有些作家，像路遥，像巴尔扎克，像很多人，把文学当成了奋斗甚至苦斗，您有没有过这样的阶段？

冯杰：文学创作对我意味着能够打发时间的一种手段。我没有把文学当成献身的使命，但我敬佩路遥、陈忠实、王小波这些作家，他们有一种把"写作当玩命"的使命，有"为伊消得人憔悴"的一种苦旅精神，但是他们看起来风光，实际很辛苦。

我在基层当信贷员，如果不写作还可以兼干别的营生，卖菜、开饭店、炸油馍、卖胡辣汤，还可以把业余时间用在打麻将、喝酒、下棋、喷空、看戏、打兔子，和周围多数人的生活也没有什么不一样，我喜欢世俗的欢乐。单纯靠写作去吃饭不太保险，完全可以和大家一样平常地活着，无为地活着，父辈们都是这样过来的。

这也只当是一种假设吧。

照我的不准确划分，中原作家队伍里出身大概有以下几种类型：一是东京白虎堂专业教头之法，这类作家有着全面的专业系统知识，文化结构全面，一直是主力健将。二是农村包围城市吃大户之法，这类作家凭借生活经验一直写农村写到资源有告罄那一天，像磨道里的驴转圈。三是旱地拔葱之法。此法最是牵强。我在一个小地方，本来干着和文学无关的事情，因为兴趣有一天忽然从事了专业文学写作，便不计天气雨水也要种葱，属于看起来有勉强硬拔之势也。

文学最好不要"苦斗"，文学是"智叟的事业"不是"愚公的事业"。我更喜欢或者像《水浒》里的那一个史进的师傅"打虎将李忠"，说是打虎

203

将，里面也没有见真正打过虎，只担当一个"打虎"的虚名，比划一套棍棒也就可以啦。史进依然把他称作师傅。

李勇：看您近年一个文章，颇感慨。老家那个借钱出了三本诗集的诗人，他们家老嫂子的话："看看全县，哪个清亮的人在写诗？"……现在就是这样一个年代，这样一个年代里从事纯文学，您彷徨过、犹豫过、焦虑过吗？贾平凹写《废都》说要"安妥破碎的灵魂"，您自己最彷徨甚至破碎的时候，是如何安妥自己灵魂的？

冯杰：这是一个基层诗友的实例。在基层，业余作者大都为了满足自己的感觉写诗，书都是自费出版，结果也多是在一个圈子里送送人，近似送个大名片，知道世上还有这类人。自我满足感要多一些，社会使命感弱一些。我开始写诗出诗集时也是自费，我最早出版一本诗集叫《中原抒情诗》，当年在开封兰考印刷厂印的。我的诗集七八本都是自费，只有后来几本才给稿费。中国靠诗集稿费能滋润生活的诗人为数不太多。

世界上，每一个人的灵魂都是不安的，尤其文人爱思考，即使"再安"也会"不妥"。但"文学"可以让我把它当作一种具体有趣的事情去进行。说句不着调的话，我算是"想用诗歌安妥灵魂"。

掐指细算，我竟然写了几十年，出了三四十本各类小册子，但总的书印数加起来恐怕不到十万册，远远没有一位畅销作家的零头多，作为一个职业上以文字为手工的专业者，现在改行拔牙或杀猪都已经显得太晚了，力不从心，只有继续在这条道上骑瘦马行走，但要绕过那一架巨大的风车而行走。

【冯杰简介】

1964 年生于河南长垣，诗人，作家，画家。中国作家协会全国委员会委员，河南省作家协会副主席，河南省诗歌学会副会长，河南省文学院副院长。先后出版诗集《一窗晚雪》《讨论美学的荷花》《冯杰诗选》《震旦鸦雀》，著有小说集《飞翔的恐龙蛋》《冬天里的童话》《少年放蜂记》，散文集《丈量黑夜的方式》《泥花散帖》《捻字为香》《田园书》《说食画》《九片之瓦》《猪身上的一条公里》《马厩的午夜》《水墨菜单》《独味志》《午夜异语》《北中原》《非尔雅》《唐轮台》，书画集《画句子》《野狐禅》等20余部。散文《乡村的瓦》入选2006年全国高考语文试卷。先后获过《诗刊》全国诗奖、台湾《联合报》文学奖、《中国时报》文学奖、梁实秋散文奖、台北文学奖、屈原诗歌奖，河南省人民政府优秀文学艺术成果奖。

三、"书写生生不息的大地，记录永不再来的时光"
——周瑄璞访谈录

李勇：谢谢周老师接受访谈，也祝贺《芬芳》的出版！《芬芳》开头写的是杨烈芳离开西安，和那个死了老婆、大她一轮、有钱的南方商人离婚。这个开头是经过斟酌和选择的结果么？为什么要这样开头？之所以这样问，是因为这是小说中间的一个情节，我原本期待着有个首尾呼应，但它是中间插入的，或者说摘出的一个情节。我不知道这样开头是否暗含了深意？

周瑄璞：你说的是楔子部分。我想用简短的文字抛出杨烈芳这个"线头"，凸显出她的独特性格，她和前夫的两句对话有先声夺人之感，像是她命运的速写，引起读者的好奇。

一部几十万字的长篇小说，是庄重沉稳、舒缓悠扬的，但在这个基调上，我想有一些轻松别样的色彩，有闪转腾挪、自由灵动的切入方式。再者，我喜欢火车，尤其是那种绿皮火车。一定要是夜火车，夜晚适合回忆，有神秘浪漫的色彩，火车也象征着这部作品，承载着众多人物命运，从某一个站点缓缓启程。紧接着第一章20世纪70年代的麦收，是这趟列车将我们带向遥远的过去，顺着时光之河回到从前。

李勇：在《多湾》里，你用的是"顺叙"，整个故事是按时间一贯而下的。《芬芳》的开头却是这种"插叙"的方式。这种叙述方式看起来似乎是更"现代"的。《多湾》更"传统"，甚至在有的人看来是过于"传统"了。但其实，除了开头之外，《芬芳》还是基本上延续了《多湾》那样的"顺叙"的方式。我个人是更喜欢《多湾》那种叙述方式的，在我们几年前做的那个对谈中，记得你曾经说过，《多湾》那种叙述方式是更顺应着你自己的生命感觉的，你也曾试过不那样写，但总感觉别扭。那么这次呢？是有意识要用"不一样"的方式来叙述一个新的故事吗？

周瑄璞：不能每次都是完全一样啊。这次，其实也并没有用什么十分特殊的方式，还是传统的"顺叙"。我喜欢文学本身的庄重感，而不愿意搞形式大于内容的、神神玄玄的写作，我认为一个作家应该将语言打磨到每一页翻开都能读进去，有没有故事都能看进去，而不是动用什么"技巧"。我学不来，也不愿意去钻研什么技巧，我用我耐心的语言和诚实的叙述以及人物命运和时代烙印来打动人。

相较于三十八岁时书写《多湾》，现在的我，已经是个年过五旬的女性。生命及情感节拍舒缓起来，不像十多年前那样紧绷，叙述中总有一种疼痛拉紧的感觉，现在少了生命的尖锐紧张激烈，多了一些从容淡然。这是一种自然表现，而不是有意为之。

李勇：我觉得《多湾》《日近长安远》《芬芳》可以称为你的"返乡三部曲"了。不过，把《多湾》《芬芳》称为"姊妹篇"似乎更合适。与《日近长安远》相比，另外两个作品的人物、故事、精神格调、艺术风格，都更为接近和相似。它们唤起的阅读感受，也更趋一致。但是毕竟隔了这么多年，写《多湾》的时候，跟写《芬芳》的时候，世界、故乡，包括你自己，都发生了很多、很大的变化。所以，触发你要写《芬芳》这个长篇小说的原因到底是什么？

周瑄璞：我更愿意称她们为"大地三部曲"或者"乡土三部曲"。"返乡"好像说明是有距离的，而在我心中，与故乡大地没有距离，情感总是一步到位。

"姊妹篇"一说，你感觉挺精准，作家出版社也即将再版《多湾》，正是要作为《芬芳》的"姊妹书"出版。这两部书和《日近长安远》的区别在于，"姊妹书"写的是生生不息的大地、大地上的人们及日常，是首先触动我自己的生命记忆，而《日近长安远》写的是他人，写的是人物命运和人生故事，它更像是一个寓言故事。

《多湾》写的是自己家族的经历，《芬芳》虽然完全不是，但我却当成童年回忆录来写，作品从20世纪70年代写起，恰是我人生记忆里的乡村生活，我不厌其烦地写了琐碎的日常生活，并试图将它们写出诗意和温暖。中年之后，总爱向回看，回忆生命中尤其是童年的点点滴滴，想把那些再也不会回来的时光详细记录和挽留，于是就要写一个长篇，让人物，尤其是众多女性在时光长河里慢慢流淌、成长。很多情节都凝聚着我心底对故土最深切的情感记忆。我写了大量生动鲜活的乡村志，比如烧鳖子用麦秸、做饭烧秸秆、蒸馍蒸红薯、烧柴火棍、劈柴等。随着时代的发展，我们再也看不到这些画面了，我想把人类历史上不会再有的情景记录下来，让人们若干年后看到这些依然能感到亲切和温暖。

这就是我写作《芬芳》的初衷吧：书写生生不息的大地，为普通人画像，追忆似水年华，记录永不再来的时光。

李勇：我在读《芬芳》的时候总是想到《多湾》，它们确实有很多相像之处。你在写的时候，有没有刻意考虑过回避《多湾》，或者说回避过去的那个自己？

周瑄璞：当我书写中原乡村的时候，不管写哪里，其实在头脑中闪现的都是我大周村的模样，不论哪个村子的人，都是在我大周村街里走动，那么不可避免地，腔调和气息是相同的，会与《多湾》有所重合，偶然地会有相同的句子和场景，这是在配合作家社的再版工作，重读《多湾》时发现的。相隔十多年，竟然一些语句、一些场景、一些表达方式高度相似，因为去年写《芬芳》时，也没想到她会和《多湾》成为"姊妹书"一起出现。两者相距八年出版，偶有重复倒也没什么，放在一起出版，就应该避免，于是我删掉了《多湾》中与《芬芳》重复的几句话。

《芬芳》中基本没有我个人的影子，但人们读后会认为西安归来的丽雯是我，那随便吧，这是个无关紧要的人物。

李勇：和《多湾》相比，《芬芳》的结构似乎更"散"。它好像有意消解了人物主线，当然，引章、烈芳兄妹的故事篇幅更大，但也不能算是绝对的主角。这种比较"散"的结构，也是斟酌、选择的结果吗？跟这两个作品比，《日近长安远》人物主线就更突出。

周瑄璞：越过几十年的时光，书中所写的 20 世纪 70 年代的生活画面，变得愈发珍贵和美好，或者我试图美化它们，详细地写人们如何做饭吃饭、穿衣花销、过日子走亲戚，有些段落就像是散文，可单独摘出来阅读。这种比较"散"的结构与形式，并不是斟酌、选择的结果，而是情感的自然流露和漫溢。我老家人形容人在说话，用"秧秧秧"，我的理解就是像豆角秧一样随意攀爬、闲扯。再加上年龄原因，比之《多湾》和《日近长安远》，也变得松弛了许多。《多湾》，写自己家族的故事，有着切肤之痛，再加上那时年轻(三十七八岁)，总有着一种尖锐、紧绷、激越的感觉。而《芬芳》是用一个游子回望故乡的眼光，看每个人都可爱，一人一物、一草一木都想写，于是将他们集中在一条过道里，把我知道的、听说的人物命运漫漶地一路书写下来。可能就是你觉得"散"的原因吧。我个人没有感觉到，经你提示，审视这几部书的创作，或许这是一个作家应有的风格走向吧。金宇澄老师如果年轻时写《繁花》，不会写成这样，不会有耐心讲述那些细碎动人的日常生活。所以跟年龄有关。

是的，《日近长安远》的故事性更强一些。主题明确，主线突出，篇幅紧凑。因为我意不在抒发乡情，书写大地，而只是想写女人对自己身体的开发利用方式不同而有了不同的命运，想写一个恒定而荒诞的自然法则、生活法则。也就是说，《日近长安远》几句话能说清，而《多湾》《芬芳》说不清，需要用较大的篇幅来表达。

李勇：每一个题材，每一种人生故事，每一次写作，似乎都应该对应着某种特定的小说结构，这三部作品里，我个人更喜欢《多湾》和《芬芳》那两部"散"一些的作品。它们更有一种生活本然的形态和样貌，真挚而朴素，温馨而感人。

周瑄璞：这真有意思，今天一个人告诉我，三部作品中他最喜欢《日近长安远》。看来，不同的读者有不同的理解。

是的，"姊妹书"是生命深处的情感，厚重的、宽泛的、阔大的，是阳光空气风雪雨露，是四季轮转，我喜欢这种书写，像颍河水一样，漫漫溏溏地流淌，水面较平，你几乎看不到她的流动，但其实她在流淌。更像是土地一样深厚、包容，生长万物。这是"日子比树叶还稠"的耐心描摹。我喜欢《繁花》这样的作品，不加道德预设，也没有非文学因素，不依附所谓的宏大叙事，就是凭着一颗文学之心仔细地还原那些一去不返的时光，她就是那么琐琐碎碎但魅力无穷。不要说这很容易，不就是记录吗、还原吗？其实这是有难度的写作。没有奇遇，没有巧合，没有大起大落，没有外部光环，只将过去的时光细细道来，将人心一一呈现——是真实而勇敢的呈现，只有好作家做得到。

李勇：说到《芬芳》的结构，延伸出一个有意思的话题，那就是你小说的地域风格问题。你觉得自己更像陕西作家吗？有人说陕西作家是一种"史诗风格"，但其实《白鹿原》《平凡的世界》，都是人物、故事极为突出的现实主义之作，跟你那种缺少大悲大喜、跌宕起伏的故事和情节、人物多是被放置在更接近日常状态里塑造，还是很不一样的。

周瑄璞：我当然是一个陕西作家，也追求史诗风格或者诗史胸怀，但史诗并不一定非要是宏大结构、大悲大喜、跌宕起伏。我对"大"和"正"有一种本能的戒备。很多时候，大即是空。我愿意将笔触落在细处，落实到具体的人与物上。《芬芳》尾声，我写到："这个季节，大地总是这样，一望无边，玉米黄豆，黄豆玉米，外加一点花生地，高高低低，低低高高，不知疲倦地铺展，单调成一部史诗"。这种恒定、单调而伟大的事物，就像芸芸众生一样代代相传，默默无闻，这才是真正的史诗。当然他们也给作家提出了要求，就是具有写好这一切的能力。你先去真心地热爱，才能将感情倾注于此。

李勇：刚才说到《日近长安远》，我个人虽然读另外两部作品更受触动，但《日近长安远》中有一个情节却印象极深，就是写到那对闯荡西安，在康复路开早餐馆的夫妻，由那对夫妻写到那条路的繁华荣辱，那大概是从20世纪80年代到90年代再到新世纪？具体时间记不太清了。那条路，可谓一个时代的缩影。《芬芳》中也有一对因为在故乡受到不公平待遇而出走北京的夫妻，虽然他们在北京的奋斗故事没有充分展开，但也能想象，那应该也是很相似的故事。在你的笔下，这种对时代，尤其是从90年代至今这段社会转型史的勾勒，似乎饱含一种特别的时代沧桑感。在你进行写作的时候，是否有一种为时代造像的冲动？还是说一切都是自然而然的？

周瑄璞：康复路是一个时代符号，在二三十年里，统领着西北及周边省市的服装批发业务，人流量及货流量大得惊人。普通百姓，好像没有人能离得了她。在西安，很少有人说他没来过这里、不知道这里。犹记得八九十年代，这条街上的货物带给人的惊奇与眼花缭乱。那是刚刚走出物质匮乏的国人，领略着来自南方的各种新式衣物，感受着遍地都是钱、风从南边来的冲击。真真是一个时代的风潮和缩影，我一想到要将我的主人公安放在这条街上，整个人都兴奋起来，血流的速度都快了。要写一个奋斗人生，要写一个发财梦，怎能不写康复路？现在看来，那二三十年，像是一场梦，结束了。康复路的兴盛和消亡，一去不返，可遇不可求。我很庆幸，自己在作品中写到了这里。

若你仔细阅读或者记忆力好，就会发现，"大地三部曲"中，都有着农村人到城里倒卖服装的描写，那是因为20世纪末我村有好些人在西安倒卖服装，他们一个带一个，成群结队，某一条街上，服装摊贩大部分是我村的人。当然，他们跟康复路密切相关。按照写作顺序，《多湾》《日近长安远》都写到主人公在西安卖服装，到了《芬芳》，实在不能再写西安倒卖服装了，于是我让他们到北京去。引庆夫妻到北京告状，是我听来的一个真实故事，于是我让他们就"窝"在京倒卖服装算了。因为对北京的服装行情不熟悉，所以没有讲述他们的打拼，只写到他们三十年后归来的殷实和幸福，表示他们在那儿干得挺好。他们上京告状能得到善待，证明首都有更宽广的胸怀容纳一切。

李勇：刚过去的 2023 年，"70 后"女作家推出了很多优秀作品，我读了《宝水》《烟霞里》《金色河流》。为时代造像，她们似乎都有这种"冲动"。这应该不是偶然。是年岁到了么？还是说有其他原因？

周瑄璞：这不是偶然，而是年岁到了。"70 后"已经年过半百，之前觉得这个词很可怕，但走进来，也挺好的，慢慢发现，一生中的每个年龄段都很好，都是不可复制的经历与感受。尤其是女作家，走过了情感迷茫期，走出了都市丽人梦，将目光投注于更广大的生活、更广大的人群，珍惜和回忆时光。像河流一样，从高山峡谷中穿出，河床宽展舒缓，作品也自然变得厚实起来。

李勇：时代和历史在不断变迁，但还有一种不变，那就是人心。对于忠诚、善良、美好、正义，任何时代人们都有不变的企望。《芬芳》里读得最感动的是小秋寻亲，那么小的孩子出于对身世的好奇，怯生生地一个人跑到她出生的村子。那一段写得特别好。等小秋长大成熟了，她又路过了那里，骑着电动车，穿村而过，却早已没有了认亲的冲动，而只是对大地的热爱，和过往的唏嘘。小秋一段是小说最具有故事冲突性的一段，但你始终没有在这个最具有冲突可能的地方制造冲突。我觉得这里，最能凸显一种朴素而坚韧的道德观。《多湾》中的河西章也好，《芬芳》里的前杨也好，《像土地一样寂静》的大周也好，这些虚构和非虚构的所在，它们凝聚的那些善良美好，更多的是现实性的，还是更理想化的？

周瑄璞：我不喜欢传奇，也不愿意制造冲突，不会写出让人吓一大跳、吃一大惊的情节。我本能地避免冲突，我希望人与人之间体体面面、好商好量、好合好散，我愿意受伤的人躲起来自舔伤口，我写不出杜十娘痛斥负心汉怒沉百宝箱并且被围观的那种戏剧化情节。于是我笔下的素芬说："既是这样，我就走远远的，也不叫人家不耐烦咱"。素芬在书中纯属虚构，我只是听到村里人说过一件事：那一家坏良心，那么好的媳妇，不要了。于是我设计了素芬的形象，一个作家的目光注视着这个可爱的女子走出伤痛，好好地生活，走自己的路。

太阳底下，永无新事。人性千百年来，从未改变，变的只是道具。人对自己的来处，抱有好奇和探寻，一个小小的孩子，更是对这一切感到惊奇。她跑到木锨王的目的，可能自己也搞不清，那只是生命的冲动，血液的流动，而长大之后她再走进那个村庄，是审视，是梳理，也是给自己内心一个交代。

村庄是经过我的眼睛观察、过滤和思考的村庄。没有更理想，也没有更糟糕，我自认相对真实地写出了中原乡村。

李勇：中原这块土地，自改革开放以来，承受了太多的转型阵痛。几十年里，这土地的传统和历史之深厚和固滞，现实发展之负累重重，某种程度上导致河南当代作家在表现这块土地的时候，多是一种尖锐的批判性姿态，那甚至成了河南文学的某种"标签"和"个性"。但那种充满"痛"感的文字，在你这里却是相对比较少有的。对于同一块土地，这种差异性书写，你觉得原因何在？

周瑄璞：我很愿意谈谈这个话题。文学本就是个性化的表现，每个人写出的风貌、面向、色调是不一样的，这与个人的性格及成长经历有关。我不到十岁离开家乡，被父母接到城市上学。也就是说，我还没有来得及体验到土地带来的束缚和严酷性，就离开了她。我在《像土地一样寂静》中写道："村庄对于一个孩子来说，是安详圆润之所在，长大之后，再回大周，听到人们所说诸多事情，爱恨情仇（我本写的是'男盗女娼'，被编辑改成'爱恨情仇'），鸡飞狗跳，像外面那个世界一样的复杂纷乱，我大为吃惊，怎么小的时候不知道呢？那时的人不做这些事吗？想必是那个成人世界，对一个孩子隐瞒了这一切，只呈现给她慈祥与平静"。我眼中的乡村，一直都是安静、慈爱、美好的，乡村的我，是被保护被关爱的，我感到的只有懵懂、快乐与温情，一切"少儿不宜"都被挡在视线之外，我在她面前永远都是当初那个赤子。童年决定人的一生。所以我笔下的乡村，总是温情脉脉的，没有那些长到成年才离开的作家那种复杂的心情，对土地与家乡亲人的爱恨交织，因为不能离开而产生的怨恨。也就是说，我没有亲身感受到这片土地上的严酷性，没有被她粗粝地揉搓过、挤压过。或者说，那种严酷与我无关，我只是一个观察者。比如看到家乡人的生活与遭遇，我也会想象，假如当年我父亲没有把我们带出去，以我平凡的资质，肯定也考不上大学，那么就像这片土地上的女性一般，匆忙嫁人、无边操劳、生活单调……历史没有假设，命运的改变只在一瞬间，我九岁那年便沿着另一条稍好稍宽的路走开了，好像是有幸逃开某一种不好的境遇。所以故乡对我来说一直是温暖和情义。你没有发现我的作品中多次写到还乡吗？各种各样人的还乡，我很愿意写这样的情节，我充满感情，不厌其烦地书写。

距离产生美，我曾以为此生会一直这样远远地回望着、思念着、寄存着这份美好，再也不会与她有什么瓜葛。我想不到，会在离开多年之后，再次将目光投注于她。走上写作之路，尤其是中年之后，觉得只有这片土地才能安放我的文学梦想，于是不断地回去，将这里作为写作根据地。一旦推开这扇门，亲切而广阔，几乎没有任何陌生与隔阂。故乡对我仍然那么宽爱，多年以前因为我是个孩子，现在因为我是"城里人"。

双脚踏上这片土地，她便慷慨地向我敞开怀抱，献出所有的素材，真是宽阔而慈爱的母亲。我近年来的文学成绩都是故乡厚土赐予的，我对这片大地，始终怀着眷恋和愧疚的心情，因为我每次归来，都是一个索取者，想要从这里得到什么，比如素材、故事，比如来自家乡人民的关注、支持、鼓励，而我没有什么能够回报的，我甚至没有能力从经济上多帮帮他们（我无数次幻想我是大富翁，给故乡投资，让他们有钱，让他们开心）。那么只能埋头写作，让故乡大地上默默一生的、可亲可爱的人民被更多的人看到。

我曾在网上看到有读者评论我在《像土地一样寂静》中充满优越感，我反思了自己。或许作为一个故乡的幸运儿，我不自觉地在作品中流露过这种轻浮的情绪，这很不好。为此我要重新思考我的写作，真正做到与故乡亲人感同身受，体谅他们的艰辛和不易。

李勇：这几年关于乡村的写作，人们讨论比较多的话题之一，就是它的前途命运问题。这当然也关涉到现实中乡村的命运问题。乔叶笔下的宝水村，那是个新农村，但那种发展势头好的新农村，毕竟不是多数。《芬芳》中你写到杨引章回村，面对萧条破旧的老屋，面对老去、逝去、离去的亲人和青壮年乡亲，黯然神伤……那其实是当下农村更普遍和真实的样态。像你这一代，还是有浓厚的故乡情结的，更年轻的作家就不一定。你怎么看待乡村和乡村文学未来的前途命运问题？

周瑄璞：我们不能以眼下暂时的"萧条破旧"来下定论，应该把镜头拉远来看，这只是几十年的变化。我们这个有着几千年农耕文明的国家，一切都在变化之中，第一步，农民摆脱土地的束缚，去往他们想去的地方，选择自己的生活，这就是几千年未有之大进步。至于未来怎么走，无法预料，但是，不论何时，土地都是最宝贵的财富，她具有强大的修复能力。就凭这一点，乡村不会凋敝。有人外出打工，就有人守在家乡，将农业做成产业。我所见到的中原农村，除了一些宅基地，连一小片闲置的土地都没有。当土地可以源源不断地产生价值和财富，那就不必只是用感情来吸引人。

总之，我对未来中原乡村，仍然充满希望，她不会凋敝，她在寻找和调整，她会变得更好。

李勇：河南人足迹最多的省外城市，西安、武汉，应该是数得着的，因为离得很近。你的作品写的是河南和西安的交叉。年轻一辈的河南出生的作家，有的写北京，有的写深圳、东莞，有的甚至走到了海外。就你的阅读来看，你觉得你们之间有没有一种共同性？对年轻一代作家的写作，你有什么看法和印象？

周瑄璞：每个人的写作，都脱离不了自己的生活。我的"大地三部曲"中，总有外出的人们来到西安，在这里寻找生活。一是我熟悉西安，写起来得心应手，再一个是我从感情上愿意写到西安。于是我作品中的人，常到西安来谋生、发展。

据我有限的阅读，年龄相近的作家，尚能有一些共同性，比如我和乔叶。至于更年轻的作家，共同性很少，他们受教育程度更高，接受新事物更快，处在向外走、向高处飞升的时期，而我个人能力有限，又到了回望和驻守的年龄了。

年轻人怎么写都是好的，都是对的，都是一个必不可少的路程，我祝福他们。

李勇：刚才谈到"70后"女作家，这一代作家，也包括"70后"男作家吧，曾经有不少人都提出过批评，说他们是"历史夹缝"中的一代、成材太晚等。当然，现在"70后"作家已两获茅盾文学奖，但是否能改变人们的固有认识，还是存疑的。我个人觉得，你们这一代生在70年代，长在八九十年代，又在新世纪之后这个非常特殊的历史时期步入了生命的成熟期，然而于文学来说，近二十来年却又是一个巨变的时代，文学的生存环境，甚至它自己的形态，都发生了太大变化。所以讨论这一代，甚至更年轻世代的作家，可能需要建立一个新的价值坐标体系。我不知道你对这个问题怎么看？

周瑄璞：看看，这一套说辞和规定动作又来了。别人怎么看那是别人的事情，你们评论家怎么评也是你们的事情，贴标签有利于你们研究、归类，那就贴呗。这些其实都与我们无关，我们"70后"就长成了这样，写成了这样。我仿佛看到一个画面，我们坐在这里写着、想着，而你在一边观察着，指点着评说着。那我们各司其职，做好自己吧。

　　李勇：对"70后"的批评确实有粗疏和浅陋之处，这个必须承认。实际上，文学研究的代际视角本就有"先天"局限。我个人倒也不赞同那些时常人云亦云的批评。但"代际"之说，说到底主要还是一种社会历史视角。而我个人觉得，你们这一代作家从出生到成长、成熟，确实也经历了一个足够特殊的中国社会历史发展阶段。这样一种特殊性，必然也会造成一种与众不同的生命和文学气质。这一点无法在这里详细展开，以后有机会再谈。我还有一个可能也潜在相关的问题，那就是在影响"70后"——其实也不止你们这一代——作家的因素中，有一个就是文学体制。现在的具体情形，我不是特别清楚，因为我没有在作协，是不是比如现在要写一部长篇小说，作家是可以先申报"项目"，作品出来还有一整套相应的推出流程，推介、宣传等的。你觉得这些外部性的"支持"，对于你的创作有什么作用和影响？

　　周瑄璞：是的，这套流程你我都很熟悉，我们都在体制之中，也时常受惠于此。外部性的支持也很重要，一个作家，外因和内因都起作用，才能写出好作品。当然最重要的是内因，并且外部的支持也是你这个内因有了一定的基础，值得支持了，才会来支持呀。所以这是个相辅相成的关系。

　　总之，不论怎样，作家都要先写出好作品，才能等待机遇、扶持、转化等一系列的外部关注。

　　李勇：现在一个作家写作，这种体制性的支持是否是一个主要的生存支撑？除了这种支撑外，是否还有其他的支持可能？

　　周瑄璞：体制性支持可在阶段内解决一些暂时问题，比如我们陕西省有一个"百优作家"机制，五年一个阶段，入选作家每年有四万元的补助，我曾经也是受惠者。对于专心写作的生活困难者、没有职业没有工资者会起到很大作用，起码解决了基本生活问题，可让你安心写作。但能不能最终出成绩还是要靠自己。这世上任何一个支持机制也无法把一个水准不够的作者推向文坛，只有你自己写出来才行。中国作协也会有一些项目支持，给予一点经济补贴。但对于一个真正的写作者来说，不应该依赖于这些支持，或者说不能长期依赖。有了更好，没有也不影响写作。那些说因为没有得到支持而出不了成绩的人，是为自己找托词。优秀的大作家，哪个是支持出来的？都是自己冒出来的。文学毕竟是一个面向读者、面对市场的事业，你必须要得到读者和市场的认可。

其他的支持，偶有一些热爱文化的企业家，会资助作家，给他提供经济或其他方面的帮助，这种事非常少，我十多年前听说过，后来不了了之。总之，一个作家不应该过多期盼外部支持，而是强大自我，用写作立身，养活自己。

没有无缘无故的支持，写作之路，没有一劳永逸，也没有功劳簿让你从此躺平。

李勇：你这几年都在返乡，除了"大地三部曲"之外，还写了《像土地一样寂静》这样的作品。后续是否会在这个方向上继续深挖？有朝一日，会不会有疲惫之感？

周瑄璞：是的，继续深挖。疲不疲惫，谁知道呢。累了就歇歇呗。我奶奶说：力是奴才，歇歇回来。

我一直认为，不是我在写作，而是文学塑造了我。在文学和故乡面前，我仍是那个初心不改的赤子。写作之路，且行且珍重。

【周瑄璞简介】

1970 年生，中国作家协会会员。

著有长篇小说《多湾》《日近长安远》《芬芳》等多部，中短篇小说集《曼琴的四月》《骊歌》《隐藏的力量》，纪实文学《像土地一样寂静》等。

在《人民文学》《十月》《芙蓉》等杂志发表中短篇小说，多篇被转载和收入各类年度选本，三次进入年度好小说榜单。获得中国女性文学奖、柳青文学奖、河南省第十三届精神文明建设"五个一工程"奖等奖项。

四、"小说的魅力让我欲罢不能"

——赵文辉访谈录

李勇：谢谢文辉兄接受访谈！看相关资料，你的第一本小说集名字叫《布衣心情》。你的老家具体在哪里？什么契机让你开始喜欢文学？

赵文辉：我的第一本小说集《布衣心情》，1998 年由内蒙古人民出版社出版，2000 年有幸荣获"第一届河南省文学奖——青年作家优秀作品奖"。入围消息在《大河报》公示，当时在卫辉顿河店乡政府上班的安庆打电话告诉我的。

我的老家叫南姚固村，隶属于辉县市，1988 年县改市时，不知哪位决策者给起了这个名字，不伦不类地让这个豫北小城的文化人很没面子。南姚固村的来历县志里有记载，是元朝姚枢退隐时所建，儒学名村之一，文脉流长，读书习字之风甚热。目前有中国作协会员一名，省作协会员八名，中国书协会员一名，还成立有全村唯一的村级作协。

我最早喜欢文学应该是受武侠小说的影响，初中时期读梁羽生和金庸的那些小说。当时还和班里一个叫李连发的同学合写了一部武侠小说《燕山双侠》，其实我俩连燕山是哪里的都不知道，全是靠想象胡编的。另外就是受广播剧的影响，路遥的《人生》听得如痴如醉，之后很长一段时间，我一直在寻找生活里的刘巧珍，从不敢以高加林自拟，只想做个幸福的马栓。

上了中专以后，接触到一些文学书籍和文学杂志，才开始写作投稿，走上了这条路。

李勇：你发表第一篇小说是在哪一年？具体是什么情形？

赵文辉：第一篇铅字叫《苏门山散记》，小说不像小说散文不像散文，发表在1989年7月7日的《新乡晚报》副刊。那时我已参加工作，在一个叫"赵固轧花厂"的乡棉站当棉检员，孤独和失意促使我向文学靠拢得更近，看书、写作、记笔记、买邮票信封，忍受着棉站出纳的一张臭脸去会计室要方格稿纸，星期天骑车去六十里外的县城报刊亭买杂志，这就是八小时之外的生活。一开始写的都是报纸副刊文，那种略微带点虚构成分的生活随笔，一直到1993年，发表在《短篇小说》第3期的小小说《小玉》被《小小说选刊》第6期转载，我才真正有了文体意识，确定了自己的文学方向：写小说。那一年，我的小小说《小玉》和短篇小说《挡车工小丽》双双获《短篇小说》年度奖。

因此，很多时候，我把《小玉》当成自己的处女作。

李勇：我不了解你早年读书的情况，你生于1969年，对20世纪80年代文学火热的年代应该是有经验和记忆的。自己走上文学道路，是不是跟这种经验和记忆也有关？

赵文辉：说到这个问题真是脸红。小学初中在农村上的，除了语文课本，除了武侠小说，一本文学作品都没看过。我上的中专叫新乡供销学校，前身是新乡地区财贸干校，给供销社培养实用人才的，根本没有那种想象的文学氛围。上课看《小说月报》，老师逮住我就把书没收了。我开始投稿时已是20世纪80年代末了，错过了作家们经常提到的把信封剪个角就完事的时代。我当时看的最多的就是文学杂志，喜欢哪篇就多看几遍开始仿写，写完就按杂志上的地址往外投稿。"泥牛入海"这个词在我身上应验了，发表不出来挺着急，又投师无门，只好上文学函授，《飞天》《三月三》《短篇小说》《百花园》《中国校园文学》《女子文学》，工资花在这上面不少。不过当时的编辑非常负责任，一篇小小说，能给你写几页指导意见，比原稿还长。

李勇：我看你的自述，2000年的时候参加的河南省文学院研修班，那时候三十出头，应该是很年轻了。参加这个研修班，当时是需要什么条件？那时是不是很受鼓舞，所以接下来几年才决意做一个比较纯粹的写作者？

赵文辉：参加省文学院高研班是由地市作协推荐的，发表过一定作品、年轻化、热情高，好像就这些条件吧，新乡学员最多，一共6个，冯杰、安庆、尚新娇、王春花、王保友和我。省文学院宾馆刚刚建好，我们是首批入住者，床单被褥、浴缸脸盆雪白雪白，伙食也不赖，南丁、张宇、孙荪、李佩甫、墨白等省内名家悉心授课，对学员爱护有加。我们之前被老师们的作品震撼过，崇拜得要命，这回"见到下蛋的鸡了"，自然激动不得了。埋头听课之余，一门心思想着如何能写出《学习微笑》《活鬼》《败节草》这样的小说，单位、家里的事统统抛在了脑后，皈依文学之心日盛。

当时我是县里最大一家超市的副总，学习结束后觉得这份工作有碍创作，干脆写了辞职报告，去《新乡广播电视报》当了一名副刊编辑，后来《平原晚报》创立，又去那里接着编副刊。安庆也把顿河店乡党办主任辞了，去新乡作协编内刊《牧野》。尚新娇在我俩之前就把辉县房管局的正式工作辞了，来《新乡日报·晨刊》当编辑。其实做到我们所有人头里的是尉然。这家伙入学前就下岗了，还离了婚，花500元在县城租了一间房，过着"专业写作"的独居生活。读书期间，已经写出了让他一夜之间暴得大名的小说《李大筐的脚和李小筐的爱情》。

李勇：看你自述里，做了几年纯粹的写作者之后就又回到老本行了。是不是因为尝尽了写作的甘苦？甘肯定不如苦多，不然也不会又重归老本行了。

赵文辉：李教授，不是回归老本行，是丢下创作开始开饭店，用这种方式来养家糊口。在新乡编副刊那几年我是啥也不想，一门心思把小说写好。为了减少与外界联系，我把手机号销掉开通了一个小灵通，很少告诉别人。听说我姐的面包车让交警扣了联系不上这个在报社上班的兄弟，气得把电话都摔了。就这样不管不顾、昏天地暗地写了几年，中、短篇"攻克"了很多期刊。当时上有老下有小，微薄的工资难以养家糊口，经济非常拮据，一次水果都没买过，和安庆到处找房租低的房子，大热天住在顶楼，没有空调经常夹着席子去公园睡觉。尉然来访，也跟我们一块夹着席子去路边公园凉快，到后半夜才返回出租房。

2006年年底，我开始向生活妥协，创办了一个婚礼主题酒店，用的是我的第三本小说集的名字——豫北乡下。

李勇：一边写作，一边当酒店经理；或者说一边当酒店经理，一边写作。一个人同时做两件事，确实不容易。更何况作家这个活，是需要"沉潜"的，专心致志都不一定能做好。但生存，又是我们首先要面对和解决的，所谓"生命第一要义"。我看你自传里说了两次决意离开俗务，投身读书创作，这很不容易啊。文学在这个年代又带不来多少名利。所以我觉得，你的离开和回归，从根本上说应该还是对文学有一种绕不开的，或者说挥之不去的情结吧？

赵文辉：对小说真的是割舍不下，可是酒店的节奏陷进去就不好往外拔了，文学一下子和我成了陌路。整整八年，就看了几本书，写的小说更是屈指可数。因为开酒店打开了自己，跟县里村里很多人建立了往来关系，红白喜事都要参加。每天一睁眼都有一大堆杂事在等着你，永远都处理不完，既没时间思考，也没时间厌倦。搞得我越来越心神不定，这种密不透风的日子要把我毁了。梭罗在他的《瓦尔登湖》里写道："我们的生命在琐事中浪费掉"，这话一点都不假。

作为一个生意人，对小说又不死心的家伙，我的真实感受是，挣钱是上瘾的，也是痛苦的，因为手中的笔迟迟不能开始。稠密的生活固然能带来丰富的创作素材，但是对创作也是一种阻挡和伤害。正如卡尔维诺所说："谁想看清尘世，就应同它保持必要的距离"。2016年下半年，我痛下决心，把酒店股份让给一部分员工，一头扎进了家乡的深山。第二年彻底转让给了一个同行，做得非常决绝。

　　李勇：有人说你开酒店和写作相得益彰，写作和生意能互相成就。真实情形是不是这样？

　　赵文辉：万物都是相生相克的。开酒店有几年，生意好得一塌糊涂，我把赚来的钱全部买了门面房。这步棋走对了，每年的房租在豫北小县城足够一家人生活，作为一个体制外的人（我的确切身份是"城关供销社下岗职工"），再不用担心吃喝问题了。这对创作当然有益。另外在开店的过程中我特别注意发现、收集原创性细节，始终相信一个好细节可以支撑一篇小说的说法。好素材总是不期而遇，增加了"餐饮人系列"小说的生动性和好看。这是有益的一面。

　　2018年我再次出山，开了一家新店，就是现在这个豫北书香大酒店，疫情三年，算是没有死掉，元气可是大伤。为了打翻身仗，今年我一直守在店里，每天十几个小时工作量，创作又间断了。这样停停写写，写写停停，对创作是有损害的。写小说是门手艺活，停业的时间长了就会手生，每次回归，都需要很长时间恢复。作家不是一只水龙头，随时拧开就能哗哗出水。

　　李勇：看你这半生，一直在"餐饮人"和写作者之间兜兜转转。而你的写作，至少目前我看到的被大家称道的作品，都是和你自己这段（种）特殊的人生经历紧密相连。那是你独有的生活，它也成就了你的创作。你觉得这段生活，目前来讲，还有多少内容是你想写还没有写的？

　　赵文辉：2006年开店至今，干这一行已经18年了。其实我接触餐饮比这还早，1999年我在县供销社办公室工作，被下派到县社二级机构——华合酒楼任经理，干了两年。那段经历，我写了一个中篇《那一年的姹紫嫣红》，是写得最早的一个餐饮人小说。这个小说只是对那段生活的留存，个人情感注入得少，和现在这个系列的里的其他小说不一样。

　　有那么两年时间，我"隐居"在太行山最深处一个叫轿顶山的地方，攻读"短经典系列",开始审视我多年的酒店生活,时常一个人为之动情。慢慢地,一个个鲜活的人物跳了出来。我开始用文学的眼睛、小说的语言回味整理这些往事,着手我的"餐饮人系列小说",我想认真地写写他们——我的服务员和厨师,写写餐饮人的卑微和不易,生活的失败和挣扎,还有他们心底深藏的阳光。

目前已完成 12 个中短篇,以饭店厨师、服务员和客人之间的纠葛为主,着重于人的际遇,分别发表在《中国作家》《长江文艺》《小说月报·原创性》《莽原》等期刊,部分被《小说选刊》《北京文学·中篇小说月报》转载。下一步我打算写写菜品和美食,写写那些懂美食的人,目前手头就有一个中篇《知味者》在构思中。之前我读过一些美食方面的书,袁枚的《随园食单》、梁实秋的《谈吃》、冯杰的《说食画》。想法也有一些,我想写写某些人旺盛的食欲,为吃不上可口的早餐而委屈一整天的中年男人,还有一些鲜为人知的卤肉、煮面手段。

李勇:我上一个读到的搞创作的餐馆老板,是荆永鸣,一个东北作家,当年在北京开餐馆,写了很多自己的经历,像《北京候鸟》等,当年影响还颇大。读后印象很深。读你的小说,常常会想起当年读的他的那些作品。不知道你是否读过。我孤陋寡闻,这类题材,除了你们之外,是否还有其他人在写?

赵文辉:我知道荆永鸣,也看过他的作品,《北京时间》《北京候鸟》《大声呼吸》等,那几年很流行的底层写作,写得很棒,可惜英年早逝,挺让人惋惜。餐饮这个题材,我还真不知道有没有别的作家在写,特别是专门写这个的。偶尔涉猎餐饮的作家时常碰到,而且相当精彩,比如乔叶的《厨师课》,阿成的《私厨》,关于吃的人和事,真是写绝了,不愧是大师手笔。

李勇:写自己这种特定的餐饮生活经验,是不是也进行了一番考量和选择?有一个从无意识到有意识的过程?任何一个题材,就像一口井，都不可能取之不竭、用之不尽。题材本身生活内容有限，作家本人，尤其是读者，也可能会疲惫。你这个阶段是否有这种危机感——如果餐饮人题材写尽了、写厌了，怎么办？

赵文辉：我这个人天赋差，少才气，是靠笨功夫创作的，喜欢跟人"比肉"，靠数量获得认可。"餐饮人系列"之前我一直在写"豫北乡下系列"，写了80多个小小说、30多个中短篇，中短篇小说集《一个人的豫北乡下》在省文学院开过一个研讨会。我喜欢这种写作方式，这两个系列完成后，我会接着写"小中专生系列"。我是20世纪80年代的小中专生，由初中直接考上的中专，这一代人命运大多坎坷；先是转户口吃皇粮风光得不得了，后来没进体制内的又都下岗了，生活非常不容易。

当然，写小中专生这个系列，我也不会仅仅为了表达这种愤慨。这样的话，格局太小了，我想挖掘这些小中专生身上宝贵的东西，那些金子般的思想品质。

李勇：这些创作系列目前得到了哪些支持？我的意思是来自作协或其他方面的支持，或者赞助？

赵文辉：目前没有得到过赞助，支持是有的，今年中国作协举办的"第一期作家活动周"，我以一个开饭馆的基层作家代表身份参加，见到了刘震云、莫言等大师，聆听教诲，受益匪浅。我很珍惜这次机会，也很感谢省作协的推荐。

李勇：文辉兄作为一个一直在地方（非省城），靠自我勤奋和努力"起家"的写作者，应该是深味地方写作者的艰辛和不易了。在地方或基层，你觉得一个写作者面对的最大困难是什么？

赵文辉：在基层，爱好文学的人也不少，我们县作协会员有80多人，文学活动也很频繁，但是能出作品的还是少数。自娱自乐的不少，参加活动好像就为了发朋友圈和抖音，收获点赞。发表作品也多是副刊文，文本意识淡薄，多数写的是文字不是文学，是故事不是小说。在这样的环境里提高是有难度的，稍微放松，就会躺平。我时常提醒自己：做一个地方名作家的作家，不是好作家。我很庆幸安庆距我不远，交往频繁，他的小说写得很棒，很稳，《加油站》《扎民出门》上过全国小说排行榜，入围过鲁奖。长期以来，安庆一直是我的坐标，我在追赶他。

李勇：你在"隐居"期间，用一年半时间读了100多本文学书籍，做了60本笔记。能谈谈你的阅读范围吗？哪些作家影响了你？

赵文辉：前面说过，我有八年时间没有看书写作，为了讨生活，为了钱(年轻时一心想做精神贵族，非但没有"贵"起来，还堕落成了一个看见钞票就走不动的人)。后来我决心重返文学后，是打算从阅读开始的，有一段时间非常热衷向名家索求书单，如墨白、乔叶、李浩……求教过好多位老师。

但是我发现自己有了阅读障碍，什么都看不进，捧起书看几页就打瞌睡。小说脑袋也锈住了，拿起笔啥都不会写了。每年都把各种版本的中短篇和散文年选买齐，还带到了饭店，却没有一本能从头看到尾。直到有一天突然与"短经典"邂逅，一下子扎进去就再没出来。

我读的第一本"短经典"是科伦·麦凯恩的《黑河钓事》，第二本是罗恩·拉什的《炽焰燃烧》，第三本是理查德·福特的《石泉城》，它们像一道道新鲜香甜的菜肴，唤醒了我的阅读味蕾。"短经典"和世界名著不一样，你不用仰头看它，也不用担心它的厚度，大多数小说集都很薄，一周甚至两天就能看完。这些作家很大一批都是国外的当代作家，书写的也是当下的生活，真诚而生气勃勃，另外就是中国作家想写不敢写的那部分，被日渐束缚的那些，令人震撼很有看头的那一部分，这里有。

读到《父亲的眼泪》时我惊呆了，厄普代克对生活有这么高超的描写能力。我读书有个习惯，手里没离开过笔，遇到好的句子、值得玩味的地方就画下一道道横线。这本书可圈可点的地方太多了，几乎被我画了四分之一。还有托宾、福特、罗恩·拉什、特雷弗、科塔萨尔……一大堆让我瞬间就喜欢上的作家。我热爱一个作家的方式就是大段大段摘抄他的作品，抄一遍不过瘾，过一段时间还会再抄一遍，《南方高速》我看过三遍，也摘抄了三遍。对书中的好句子有一个特别的叫法——"肥句"，这是我在做读书笔记时生发的一个词语。关于经典，有这样一个简单而生动的说法——经典的另一层意思是：搁在书架上以备一千次、一百万次被人取下。"短经典"系列里，有不少作品当之无愧。

我是个"狠人"，把能买到的"短经典系列"都买了，有通读的雄心，就像以前购买《唐诗三百首》《宋词三百首》一样。2015年接触人民出版社出版的"短经典系列"，到2016年11月22日为止，当时这个系列一共27本书，除《孤独的池塘》《爱，始于冬季》《走在蓝色的田野上》3本未买到，买到的除了《回忆扑克牌》《狂野之夜》看不进去之外，其他22本全部看完，一周一本，最快一周两本。总觉得不完美，后来在孔夫子旧书网找到了那三本书，高价买了下来。

接下来我给自己定了一个计划，解析100个短篇。平时看完一部小说集，我会在目录处做标记，用对号、叉号和半对号来表示我的评判。打对号的就算入围了，可是达到解析水准的篇目太多，一时间让我很踟蹰，最后不得不采用了皇帝佬儿们的办法，使用了翻牌手段才确定下来。解析小说我是这样进行的：第一步写出故事梗概，第二部列出人物简表，第三部分析结构，第四部找出它的过人之处，第五步写启发，第六步是他说，通过百度搜寻别人对这篇小说或作家的评论。解析的过程中，对作家的文风有了更进一步的了解，对他们使用的"零部件"也有了新的认识，总之，就是怀着虔诚的心来学习的，他们都是我的恩师，无法回报的恩师。

就这样打开了视野，我用"短经典"这条引线，延伸出去，开始疯狂地购书。因为《孤独的池塘》，我买来整套萨冈作品系列；因为《动物寓言集》，我买来科塔萨尔的《被占的宅子》《跳房子》《南方高速》；因为《父亲的眼泪》，我买来《鸽羽》《兔子跑吧》……因为"短经典"买来"中经典"，读到了《杀手保健》，作者诺冬自称有书写癖好，每天不写上四个小时便会坐立不安，整天不踏实，她的抽屉总有一部书稿在等着出版商的到来。我一激动，就把她的其他小说都买了。

到此为止，我的阅读障碍彻底治愈了，"短经典"真是一剂良药！

李勇：在乔叶和冯杰的作品里，"豫北"提供了丰富的文学意象。这个地方南面黄河、北临太行，有着独特的人文地理，以及历史。你怎么评价你们这个共同的故乡？

赵文辉：我喜欢乔叶的小说是从她的短篇《取暖》开始的，小说里面那种要出大事的紧张感一下子就把人抓住了。当时我在《平原晚报》编副刊，拿着刊有《取暖》的《小说月报》去印刷厂校对报纸，一个老编辑手里也有一本同期杂志，我们不约而同谈到了这篇小说。之后乔叶的《打火机》《锈锄头》相继问世，发一篇转载一篇，直到《最慢的是活着》荣获鲁迅文学奖，我一直是她的追随者。2013年8月10日在给乔叶的电子邮件里写道："乔叶好，可否能推荐几本书给我，在豫北小镇接触的文学氛围太寡了。文辉叨扰！"两天后接到回复："呵呵，我最近在看《沉默的十月》《修补匠》《文学回忆录》《草竖琴》。觉得都不错。推荐你看奈保尔的书《印度三部曲》，都很好。"沿着她的阅读路线肯定会有意外发现，当时就是这么想的，还很想去她的出生地杨庄看看。后来我买齐了乔叶的小说，开始拆卸她的中短篇，做了两本笔记，取名《乔叶研究》。

冯杰是我在省文学院高研班的同学，又是我们新乡人，接触比较多。他对豫北大地的感情都融入血液里了，故乡成了他一生的心灵基因，他用诗歌和散文表达还不够，又使用了丹青。冯杰是一个内涵丰富的文化型作家，我们中原的汪曾祺，我望尘莫及。

刘震云、乔叶、冯杰、安庆，都是豫北大地孕育出来的作家，各具特色，我喜欢他们，也期望用作品加入他们的行列。乔叶在陈仓给她做的访谈里写道："我们那里有个很好的基层作家叫赵文辉，他有一本小说集叫《豫北乡下》，我给这本书写过序。其中写道：提笔写下'豫北乡下'这几个字，我不禁恍然。其实，哪里用得着我的拙手？有现成的序已经在这里了。这序，早在我们动笔之前的几千年就开始铺展，开始弥漫，直至浸入我们作品的字里行间，并延伸到纸外所有的空白。这序的作者所执之笔浩大如椽，它所用之纸，更是季节更替无垠无边。——没错，这序的作者，就是我和文辉兄共同拥有的豫北大地。对于我们所有生养于此的文学之子来说，豫北大地真的就是一帧浩荡深邃的长序。不，更确切地说，就是一个能量无穷的大母亲，分娩和养育了一切篇章。"

乔叶说得很好，很熨帖，把我想说的都说了。

李勇：你是由小小说转向中短篇的，能谈谈它们之间的相连和冲突吗？我曾经和一位杂志主编交流，他对于小小说写作很有意见，认为小小说其实可以好好酝酿，经营成格局、气象、规模都更大的作品。大作品要慢慢涵养，要憋住，要养气；那种小灵感、小机巧、小冲动，则会"泄气"。你怎么看？

赵文辉：我非常赞同这位主编的意见。小小说和短篇小说一样，是一种能以少胜多、非常有力量的文体：衡量一个人的作品不在字数多少，如果你写了一篇又强烈又含蓄的短篇小说或小小说，人家读了就像读了一部长篇小说似的，那么这个作品就能长久。如何使自己的文字更有力量，首先要在语言上下功夫，尽管这是一个老生常谈的话题，但我还是日复一日不停地阅读，不停地发现和尝试，进行自我训练。卡佛对语言的力量提出过要求，他说："用普通但准确的语言，写普通事物，并赋予它们广阔而惊人的力量，这是可以做到的。"他还说："写一句表面无伤大雅的寒暄，并随之传递给读者冷彻骨髓的寒意，这也是可以做到的"。另外小小说和短篇小说还有一个共同的魅力，就是意境深远，它们的空白可以由读者的想象力来填充。优秀的作者会把一片有意义的花瓣吹到读者手中，而不必去伐倒一整片森林。正如法国女作家伊莱娜在评论契诃夫时曾经打的比方："短篇小说好比是一座陌生房屋前一扇半开半掩的门，刹那之间，旋即关闭。"这是短篇小说的限制和难度，也是它的魅力所在。小小说也是这样。随着读者的口味逐渐世故、多变和现实，总结性的结尾越来越少。短篇小说越来越推崇开放式结尾，提出了主题而不解决，预示了高潮但又回避。以前我们相信的好小说标准，是要有一个完整而吸引人的情节，结尾要有力，所谓"寸铁杀人"，这几乎被时下的短篇小说全盘否定。小小说读者传统的阅读习惯还是喜欢有头有尾的小说，短篇这种结尾方式在小小说根本行不通。

李勇：其实，不管是小小说，还是大小说，今天都是一样的处境：边缘化。这是文学，确切地说是严肃文学或纯文学，在今天的现实处境。你觉得，在这种环境下，支撑你一直写下去的动力是什么？

赵文辉：我也怀疑过自己，呕心沥血的餐饮人系列小说究竟有多大意义？年过半百了还是这么平庸，在中短篇上不知道还有希望没有？

然而，小说的魅力让我欲罢不能。2016 年 5 月我第一次接触卡佛的小说，一拿起就放不下了，收在"短经典"里的这本集子的名字是《我打电话的地方》。接下来我把他所有能买到的小说都买到了，还有"守望者访谈丛书"里面的那本《雷蒙德·卡佛访谈录》，阅读中一次次哽咽，为他的坎坷和早逝唏嘘不已。我受他的影响有多深吧：我在打印部制作了一打又一打 3×5 的卡片，用来摘抄"肥句中的肥句"，张贴在书房和办公室的墙壁上；这几年的创作也不由自主在模仿他，最接近卡佛风格的是短篇《喷嚏》，表现的是 2002 年我对失去工作的恐惧，《保鲜》的翻版。我在解析完《圣母的馈赠》一文后喟叹不已，留下了这样的感叹："这篇小说的意境和情绪非常独特，一个遁世者或归隐者的心路历程，如此抓人，看完深深惭愧。自己的文字功力，根本无法完成这样的小说。最后自己对自己喊话：像文中的修行者那样去修行吧，老赵！"也就是从那时起，我像迷恋卡佛一样迷恋起威廉·特雷弗，把他四本短篇小说集《雨后》《山区光棍》《第三者》《出轨》买来，一一研读，他的文风给了我很多启发和指引。隔一段时间，我会拿出几篇温习一下，就像突然想吃我们新乡的红焖羊肉和世魁牛肉一样，馋得不得了。

阅读的过程中又遇到一位大器晚成的作家，她的经历很励志，我对年龄的担忧也被解决了。天津的尹学芸老师，我正在解析她的全部作品。

到这个年龄，矫情和多虑都不需要了，一句话：写就是了。

感谢李教授的访谈，以及您对基层作家的关注。

李勇：谢谢文辉兄接受访谈！

【赵文辉简介】

1969 年出生，河南辉县人。中国作家协会会员，河南省文学院签约作家，中原小说八金刚之一。中专毕业后干过棉检员、超市经理、副刊编辑等，后以开酒店为生。先小小说后中短篇，在《长江文艺》《北京文学》《小说月报·原创版》等刊物发表小说若干，部分被《小说选刊》《中华文学选刊》《北京文学·中篇小说月报》转载，入选《2011 中国年度短篇小说》《小说月报原创版 2022 精品集》等年选。曾获第一届河南省文学奖、第二届杜甫文学奖和莽原文学奖。

致　谢

感谢郑州大学文学院对"中原作家群研究丛书"出版项目的大力扶持！感谢中国现当代文学教研室诸位同仁的帮助与共同努力！感谢李佩甫、冯杰、周瑄璞、赵文辉等诸位师友接受访谈！感谢河南文学界其他众多师友的关心和帮助！感谢武汉大学出版社，尤其是编辑老师们的辛苦付出！博士生杨萌迪、孔德玉，硕士生栗玟琪、丁飞、王雨晴、黄乐为等参与了本书的编校工作，在此一并感谢！

2024 年 3 月 2 日星期六，于郑州盛和苑寓所